MY DILEMMA IS YOU

IS YOU

¿Te amo
o te odio?

MY

CRISTINA CHIPERI

DILEMMA

IS YOU

¿Te amo
o te odio?

SUMA
de letras

YA

My Dilemma Is You 2

Título original: *My Dilemma Is You 2*

Primera edición: octubre de 2016

D. R. © 2016, Cristina Chiperi, en acuerdo con Sergio Fanucci Communications S. R. L.

D. R. © 2016, derechos de edición mundiales en lengua castellana:
Penguin Random House Grupo Editorial, S. A. de C. V.
Blvd. Miguel de Cervantes Saavedra núm. 301, 1er piso,
colonia Granada, delegación Miguel Hidalgo, C. P. 11520,
Ciudad de México

www.megustaleer.com.mx

D. R. © 2016, Patricia Orts, por la traducción
D. R. © Franca Vitali, por el diseño de cubierta
D. R. © I LOVE IMAGES, por la fotografía de portada

ISBN: 978-607-31-4859-7

Impreso en México – *Printed in Mexico*

El papel utilizado para la impresión de este libro ha sido fabricado a partir de madera procedente
de bosques y plantaciones gestionadas con los más altos estándares ambientales, garantizando
una explotación de los recursos sostenible con el medio ambiente y beneficiosa para las personas.

Penguin
Random House
Grupo Editorial

1

Ha llegado el gran día!

¡Hace menos de una semana que terminó mi "fuga" a Los Ángeles y hoy por fin podré salir de casa!

Esta mañana el sonido del despertador me parece una música celestial, tengo unas ganas increíbles de levantarme. Será porque no veo la hora de abrazar a Cameron o porque he estado encerrada entre estas cuatro paredes desde que regresé a Miami. Jamás habría imaginado que mis padres me impondrían de verdad el castigo con el que me habían amenazado, pero así fue. Estos cinco días metida en casa, sola y sin hacer nada, han sido deprimentes, pese a que, por suerte, Cameron ha entrado alguna que otra vez por la ventana de mi habitación para estar conmigo. No obstante, siempre se ha quedado poco tiempo, porque si mis padres lo hubieran descubierto la situación habría empeorado.

Comprendo que mi comportamiento los decepcionara, pero pienso que despedirme por última vez de Cass, decir el último adiós a mi mejor amiga, era un motivo más que válido para hacer caso omiso de su prohibición, y nada me hará cambiar de idea. Mi madre, en especial, aún no me ha perdonado lo que ocurrió, y no creo que lo haga en breve…

Salgo de la cama y me asomo a la ventana para ver qué tiempo hace y decidir qué voy a ponerme. El aire es fresco, pese a que el sol brilla en el cielo. Tomo un par de *leggings* y un suéter y salgo de mi habitación. En el pasillo veo a Kate caminando de una punta a otra con el celular en la mano.

—Buenos días, hermanita. ¿Noticias de Hayes?

—No —responde en tono triste.

Desde que volvimos a casa después de la semana blanca Kate está aterrorizada, porque Hayes ha dejado de escribirle y ya no hablan tan a menudo como antes. Me produce una gran ternura, haría lo que fuera para devolverle la sonrisa.

—Habla hoy con él en el instituto.

—¿Y si luego piensa que soy una pegajosa que no lo deja ni a sol ni a sombra?

—Tienes derecho a saber qué le pasa, así que no temas —la tranquilizo.

Kate asiente con la cabeza y sonríe.

Después de desayunar salgo de casa y, apenas lo veo, mi corazón se acelera: Cameron me está esperando apoyado en el coche, mirando el celular.

Cuando pienso en cómo fueron las cosas entre nosotros desde el día en que nos conocimos, me parece extraño que nuestra relación ahora vaya viento en popa. Pero lo cierto es que es así, y espero que este estado de gracia dure mucho.

Aprieto el paso y al llegar a su lado lo abrazo. ¡Pese a que llevo sólo un día sin verlo tengo la impresión de que ha pasado una eternidad! Cam me estrecha contra su cuerpo y, como siempre, siento una maravillosa sensación de plenitud. Me aparto un poco y él me toma el rostro para besarme.

—Te he echado de menos, pequeña.

Me pongo de puntillas y lo vuelvo a besar.

—Yo también —susurro.

—¿Cuándo piensas que terminará este estúpido castigo?

—No lo sé… Mi madre todavía está enfadada, así que supongo que aún durará un poco.

Se encoge de hombros.

—Eso significa que seguiré entrando por la ventana de tu cuarto.

Sonrío, pero la verdad es que añoro mi vida de siempre, mis costumbres, la libertad de salir cuando quiero y de estar con mis amigos, sobre todo con Sam y Nash. No he vuelto a verlos desde la cena de Nochevieja, sólo nos hemos comunicado por SMS.

—Vamos o llegaremos tarde al instituto. —Abro la puerta y subo al coche—. ¿Y tú? ¿Cómo vas con tus padres? —le pregunto mientras arranca.

—Bueno, siguen pensando que fuimos unos irresponsables y me amenazaron con quitarme el coche. Pero, al final, todo ha sido como te dije: hice que se sintieran culpables y su rabia se evaporó como por arte de magia.

Aunque me cuesta reconocerlo, debo admitir que también esta vez Cameron tenía razón: ha sucedido justo lo que predijo.

—Así que, como ves, sigo disfrutando del amor de mi vida. —Me señala el coche guiñándome un ojo.

—¡Qué cínico! Pero gracias, no sabía que el coche ocupara el primer lugar. —Cruzo los brazos y frunzo el ceño. No estoy enfadada de verdad, sé que era una broma, pero quiero ver cómo reacciona.

Cam alarga una mano y la apoya en mi muslo.

—Vamos… ya sabes que tú eres mi único amor.

Me inclino hacia él y le doy un beso en la mejilla.

—Por esta vez te perdono.

Me regala una de sus maravillosas sonrisas. Me encanta verlo de buen humor. Cada vez que sonríe me quedo extasiada, tengo la sensación de estar en el paraíso.

Al llegar al instituto siento una punzada en el estómago. Acabo de caer en la cuenta de que ninguno de nuestros amigos sabe que Cameron y yo salimos juntos y me pregunto cómo reaccionarán, en especial cómo se lo tomará Susan. No estoy preparada para volver a la rutina en la que ella no hace otra cosa que insultarme y decirme cosas espantosas mientras yo trato de defenderme. Apuesto a que apenas se entere se pondrá como loca y me declarará la guerra.

—¿Estás bien? —pregunta Cameron.

Acaba de estacionarse y un grupito de chicos ya nos está mirando.

—Mmm… sí, eso creo.

Me agarra la barbilla y me obliga a volverme para que lo mire a los ojos. Veo que está preocupado.

—Si estás así por Susan, intenta quitártela de la cabeza. Mientras yo esté contigo no podrá hacerte nada. Haré todo lo posible para mantenerla apartada de nosotros, ¿ok? —Me da un beso en los labios—. Vamos.

Cruzamos el patio abriéndonos paso entre los estudiantes que aguardan a que suene el timbre. Cam me rodea los hombros con un brazo y noto con cierta molestia que todos nos están mirando.

Veo a lo lejos a Sam, a Nash, a Matt y a Taylor. Sam se vuelve y, apenas nos ve, sale corriendo a mi encuentro y me abraza. La he echado muchísimo de menos.

—¡No sabes cuánto te he echado de menos, Cris! Un día Nash y yo pensamos en plantarnos delante de tu casa con una pancarta enorme para protestar. ¡No pueden encerrarte en casa para siempre!

Me río al imaginar cómo reaccionaría mi madre si Sam y Nash organizaran una protesta en nuestro jardín, pero estoy segura de que ni siquiera así cambiaría de idea.

—Tarde o temprano recuperaré la libertad —la tranquilizo—. Vamos. Los demás nos están esperando.

Comparada con la Sam que conocí hace unos meses, la chica risueña que tengo ahora delante me parece otra persona: es más abierta, siempre está alegre y le gusta rodearse de gente. De cuando en cuando pregunto a Cameron si ha visto marcas de cortes en las muñecas de su hermana y él siempre me asegura que han desaparecido.

Sam me toma de la mano y nos acercamos a los demás. Nash se dirige hacia mí y me abraza.

—¡Aquí está la prisionera!

Sonrío. Cuando veo a Matt, titubeo: no sé si abrazarlo o saludarlo sin más.

—Hola —digo al final. Él me sonríe guardando las distancias.

Taylor, en cambio, se acerca a mí y me da un fuerte abrazo. Hacía mucho tiempo que no veía a Tay, y, aunque es cierto que nunca hemos hablado demasiado, lo considero un buen amigo.

—Sí, ok, comprendo que hayas echado de menos a Cris, pero ten cuidado —tercia Cameron tomándome de la mano. Adoro cuando parece celoso.

—Me enteré de su aventura —dice Tay.

Pero ¿es posible que todos sepan ya lo que ocurrió? Miro a Sam y ella asiente con la cabeza. Así que Nash o Cameron deben haberles contado que nos fugamos a Los Ángeles.

—Bueno, yo no lo llamaría "una aventura"…

—Sea lo que sea, anoche teníamos pensado ir los cuatro juntos al cine y, como estás castigada, Cam vino solo —dice Sam.

—Lo siento. —Miro a Cameron, que, sin embargo, me sonríe.

—No te preocupes, pequeña. Me divertí de todas formas.

—Sí, de hecho… Por eso habría sido mejor que vinieras, Cris. Cam habría tenido algo en que pensar en lugar de dedicarse a incordiarnos a Nash y a mí mientras nos besábamos —explica Sam.

—¿Algo en que pensar? —Taylor la observa pasmado.

—Sí, cosas de novios —responde Nash.

Matt y Taylor se voltean hacia Cam y hacia mí. ¿Tan extraño les parece que salgamos juntos? Pero ¿qué le pasa a todo el mundo?

—¿Están saliendo? —pregunta Matt con voz temblorosa.

Cam me ciñe la cintura con un brazo y me atrae hacia él.

—Sí.

Matt pone una expresión extraña, casi parece sorprendido y molesto por lo que acaba de decir Cameron. No entiendo por qué. Hace tiempo que rompimos y, además, él fue el primero que intuyó que Cam y yo sentíamos algo el uno por el otro.

El timbre me distrae de mis pensamientos.

—¡Nooo! ¡Maldita sea! —suelta Taylor.

—Voy a ordenar los libros en el locker. Nos vemos luego. —Me despido de los chicos. Cam me toma de la mano y entramos juntos. Al llegar a mi locker saco los libros de la mochila.

—¿Cuántos has traído? —pregunta él riéndose.

—Todos los que voy a necesitar hoy.

—¿Tenemos tantas materias? —Parece sinceramente sorprendido.

Sacudo la cabeza. Sé que Cameron odia estudiar, pero no pensaba que ignorara incluso las clases a las que debe asistir hoy.

Se encoge de hombros.

—A fin de cuentas, sé todas esas cosas de memoria, no necesito libros. Incluso sin ellos soy un genio.

—Por supuesto, faltaría más. —Cierro el locker.

—¿Dudas de mi inteligencia?

—No, no, claro que no.

—Sabes que tengo razón. Sólo que la envidia te impide reconocerlo —dice guiñándome un ojo.

Le doy un ligero puñetazo en el brazo. Él me jala de la muñeca hacia su lado.

—Cuando haces eso eres irresistible —susurra casi pegado a mis labios.

Me inclino y lo beso, indiferente a las miradas indiscretas de los estudiantes que abarrotan el pasillo. Tendrán que acostumbrarse a vernos juntos.

Cam me pone una mano en la mejilla y la otra en la cintura.

—¡Díganme que es una broma! —grita alguien detrás de nosotros.

2

Nos volteamos y al verla me estremezco. La expresión de su cara es espantosa: si pudiera, esta chica tendría valor para matarme.

—¡Dime que estás bromeando, Cameron! ¡Dime que lo haces para darme celos o por otra razón igual de estúpida! —le implora Susan mientras se acerca a nosotros.

Cam resopla.

—No.

—¡¿Qué?! Tú… ¿con ella? ¿Dónde está el chico que me quería y que jamás habría salido con una tipa así?

Él da un paso hacia Susan.

—Desapareció cuando te convertiste en una loca engreída.

—Siempre he sido la misma.

—No, la Susan de la que me enamoré no era tan egoísta ni trataba así a los demás.

Una lágrima surca la cara de Susan, que parece afligida. Pero luego me mira y su expresión vuelve a ser la de hace unos minutos, cuando me vio abrazada a Cameron.

—Juro que esta vez me la pagarás. —Se aproxima a mí—. ¿Por qué quieres robarme lo único que me hace feliz? —me grita deshaciéndose en lágrimas.

Esta vez está realmente fuera de sí, pero yo estoy cansada de soportar en silencio sus acusaciones infundadas.

—¡No te he robado nada! Cameron quería romper contigo desde hace tiempo, sólo quería saber si yo sentía lo mismo por él. Además, esto no es nada comparado con lo que me has hecho tú.

—Deliras… ¡Yo no te he hecho nada!

—¡¿Nada?! Estás bromeando, ¿verdad? Aprovechaste la influencia que tienes sobre Matt para meterle en la cabeza un montón de tonterías sobre mí, lo convenciste para que saliera con Tamara y me engañara, mientras yo me estaba enamorando seriamente de él… ¡¿Te parece poco?! No puedes imaginar lo mal que lo he pasado. Pero, en el fondo, era de esperar: ¡las personas mezquinas sólo saben hacer mezquindades!

La situación está degenerando. Cam se interpone entre nosotras para separarnos, esboza una sonrisa forzada y me da un beso en la frente.

—Es mejor que te vayas, pequeña. Déjame hablar con ella, ya verás cómo todo se arregla.

Mejor será que no oponga resistencia, porque estoy perdiendo los estribos, así que asiento y me alejo de Susan.

—¡Lo vas a pagar caro! ¡Ya lo verás! ¡Acabarás como Carly! —grita a mi espalda.

Aprieto el paso para no oír lo que pretende decirme, sea lo que sea. Desde que llegué a este instituto no ha hecho otra cosa que repetirme que tarde o temprano se iba a vengar de mí por todo lo que le he hecho, pero, por suerte, hasta la fecha sus amenazas no han pasado de las simples palabras, exceptuando un par de bromas retorcidas y los enredos con Matt para separarme de Cam. Sin embargo, esta vez noto algo distinto en su voz, como si de verdad tuviera intención de desquitarse...

Mientras me dirijo al salón tratando de desechar este pensamiento, el *flash* de una cámara fotográfica me deslumbra, y tengo que parpadear un par de veces para poder ver a la persona que tengo delante.

Ahí está Lexy con la cámara en la mano, seguida de otra chica: Lindsay Constancio, una especie de ayudante-mano derecha que va armada con un cuaderno y un bolígrafo.

—¿Tienes algo que decir sobre lo que acaba de suceder con Susan? Parecía destrozada... ¿Nos cuentas qué sucedió entre Cameron y tú? ¿Crees que sale contigo para dar celos a Susan? —me pregunta Lexy de un tirón.

Pero ¿qué clase de preguntas son esas? ¿De verdad espera que le responda?

Sin decir una palabra paso por delante de ellas y entro en clase. Cameron se reúne conmigo poco después.

—¿Y bien? —pregunto.

—Susan se ha tranquilizado y ha ido al baño a refrescarse un poco.

Lo que me preocupa es la reacción que pueda tener cuando me quede sola con ella, porque tarde o temprano sucederá y Cameron no puede estar siempre conmigo para defenderme.

—Vamos, no te hará ningún daño —susurra él acariciándome la mejilla.

Al cabo de unos minutos Susan entra en clase seguida de sus amigas. Su aspecto es terrible: se le ha corrido el maquillaje y tiene los ojos enrojecidos. Imagino cómo se siente en este momento, y en parte lo siento, pero yo no tengo la culpa.

Me mira furiosa y va a sentarse a su pupitre. Matt se acerca enseguida a ella y le apoya una mano en el hombro. Los dos están muy unidos, no entiendo cómo no lo comprendí enseguida.

Paso buena parte de la mañana combatiendo el sueño y el aburrimiento: las horas pasan lentamente, parecen interminables. El primer día de clase después de las vacaciones siempre es así: ritmos lentos, pocas ganas de concentrarse en las explicaciones, los ejercicios y los exámenes, y, por encima de todo, la cabeza, que aún está en las vacaciones que acaban de terminar… y en las próximas. De hecho, nos han dado una noticia maravillosa. El profesor de Lengua nos ha comunicado cuál será nuestro próximo viaje escolar: ¡una semana en Londres a principios de marzo! Será magnífico.

Cuando el timbre anuncia la pausa para comer Sam se reúne conmigo.

—¿Qué le ha pasado a Susan?

—Nos vio a Cam y a mí juntos y se puso hecha una furia. Apuesto lo que quieras a que mañana apareceré en la primera página del periódico del instituto como la chica que le ha robado el novio.

—Ignórala, Cris. Cameron y tú salen juntos y son felices, ¿me equivoco? —Asiento con la cabeza—. Eso es lo único que cuenta.

Tiene razón.

Mientras Sam se reúne con los demás en el patio, me formo en la cola de las máquinas expendedoras. No tengo hambre, así que un poco de chocolate caliente me dará la energía que necesito para enfrentarme a la segunda parte de este día interminable.

—¡Hola! —dice alguien tras de mí. Apenas me vuelvo veo los maravillosos ojos verdes de Austin.

—¡Hola! ¡Me alegro de verte! —Nos abrazamos.

La máquina emite un extraño ruido y me vuelvo para tomar el vaso.

—Me he enterado de que Dallas y tú salen juntos —dice mientras selecciona un té.

—Pues sí.

—¡Así que es cierto! ¡Guau! —También Austin parece sorprendido. Por lo visto todos tienen la misma reacción cuando se enteran de que salgo con Cameron. Pero ¿por qué?

—¿Guau?

—Sí, bueno… es raro pensar que son novios, eso es todo. Me había acostumbrado a verlos discutir.

Me encojo de hombros.

—Bueno, ahora deben acostumbrase a vernos juntos.

Nos dirigimos hacia el patio.

—Sólo te pido una cosa. —De repente, se para y me mira a los ojos—. Ten cuidado. En el pasado Cameron organizó unos cuantos líos y no quiero que te haga sufrir.

Sé de sobra a qué se refiere.

—Cam ha cambiado —replico.

—En cualquier caso, ten cuidado, por favor. Hasta ahora la única capaz de tenerlo a raya ha sido Susan, porque él estaba realmente enamorado de ella. Espero que no vuelva a comportarse como un idiota.

Sus palabras me dejan boquiabierta. Saber que Cam sentía algo tan fuerte por Susan me inquieta, me hace sentirme insignificante al lado de ella.

—De acuerdo, Austin, pero ahora basta. Confío en él y sé que ahora es una persona diferente.

—Ok, como quieras. Te considero mi amiga y sentía que tenía que advertirte. Ahora debo ir a buscar a Camila. Hasta luego.

Cuando me quedo sola pienso en las palabras de Austin. No entiendo por qué mi relación con Cam causa tanto impacto. Todos parecen preocupados por mí y no alcanzo a comprender el motivo.

"No quiero que te haga sufrir… Hasta ahora la única capaz de tenerlo a raya ha sido Susan, porque él estaba realmente enamorado de ella".

Sacudo la cabeza para apartar de mi mente las palabras de Austin.

No. El chico al que se refería era otra persona.

Cameron ha cambiado y yo me fío de él.

3

Esta mañana me desperté tan tarde que, apenas abrí los ojos y vi la hora en el celular, le escribí a Cam para que fuera al instituto sin mí. ¡Y ahora estoy en el coche de mi padre, cruzando la ciudad a una velocidad espantosa!

Llegamos en diez minutos exactos al instituto y entro en la clase con apenas un cuarto de hora de retraso. ¡Eres genial, papá! Casi me da algo, pero de no haber sido por él habría perdido la hora de Lengua.

¡El día aún no ha empezado y ya estoy agotada! Por suerte es viernes y, además de la primera semana de clase después de las fiestas navideñas, hoy finaliza también mi periodo de reclusión. ¡Viva! ¡El lunes regresaré a la vida! Podré salir después del colegio y también por la noche.

Me siento en mi lugar y, apenas unos minutos después, Cam me lanza una bolita de papel. El profe no nos ve por un pelo. No entiendo a qué se debe esta estúpida manía de las notitas.

"Buenos días, dormilona. ¿Comemos juntos? Te he echado de menos".

La verdad es que casi no hemos estado juntos esta semana y sus incursiones en mi habitación han sido menos frecuentes de lo que nos habría gustado. Mi madre no me quita ojo cuando regreso a casa del instituto. Quizá se las haya olido…

"¡Claro que sí! Pero podrías habérmelo dicho en el receso. ¡No me gustaría quedarme otra vez encerrada contigo en un armario!"

"¡Sí que te gustaría! Y a mí también…"

Muevo la cabeza y sonrío. Es un arrogante incorregible, pero prefiero no contestarle, no quiero que nos pillen.

Al principio del receso de mediodía charlo unos minutos con el profe, y luego me reúno con Cam en el patio.

Sam, Nash, Matt y Carter están sentados en el banco con él. Hacía mucho tiempo que no los veía a todos juntos.

Con un ademán, Cam me invita a sentarme en sus piernas. Cuando llego a su lado me da un beso en la mejilla.

—¿De qué están hablando?

—De lo divertido que será ir de viaje contigo —dice Cameron guiñándome un ojo.

Enrojezco al imaginarnos a los dos en Londres.

—¡Una semana entera en Europa! ¡Todavía no me lo creo! Compartiremos habitaciones con quien queramos y también podremos visitar solos la ciudad. Apuesto a que será estupendo —dice Sam emocionada.

Sí, será genial. ¡No veo la hora! Aún faltan dos meses y me gustaría que el tiempo volara.

Pasamos toda la hora imaginando lo que haremos en Londres, trazando el programa de la semana, día a día, hasta que suena el timbre y volvemos a clase.

Apenas me siento en mi lugar, Austin se asoma por la puerta del salón y me pide que salga con él al pasillo.

—¿No deberías estar ya en clase? —le pregunto mientras me aproximo a él.

Se encoje de hombros y sonríe.

—No se me antoja. Además, debo preguntarte dos cosas importantes.

—Dime —respondo un tanto preocupada.

—Dentro de dos semanas es el cumpleaños de Camila.

—¿Y?

—Uno: ¿quieres venir a su fiesta? Dos: ¡no sé qué regalarle! ¿Me ayudas a elegir el regalo? Es mi mejor amiga y me gustaría sorprenderla con algo bonito, pero no se me ocurre nada. Soy muy torpe para estas cosas.

Jamás me habría imaginado que me pediría algo así, y la verdad es que me siento aliviada, porque temía que quisiera hablarme otra vez de Cam.

—Claro que sí, pero ¿cómo le has hecho hasta ahora? —pregunto intrigada.

—Le he regalado tazas.

—¡¿Tazas?! Es una broma, ¿verdad?

—No, es cierto. Sé que puede parecer estúpido, pero ¡a ella le gustan! Sólo que este año me gustaría cambiar…

Entonces, qué, ¿me acompañas? Podríamos ir mañana, o el domingo…

Nos reímos imaginando la cara que ponía Camila cuando, al abrir el regalo en cada fiesta de cumpleaños, encontraba una nueva taza que añadir a su colección.

—¡Claro que sí! No quiero que este año vuelva a recibir una taza. El problema es que no sé si voy a poder acompañarte este fin de semana. Mejor hablamos por teléfono.

—Muchas gracias, Cris. —Me da un abrazo.

—Pero ¡qué monos!

Me vuelvo y veo a Cameron apoyado en la puerta, aplaudiendo con una extraña sonrisa dibujada en la cara.

—Entonces nos ponemos de acuerdo por SMS, ¿ok? —dice Austin, y se va mirando a Cameron de reojo, sin saludarlo siquiera.

—¿Qué pasa? ¿Ahora son amigos íntimos? —pregunta Cam entrando en el salón.

Me quedo boquiabierta.

—No empieces, por favor… Sólo me ha pedido que lo ayude a elegir un regalo para Camila.

—¡¿Qué?!

Me paro y me vuelvo hacia él.

—Me ha pedido que…

—Sí, te oí. No irás.

—Por supuesto que sí —replico en tono firme.

—No. Puedes salir con quien quieras: Nash, Carter… con quien coño te parezca, pero con Austin no.

—Somos amigos y haré lo que me pidió. Fin de la discusión.

Cam niega con la cabeza y pasa por mi lado para ir a sentarse en su lugar. El resto del día sigue mostrándose irritado y me ignora. No entiendo a qué vienen esos estúpidos celos.

Las cosas entre nosotros van viento en popa, pero no acepto que me diga lo que debo hacer o con quién puedo salir, y no pienso ceder en este punto. Debería saber que entre Austin y yo no hay ni habrá nunca nada, porque lo quiero a él. Mmm… tengo la sensación de que su hostilidad oculta algo y quiero descubrir de qué se trata.

En el trayecto hacia casa intento hablar del tema con Sam, es mi mejor amiga y confío en ella. Pero su respuesta es evasiva:

—Sé que Austin y Cam riñeron hace tiempo, pero no me preguntes por qué motivo… no lo sé. Puede que por eso Cameron no quiera que salgas con él.

Sam parece alterada, como si no me estuviera contando toda la verdad. No me queda más remedio que intentar averiguarlo hablando con los involucrados: Cam y Austin.

Cuando entro en casa oigo que me llama Kate. Su voz suena débil y triste y apenas me vuelvo para mirarla la veo acurrucada en el sofá, con el pelo revuelto y los ojos rojos e hinchados por las lágrimas.

—Eh, ¿qué te pasa?

Se precipita hacia mí llorando, no entiendo por qué. Me abraza con fuerza.

—¿Quieres contármelo?

Sorbe por la nariz, asiente con la cabeza y va hacia mi cuarto. Una vez allí, se sienta en la cama.

—Hoy en el instituto me atreví a hablar con Hayes, como me dijiste. Le pregunté si estaba enfadado conmigo y ¿sabes cómo reaccionó? Se dio media vuelta y se marchó con la idiota de Meredith, su mejor amiga. No sé qué le he hecho y no entiendo por qué se comporta de esa forma —dice rompiendo de nuevo a llorar.

Me siento a su lado y le estrecho la mano. Ver a mi hermanita en tal estado me duele. ¡Ay, los chicos! No hacen otra cosa que confundirnos y desestabilizarnos. ¿Por qué las relaciones no pueden ser simples y lineales? No haría falta mucho, un poco de sinceridad y una pizca de valor cuando decimos lo que sentimos y lo que pensamos, en lugar de dejar que sean los demás los que lo comprendan.

—Intentaré hablar con Nash —la tranquilizo—, puede que sepa algo. Tú, entretanto, mantén la calma e intenta no preocuparte. Seguro que Hayes tiene un buen motivo para comportarse de esa forma. A ver si lo descubrimos juntas, ¿ok? Y ahora deja de llorar. Nadie se merece tus lágrimas. —Tomo un pañuelo y le limpio la cara—. Acuéstate y descansa un poco. Ya verás cómo luego te encuentras mejor.

—¿Puedo quedarme contigo? No quiero estar sola.

Asiento con la cabeza y me recuesto en la cama a su lado. Le acaricio el pelo y la abrazo con fuerza. Sé lo reconfortante que es el calor de un abrazo en estas situaciones. Recuerdo cuando descubrí que Matt me engañaba… Cameron vino a mi habitación y me abrazó. Fue un momento fantástico: además de las palabras de consuelo, su abrazo fue el mejor bálsamo para mi corazón herido. Era justo lo que necesitaba.

Me volteo un instante para poner el despertador y, sobre todo, para ver si he recibido algún mensaje de Cam.

Nada.

Ninguna señal de vida.

Me muero de ganas de saber qué ocurrió entre él y Austin, pero sé que no será fácil convencerlos para que hablen. Abrazo a mi tierna hermanita y en unos minutos me adormezco en un agradable duermevela que libera mi mente. Empiezo a soñar.

Estoy en un lugar oscuro y silencioso, que no reconozco. Camino sin saber adónde voy, sólo entreveo una línea blanca, continua e infinita por la que avanzo paso a paso. De repente, delante de mí, aparece Susan, que grita y llora sin emitir ningún sonido; luego, dos luces deslumbrantes me obligan a cerrar los ojos. Cuando vuelvo a abrirlos, me rodea el vacío más absoluto.

Algo me acaricia la cara y me despierto sobresaltada, como si saliera de un abismo. Apenas abro los ojos veo a Cameron. Pero ¿está loco?

—¿Qué haces aquí? —pregunto exhalando un suspiro de alivio.

—Yo también te he echado de menos. —Se ríe.

Sacudo la cabeza y veo que Kate ya no está a mi lado. ¿Adónde habrá ido?

—¿Por qué has venido? ¿No estabas enfadado conmigo?

Se encoge de hombros y se sienta en la cama.

—Lo estaba, pero luego pensé que eres lo suficientemente inteligente para comprender que salir con Austin es una tontería, y me tranquilicé.

—Bueno, te equivocas. Saldré con él, tanto si te gusta como si no.

Me mira con aire temible.

—Por el momento no puedes. Te recuerdo que estás castigada.

—Si quiero, puedo encontrar la manera de salir.

Esboza una sonrisa.

—No creo que puedas hacerlo si se lo digo a tus padres.

—¿Qué? ¿Me estás chantajeando? —pregunto alzando la voz.

—Llámalo como quieras.

Suspiro profundamente.

—En cualquier caso, no deberías estar aquí. Vete.

—No.

—Sí. Ahora debes irte.

—¿Por qué? —No hace intento por marcharse; al contrario, se tumba en la cama, cruza los brazos bajo la cabeza y me mira esbozando una amplia sonrisa. Le encanta llevarme la contraria.

—Como quieras… —Cierro la puerta de la habitación para que nadie se dé cuenta de que está aquí. Si tiene ganas de jugar lo haremos de acuerdo con mis reglas—. ¿Qué ocurrió entre Austin y tú? —Estoy decidida a obtener las respuestas que busco.

—Ok, me marcho. —Se levanta y se acerca a la ventana.

28

—Vaya. ¿No querías quedarte a toda costa? —pregunto aproximándome a él.

—No. Será mejor que me vaya. Me estoy aburriendo. —Abre la ventana.

—¿Por qué no quieres hablar de Austin? ¿Qué sucedió entre ustedes?

—Es una historia pasada y enterrada de la que ni él ni yo te hablaremos nunca. Así que será mejor que te resignes.

—Lo descubriré, tanto si quieres como si no.

Mueve la cabeza de un lado a otro, me sonríe con aire burlón y, sin añadir nada más, se marcha, dejándome sola con una incomprensible sensación de angustia que va aumentando poco a poco.

4

Lunes 12 de enero de 2015, una fecha para el recuerdo: ¡el final de mi reclusión!

¡Once días de castigo por una razón que considero inaceptable me siguen pareciendo una exageración! Mejor dicho, ¡una injusticia! ¡Si mis padres creen que con esto me han dado una lección definitivamente se equivocan! Volvería a hacer lo que hice sin pensármelo dos veces. Por una amiga como Cass habría ido al fin del mundo… e incluso más allá, si con ello hubiera logrado devolverla a la vida.

Siento que no soy la misma desde que murió. La añoro tanto… Tengo la sensación de que con ella se fue una parte de mí, una parte de mi vida.

En esos días terribles la compañía de Cam logró colmar en parte el vacío que sentía, pero cuando me quedo a solas la tristeza sigue invadiéndome y el recuerdo de Cass resulta doloroso.

Por eso, estos dos últimos días sin ver a Cam se me han hecho interminables.

Es increíble, aún está enfadado conmigo por la historia de Austin. En todo el fin de semana apenas me ha mandado dos mensajes, y apuesto a que esta mañana no ha venido a recogerme. Seguro que tendré que ir al instituto a pie.

Antes de salir paso a despedirme de Kate, que hoy no viene a clase, porque tiene un poco de fiebre. Llamo a la puerta de su cuarto.

—¿Puedo, cariño? Escúchame, Kate, trata de descansar y de no pensar en Hayes. Hoy intentaré hablar con Nash y luego veremos qué podemos hacer, ¿de acuerdo?

Asiente con la cabeza y me abraza.

—Gracias.

Entre la fiebre y las primeras penas de amor mi hermanita me produce una enorme ternura. Le doy un beso en la mejilla y salgo de casa.

Cameron me está esperando en la calle apoyado en el coche, con los brazos cruzados y una expresión serena. Por como se ha comportado este fin de semana, me sorprende mucho verlo.

—¿Qué haces aquí? —pregunto tratando de ocultar la alegría que, a mi pesar, siento al verlo. Estoy enfadada y quiero que lo sepa.

—He venido a recogerte, como siempre —responde en tono sosegado.

—Sube al coche y vete al instituto. Estás perdiendo el tiempo.

Sacude la cabeza y se acerca a mí.

—¿Estás de mal humor?

¿Me toma el pelo? Da un paso hacia mí con intención de besarme, pero retrocedo.

—Eh, vamos… Sólo estaba enfadado porque insistías en salir con *Matt 2: La venganza*.

—Tiene un nombre —replico.

—¿De verdad? No lo recuerdo.

Cruzo los brazos sobre el pecho.

—Ah, sí, Bryan.

Sé que está bromeando para arrancarme una sonrisa, pero aun así no me inmuto.

Se acerca y me toma la mano.

—Vamos, ven o llegaremos tarde.

Me suelto.

—No me toques.

Oigo que se ríe mientras entro en el coche y me abrocho el cinturón.

—Los dos sabemos que la molestia no te durará mucho. Esta noche veremos juntos una buena película —dice arrancando el coche.

—¿Qué te hace pensar que tendré ganas de pasar la noche contigo?

—Si me dices que sigues enfadada por esa historia te juro que bloquearé las puertas y te besaré hasta que comprendas cuánto te quiero.

Giro la cabeza y me pongo a mirar por la ventanilla.

De improviso, el coche enfila un callejón perpendicular y se detiene.

—¿Qué haces? Vamos a llegar tarde.

—Me da igual. No nos moveremos de aquí hasta que me digas que me has perdonado.

Resoplo y miro la hora. Si no lo hago enseguida llegaremos tarde de verdad.

—Está bien. Te perdono. —Me inclino para darle un beso fugaz, pero cuando nuestros labios se unen mi cuerpo se estremece. El beso se hace más intenso. No puedo ignorar las emociones que Cam desencadena en mí como ningún otro.

—Te he echado de menos, pequeña —susurra, y yo me doy por vencida. Tiene razón: el enfado me dura poco, es superior a mis fuerzas.

No sé cómo, pero llegamos al instituto justo a tiempo y la primera parte del día pasa rápidamente, en parte porque he recuperado el buen humor. No obstante, cada vez estoy más decidida a descubrir a qué se debe la enemistad que existe entre Cam y Austin.

—¿Podemos comer juntas? Me gustaría hablar contigo de una cosa —me pregunta Sam en la pausa.

—Por supuesto, soy todo oídos —le digo saliendo del salón.

—Cris, ¿has notado algo distinto en Nash?

—Últimamente hemos hablado muy poco… pero no, no he notado nada extraño. ¿Por qué me lo preguntas?

—No sé… lo siento distante. Antes me trataba como a una princesa, pasábamos mucho tiempo juntos y estaba muy pendiente de mí. Ahora, sin embargo, parece que tiene la cabeza en las nubes, y cuando me besa tengo la sensación de que no le apetece de verdad hacerlo. No sé si me entiendes… Todo es muy confuso y eso me hace sufrir.

Por lo visto Hayes no es el único que se comporta de manera inusual.

—He reflexionado un poco y empiezo a pensar que sólo me usó y que, una vez obtenido lo que quería, ahora me quiere dejar.

—No, Sam, ¡Nash no es de ese tipo de chicos!

—¿Y si hubiera decidido serlo justo ahora? —pregunta desesperada.

Nash pasa por nuestro lado, se para y abraza a Sam. A mí me parece el tipo afectuoso y risueño de siempre.

—¿De qué estaban hablando? —pregunta.

Sam parece turbada.

—Lo de siempre: el instituto, la ropa… cosas de chicas —respondo.

—Ah, ok. ¿Te enfadas si te la robo media hora, Cris? —me pregunta guiñándome un ojo.

—En absoluto, Nash. Hasta luego. —Me gustaría preguntarle por Hayes, pero no quiero estropear la armonía que hay ahora entre ellos. Lo haré más tarde, puede que al final del día.

Con todo, hay otra cosa que me gustaría entender lo antes posible: qué sucedió hace tiempo entre Cameron y Austin. En este caso tengo muy claro a quién debo preguntárselo: Lexy. Así que voy a su salón a buscarla.

Apenas me ve entrar abre desmesuradamente los ojos y se encoge en su silla para esconderse, pero es demasiado tarde. Mientras me dirijo hacia ella, levanta las manos.

—No he publicado ningún artículo ni te he mandado ningún SMS, en caso de que hayas recibido alguno —dice para defenderse.

—No he venido por eso. Sólo me gustaría hacerte unas preguntas —respondo, y ella parece relajarse. En el suelo, cerca de su mochila, veo una nueva cámara fotográfica. Pero ¿cuántas tiene?

—Pregunta lo que quieras, pero no sé si podré responderte.

Lexy sabe todo de todos, así que es imposible que no esté al corriente de lo que sucedió entre dos de los chicos más populares del instituto.

—Sé que hace tiempo ocurrió algo entre Austin y Cameron.

—No sé quién te lo ha dicho, pero puedo asegurarte que entre esos dos nunca ha habido nada. Son heterosexuales, dalo por cierto; si supieras lo que han hecho con las chicas...

—No me refería a eso —atajo—. Quería decir que hace tiempo hubo un conflicto entre ellos, o algo por el estilo, que tuvo que ver con una tal Carly.

—Ah. —Silencio.

—¿Y bien? —insisto.

—Este... verás... yo... —Parece agitada. Si hasta ella se pone nerviosa cuando oye mencionar ese asunto es porque la cuestión es bastante complicada.

Lexy balbucea, pero no dice una palabra. Estoy empezando a irritarme.

—Pero bueno, ¿me lo dices o no?

—Lo siento, pero Cameron me pidió que borrara esa historia de mi mente y que no se la contara a nadie. Deberías agradecérmelo, porque no reaccionarías nada bien si supieras lo que ocurrió y las analogías que hay entre tú y esa pobre chica —replica en voz baja.

Me estremezco al oír la última frase.

—Sí, así es. En cierto sentido, es como si su historia se estuviera repitiendo, y eso me asusta un poco. Ten cuidado, Cris, es lo único que puedo decirte.

Sus palabras no hacen sino aumentar mi curiosidad.

—¡Lexy! —grita alguien a mi espalda. Lindsay está corriendo hacia nosotras y parece emocionada—. Coge la cámara fotográfica y sígueme. ¡Tenemos una nueva exclusiva!

—¿Qué? ¡No! ¡Lexy y yo estamos hablando! —protesto.

—En lugar de eso, deberías ocuparte de tu novio. Está a punto de partirle la cara a un chico, y si no lo expulsan esta vez juro que protestaré —replica Lindsay sonriendo.

¡Dios mío! ¿En qué lío se ha metido ahora Cam? ¿A quién odia tanto como para llegar a los golpes? Tengo un presentimiento terrible... espero con todas mis fuerzas estar equivocada.

—¿Dónde están? —pregunto.

—Cerca de las máquinas de bebidas —responde Lindsay.

Salgo a toda prisa del salón y corro dando codazos entre los estudiantes que, como yo, quieren asistir a la pelea. Aprieto el paso con la esperanza de llegar a tiempo de detener a Cam.

Me abro hueco entre la multitud que disfruta del espectáculo. No puedo creerme que Cameron lo esté haciendo de verdad. Es una gran estupidez, y él lo sabe también; la violencia no soluciona los problemas.

—¡Cameron, Austin, paren ya! —grito encolerizada. Cam alza la mirada y se detiene unos instantes.

—Cris.

Austin se recupera y le da un puñetazo.

—¡Basta! —grito de nuevo. Por fin se detienen.

—Cris… yo… —dice Austin mirándome.

No puedo quedarme aquí y mostrar a todos la rabia que siento en este momento. Me abro camino entre la gente y me alejo. Apenas he recorrido unos metros oigo unos pasos a mi espalda, estoy segura de que es Cameron.

—Esta vez has… —digo volviéndome de golpe, pero enmudezco cuando veo a Jack.

—Perdona, sólo quería saber cómo estabas. —Se acerca lentamente a mí.

—Perdóname tú, pensaba que eras Cameron.

—Siento cómo se está comportando. No te mereces que te traten así —dice con una sonrisa forzada.

—No lo entiendo, Jack. ¿Cómo pueden reaccionar así por una estupidez semejante?

—¿Estupidez? Bueno, yo no lo llamaría estupidez. Si me hubiera ocurrido a mí habría reaccionado igual.

Sus palabras me confunden. Es evidente que no estamos hablando de la misma cosa.

—¿A qué te refieres?

—A la historia de Carly y a todo lo que sucedió…

Ok, ese asunto empieza a perseguirme. Quiero saber qué sucedió, y quiero saberlo ahora.

—Jack, debo pedirte un favor…

—¡Deja de molestar y esfúmate, Gilinsky! —exclama Cameron interponiéndose entre nosotros. Jamás lo he visto tan enojado.

Jack levanta las manos y se va sin decir una palabra.

Miro a Cameron. Está fuera de sí, da miedo. Sea cual sea el motivo de la pelea, seguro que había una manera más civilizada de resolver la cuestión.

—Tenemos que hablar, Cris.

—¿De qué? ¿Del motivo por el que has pegado a Austin?

—Me molesta verlos juntos y cuando supe que ibas a salir con él me molesté.

—¿Estás seguro de que ésa es la única razón?

Asiente con la cabeza, pero no parece convencido. ¿Por qué sigue mintiéndome?

—¿Quieres decir que Carly no tiene nada que ver en todo esto? —insisto.

Cam se queda boquiabierto y mira a Jack, que está ya al fondo del pasillo.

—¿Te lo ha dicho él?

Asiento con la cabeza.

—¿Qué más te ha dicho?

Decido mentir para forzarlo a hablar.

—Sé todo.

Me mira a los ojos para comprobar si estoy diciendo la verdad.

—Estás mintiendo.

Siempre consigo engañar a todos, salvo a él.

—La de Carly es una vieja historia, de la que nadie quiere volver a hablar —prosigue Cam—. Además, no tiene nada que ver contigo, así que no entiendo por qué demonios quieres saber a toda costa lo que ocurrió.

—¿Nada que ver? ¿Estás seguro? Entonces explícame por qué Lexy me ha aconsejado que tenga cuidado, porque, según ella, la historia se está repitiendo.

Niega con la cabeza.

—En este asco de instituto a todos les da por meterse donde no los llaman —musita.

—Es inútil que te inquietes. Tarde o temprano me enteraré.

Se acerca a mí y me mira con aire firme.

—Si insistes, hemos acabado.

No puedo creer que esté hablando en serio.

—En cualquier caso se acabará. No estoy dispuesta a salir con alguien que me miente —replico llorando.

Me contempla con aire de burla.

—Bueno, en tu caso no sería la primera vez.

Le doy una bofetada y me voy. No puede hablarme así. ¿Por qué han cambiado tanto las cosas entre Cam y yo? En menos de cinco horas hemos hecho las paces y nos hemos vuelto a pelear. Y esta vez se ha pasado de verdad. Sacar a colación los desengaños que sufrí en el pasado ha sido un golpe bajo que no estoy dispuesta a aceptar.

Esta vez he terminado para siempre con Cam. Lo odio y no quiero volver a oír hablar de él.

Al llegar a casa corro a mi habitación sin saludar a nadie, estoy destrozada y quiero estar sola.

—Cris… ¿te has enterado de algo? —pregunta Kate entrando en mi dormitorio.

Me he olvidado de hablar con Nash sobre Hayes. Qué idiota soy.

Me enjugo las lágrimas y trato de dominarme.

—Este… de algunas cosas. Sé que Nash también se está comportando de forma extraña con Sam, pero no he conseguido entender por qué. No he podido hablar con él.

Kate se acerca y se sienta en la cama.

—Ha pasado algo con Cameron, ¿verdad? ¿Qué ha hecho?

Es inútil mentir a Kate: siempre intuye lo que me pasa.

—Sí, hemos roto, porque se niega a decirme la verdad.

—¿La verdad sobre qué?

—Sobre una tal Carly. Es una larga historia… Pero no te preocupes, no es nada grave.

Baja enseguida la mirada. ¿Qué le ocurre?

—¿Kate? —digo mirándola.

Parece disgustada.

—Tú sabes algo… —digo, y ella asiente—. ¿Qué?

Baja la cabeza y calla. No, no puede hacerme esto, si sabe algo debe decírmelo. Es mi hermana.

—Kate, te lo ruego.

—De acuerdo, pero no sé si se trata de la misma persona… La hermana de Taylor, Lauren, que viene a clase conmigo y es amiga mía, me ha contado que en el instituto de su hermano se habla mucho de una historia terrible sobre una tal Carly. Por lo que sé, murió atropellada por un coche, o, por lo menos, esa es la versión oficial: la mayoría de los chicos sospecha que alguien la mató. No sé más, lo siento. Lauren me pidió que no se lo dijera a nadie, así que, Cris, yo no te he dicho nada, por favor.

Me estremezco al pensar que alguien haya querido matar a esa pobre chica. Tengo que saber qué ocurrió y también qué tienen que ver Cam y Austin con esa historia.

5

Puesto que Sam, Kate y yo estamos viviendo una mala época por asuntos amorosos, hemos decidido pasar este martes por la tarde juntas viendo una película lacrimógena.

Hemos optado por la casa de los Dallas, porque los padres de Sam han invitado a cenar a los míos. Así que, pese a que es lo último que deseo hacer, probablemente esta noche tendré que cenar con Cam y fingir delante de nuestros padres que todo va sobre ruedas.

Kate y yo llamamos a la puerta. Sam nos abre y nos lleva a una sala con una pantalla gigantesca pegada a una pared, que no había notado hasta ahora.

Kate elige un DVD de la enorme videoteca de los Dallas y lo mete en el reproductor, mientras Sam y yo preparamos el sofá con varios cojines y mantas.

—Voy por las palomitas —dice mi hermanita saliendo de la sala.

—¿Alguna novedad entre ella y Hayes? —me pregunta Sam sentándose a mi lado.

—Ninguna. ¿Y tú? ¿Has vuelto a hablar con Nash? Niega con la cabeza.

—No, no me he atrevido.

—¿Se lo has preguntado a Cam, entonces? —Él y Nash son grandes amigos, así que seguro que su hermano sabe lo que está sucediendo. Si aún fuera su novia se lo preguntaría.

—No. Últimamente Cam ha estado insoportable. Antes vino a casa por algo y cuando quise saludarlo pasó a mi lado sin decir una palabra.

Desvío la mirada de Sam, pensando que yo tengo la culpa de todo.

Mejor dicho, no. No la tengo. Si está sucediendo todo esto es por culpa de Cam y de su falta de sinceridad.

Kate entra en la sala y se sienta en el suelo con un tazón lleno de palomitas.

—Entonces… ¿qué película quieren ver? —pregunta Sam.

—A ver si Cris lo adivina. Tienes dos intentos —dice bromeando.

—Mmm… —Simulo que estoy pensando—. *Crepúsculo*.

—No. Demasiado fácil. Vuelve a intentarlo.

En este punto ya no se me ocurre nada.

—¿*Los juegos del hambre*?

—¡Frío! *Si decido quedarme* —contesta Kate.

Sam agarra el control y pone en marcha la película.

—¡Espera! ¡La Coca-Cola! —exclama Kate—. No puedo comer palomitas sin ella.

Me levanto del sofá.

—No te preocupes, voy yo.

Entro en la cocina y saco tres latas del refri. Cuando me dispongo a salir, veo que Cameron entra en la casa y se dirige a la escalera. No quiero hablar con él, así que espero a que desaparezca de mi vista antes de volver a toda prisa a la sala.

Me siento de nuevo al lado de Sam. El corazón me late a mil por hora.

—¿Regresó? —pregunta mi amiga.

—Eh… perdonen. ¡Dijimos que nada de chicos! ¡Tema tabú! —susurra Kate.

Sam levanta las manos en señal de rendición y nos concentramos en la película.

Cuando termina, las tres estamos llorando.

—¡Es increíble que la protagonista se haya despertado! —dice Kate secándose la cara.

Asiento con la cabeza.

—Pero no puede acabar así, ¡no es justo! —protesta Sam.

Estoy completamente de acuerdo con ella.

Bueno, si el objetivo era llorar hasta quedarnos sin lágrimas, lo hemos conseguido. Miro a Sam y a Kate, están espantosas: tienen los ojos rojos e hinchados. Supongo que mi aspecto no debe ser mucho mejor.

—Chicas, llegaron las pizzas y… ¿Qué pasó? —pregunta la señora Dallas al entrar, mirándonos con aire de preocupación.

—Vimos una película preciosa —explico pasándome una mano por los ojos.

—¡Ah, menos mal que era preciosa! Pero qué caras... Vamos, vengan a la mesa.

Nos levantamos y vamos al comedor, donde Cameron está ya sentado en su sitio, con aire enfurruñado.

—¿Qué les pasó? —pregunta el señor Dallas al vernos entrar.

—Nada, vimos una película —responde Sam.

Su madre sonríe y me indica dónde debo sentarme... Como era de esperar, al lado de Cameron. Me veo obligada a sonreír y a darle las gracias.

—¿Cómo va en el instituto? —pregunta la señora Dallas.

Sam y yo nos miramos.

—Este... muy bien —contesto esbozando una sonrisa.

—Sé que Cameron y tú no han podido pasar mucho tiempo juntos últimamente.

Pero ¿por qué tenemos que hablar de eso justo ahora?

—Como saben, Cris estaba castigada —dice Cameron adelantándose.

—¿Y cómo van las cosas entre ustedes? —pregunta mi padre.

Cam tose y se levanta de la mesa.

—Ya terminé —dice.

—¿Adónde vas? —pregunta la señora Dallas.

—A darme un regaderazo —responde él cabreado.

¡Fantástico! ¡Gracias, papá!

Cenamos con tranquilidad, pero aun así no logro quitarme de la cabeza la reacción de Cameron. ¿Por qué no ha dicho que hemos roto?

Después de cenar voy a la habitación de Sam para recoger un libro que le presté y que ya no necesita. Pero antes de volver a la planta baja decido retocarme el maquillaje.

Llamo a la puerta del baño de invitados para asegurarme de que no hay nadie y entro. Me acerco al espejo a la vez que me recojo el pelo.

—¿Qué pasa? ¿Quieres ducharte conmigo? —pregunta Cam a mi espalda.

Lo veo perfectamente en el espejo, con la toalla enrollada a la cintura. ¿Qué hace aquí? Tiene un cuarto de baño para él solo…

Me vuelvo enseguida y me quedo paralizada al ver su cuerpo perfecto. Casi tengo ganas de pedirle perdón por haber insistido tanto sobre la historia de Carly, pero no debo hacerlo.

Se acerca a mí. Me cuesta respirar. ¿Desde cuándo hace tanto calor aquí?

Apoyo las manos en el lavabo. Siento un deseo enorme de acercarme a él y besarlo, pero mi cerebro me ordena que no lo haga. Respiro hondo y me aparto de él.

—¿Necesitas el baño? Si es así saldré enseguida.

Cam se vuelve hacia mí, su sonrisa se ha desvanecido.

—Cris, esta situación se está haciendo insoportable, no aguanto más. Quiero estar contigo.

—Hasta que no seas sincero conmigo esta situación seguirá siendo insoportable.

Resopla y se pasa una mano por el pelo mojado.

—¿Aún estás obsesionada por esa historia? ¿Por qué insistes tanto en saber qué ocurrió?

—¿Necesitas el cuarto de baño o no? —pregunto cambiando de tema.

—Como quieras… si prefieres quedarte aquí mientras me visto a mí me da igual.

Enrojezco al imaginar a Cameron completamente desnudo. Doy un paso para salir.

—Era una broma —dice acercándose a mí. Me da un beso en la frente y se va.

Cuando, por fin, salgo, Cam está en el pasillo. Se ha vestido y está tecleando algo en el celular.

—¿Aún estás de mal humor? —me pregunta—. Ven conmigo y en cinco minutos te sentirás mejor.

—Te recuerdo que ya no salimos juntos.

Sonríe.

—Dentro de cinco minutos volveremos a estar juntos, créeme.

Me toma de la mano y me lleva a su habitación. No tengo fuerzas para oponerme. Cierra la puerta con llave y se sienta en la cama.

—Quiero contarte lo que sucedió con Carly —dice.

Me quedo atónita.

—¿Qué? ¿Hablas en serio?

Asiente con la cabeza y me indica con un ademán que me siente a su lado.

Obedezco, preparada para escuchar lo que va a decirme.

—Veamos, hace dos años Carly estaba en el primer año de instituto. Era una chica muy guapa y llamaba la atención de muchos chicos, incluido yo. Por aquel entonces yo era un auténtico imbécil, corría detrás de todas, pero ella me gustaba de forma especial. Como era de esperar, a Austin le gustaba también, así que los dos intentamos ligar con ella. Carly tuvo que elegir entre los dos.

—¿Por eso Austin y tú no se pueden ver?

Asiente con la cabeza y continúa.

—Por desgracia, Carly murió atropellada por un coche la noche en que debía decirnos lo que había decidido. Jamás sabremos a cuál de los dos había elegido.

—Siendo así, ¿por qué tenías tanto miedo de contarme esta historia?

—No sabía cómo reaccionarías. Además, ya te lo he dicho, es una vieja historia, no tiene sentido hablar de ella.

Por la manera en que lo dice creo que hay algo más, pero me convenzo de que él siempre ha sido sincero conmigo.

—Ok... ahora volvemos a salir juntos, ¿verdad? —pregunta tomándome de la mano.

El deseo de volver conmigo que demuestra me hace sonreír. ¿Cómo puedo negarme?

—¿Me prometes una cosa, Cam?

Asiente con la cabeza.

—Suceda lo que suceda entre nosotros, no vuelvas a tratar mal a Sam, por favor. Sufre demasiado.

—De acuerdo. Te lo prometo.

—Ok —digo y hago como que me levanto, pero él me lo impide.

—¿Adónde crees que vas? —pregunta dándome un beso en los labios y obligándome a tumbarme en la cama.

—Mis padres me están esperando para volver a casa.

—Que esperen. —Me da otro beso y se tumba encima de mí. Sus piernas abren las mías. Junto las manos detrás de su nuca mientras él continua su asalto. La pasión se acrecienta, nuestras respiraciones se aceleran.

Alguien llama a la puerta.

Cam se separa de mis labios.

—Voy. ¡Maldita sea! —Se levanta y va a abrir la puerta—. ¿Qué pasa?

—Perdonen la molestia, no quería interrumpir nada, pero… Cris, te estamos esperando para volver a casa —suelta Kate de un tirón.

Su agobio me hace sonreír.

—Está bien, bajamos enseguida —dice Cameron apoyándose en la puerta.

Kate da media vuelta y se marcha a toda prisa.

Cameron se acerca a mí para darme el último beso.

—Tengo que marcharme, Cam —digo apartándolo con dulzura. No sé qué habría pasado si Kate no nos hubiera interrumpido…

Él asiente de mala gana y bajamos a la planta baja, donde todos están ya preparados.

6

Cuando Cam y yo llegamos al instituto vemos que todos tienen en la mano el maldito periódico de chismorreo.

Lexy no debe de tener nada que hacer si se ocupa las veinticuatro horas del día de la vida de los demás.

Me pregunto si alguien logrará impedir alguna vez que publique esas cosas.

Cuando entramos en el instituto acompaño a Cam a ver a un amigo del equipo de fútbol que aún no conozco. Nos acercamos a un chico con el pelo castaño.

—Hola, Justin —dice Cameron.

—Hola, Cam.

—Esta tarde hay partido, ¿puedes venir?

—Sí, iré. —Luego me mira—. ¿Eres Cris?

Le tiendo la mano.

—Sí, encantada de conocerte.

—El gusto es mío —contesta él sonriendo—. Pero ¿qué ustedes dos no habían roto?

Me quedo estupefacta. Cameron y yo nos miramos incrédulos.

—¿Cómo lo sabes? —pregunta Cam.

—Leí el periódico de Lexy. Por lo visto se ha equivocado —concluye mirando nuestras manos entrelazadas.

Cam me mira de nuevo, queda de verse después con Justin y nos marchamos.

—¿Cómo se enteró Lexy? Cuando discutimos no había nadie delante —comento.

Cam parece enfadado, por decirlo suavemente.

Tras avanzar unos metros vemos a Susan corriendo hacia nosotros. Cuando llega a nuestro lado echa los brazos al cuello de Cam.

—Lo sabía —susurra a pocos centímetros de sus labios y a continuación lo besa.

Es una escena surrealista, apenas puedo creer lo que estoy viendo. Me quedo paralizada, como si cada célula de mi cuerpo se hubiera apagado y se negara a funcionar.

Él parece tan sorprendido como yo.

—¿Qué... qué estás haciendo? —le pregunto en voz alta.

Susan me mira con una sonrisa irritante.

—¿Has leído el periódico de Lexy? Si no lo has leído ya estás tardando, y quítate de en medio —dice apretando el brazo de Cameron, que intenta desasirse de ella.

Me muero de ganas de saber qué se ha inventado Lexy esta vez. Corro hacia el mostrador en que están expuestos los diarios y me aproximo a la chica que los vende.

—Una copia, por favor.

—Por supuesto. Cuarenta dólares —dice sonriendo.
Debe de ser una broma.

—Muy divertido, pero ahora dame uno.

—No estoy bromeando. Para ti son cuarenta dólares.

—¿Para mí?

—Está escrito con toda claridad en la primera página:
para ti y tus amigos el periódico cuesta cuarenta dólares.

—¡¿Para mí y mis amigos?! ¡Ah, esta sí que es buena!
¡Dame enseguida una copia! —digo enojada. Estoy a punto de perder los estribos, si no hace lo que le digo podría
abalanzarme sobre ella.

—¿No la has oído? Dale una copia —le exige Cameron, que acaba de reunirse conmigo.

La chica apoya las dos manos en el mostrador y se
inclina ligeramente hacia él para mirarlo a los ojos.

—Les dije que son cuarenta dólares.

Estoy a un tris de echarle las manos al cuello, pero
Cameron me detiene agarrándome un brazo y me arrastra
lejos de allí.

—¿Dónde está Lexy? Juro que esta vez me las paga-
rá —estallo, pero Cameron me toma por los hombros obligándome a mirarlo a los ojos.

—Tranquilízate, Cris. Enfadándote no conseguirás
nada.

No puedo evitar sonreír.

—¿Bromeas? Mira quién habla, el mismo que hace unos
días casi le parte el cráneo a Austin —me suelta enseguida—.
¿Me explicas cómo puedo mantener la calma después de lo

que acaba de hacer Susan? ¡Te besó delante de todos! Además, Lexy... Escribe artículos que no me permite leer. Lo mínimo que puedo hacer es enojarme, ¿no te parece?

—Lo sé, tienes razón, pero trata de mantener la calma. Yo me ocuparé de Susan.

—¿Aún no has hablado con ella?

—No, preferí seguirte para impedir que te metieras en un lío.

—Habla con ella en cuanto puedas y explícale cuál es la situación, por favor. Si te vuelve a besar no respondo de mis actos.

El timbre suena y vamos a toda prisa al salón.

Antes de entrar, Cam me agarra una mano.

—Cris, prométeme que no buscarás a Lexy. Si te cabreas con ella escribirá cosas aún peores. No tiene tanto miedo como parece.

Tiene razón. Sólo ahora me doy cuenta de que cada vez que he discutido con ella o con Susan he acabado en el periódico con un titular idiota. Pero, si he de ser franca, me da igual, correré el riesgo. Tengo que hacer algo, no pienso quedarme callada.

—Prométemelo —insiste mirándome a los ojos.

—Vamos a llegar tarde a clase —respondo a la vez que entro.

Oigo que resopla, pero me sigue sin decir una palabra.

En la pausa para comer Sam se acerca a mi pupitre.

—¿Vienes a comer algo conmigo? —pregunta sentándose en el sitio del chico que está delante de mí.

Niego con la cabeza.

—Vamos, Cris. ¿Cómo puedes sobrevivir a otras tres horas de clase sin comer nada?

Me encojo de hombros y me levanto de la silla.

—No tengo hambre.

—¿Estás bien? No tienes buena pinta.

—No lo estoy, están sucediendo demasiadas cosas a la vez…

Sam apoya una mano en mi brazo.

—Ya verás como todo se solucionará. A propósito… hablé con Nash.

Me paro de golpe y la miro. Hasta ahora no había notado la expresión de tristeza en su cara.

—¿Qué te ha dicho?

—Que tiene problemas familiares.

—¿Qué tipo de problemas?

—No lo sé, no ha dicho nada más. Le pedí que nos veamos esta tarde en la playa para hablar. Luego te contaré todo.

Salimos del salón y, mientras Sam se dirige a la cafetería, yo decido ir a buscar a Lexy.

La encuentro en su clase, sentada en su sitio, con la cámara fotográfica a la vista y al alcance de la mano. Apenas me ve la mete en la mochila.

—¿Qué es eso de que tenemos que pagar cuarenta dólares por un periódico? —le pregunto apoyándome en su lugar.

Me mira impasible.

—Muy sencillo: debía encontrar una manera para difundir la noticia entre todos salvo tú y Cam.

—Una jugada estúpida, Lexy. Es sólo cuestión de tiempo, tarde o temprano me enteraré de lo que has escrito. Así que dame una copia: cuanto antes me enfade, mejor.

Se levanta y me mira a los ojos.

—Cris, entiendo que estés nerviosa por la historia de Cameron y estoy segura de que ahora que te ha dicho la verdad lo estarás aún más. Pero éstos son mis últimos días y no tengo la menor intención de dejar escapar ciertas noticias, ¿comprendes? Aguanta un poco más.

—¿Tus últimos días?

—Sí, voy a cambiar de instituto.

Quizá debería sentir una punta de tristeza porque se va, pero no es así. Al contrario, la perspectiva de quitármela de encima me alivia.

—Dame un periódico.

Resopla y se vuelve a sentar.

—Te dije que no.

Me acerco a la mochila y la levanto.

—¿Pero qué haces? —pregunta.

Cruzo la clase con paso firme en dirección a la ventana.

—¡Ni se te ocurra, Cris! ¡Te arrepentirás!

Es como si ya no oyera nada. Mi cerebro me ordena "Hazlo", y, de hecho, lo hago. Abro la ventana y tiro la mochila. Jamás me he sentido mejor. Tengo la impresión de haberme liberado de un peso enorme.

—¡¿Qué has hecho?! —exclama ella precipitándose hacia la ventana y mirando abajo.

Estamos en el segundo piso, así que supongo que la cámara se habrá roto.

Doy un paso con la intención de salir, pero en un abrir y cerrar de ojos me encuentro con la cara pegada al suelo y con Lexy, furiosa, sentada a horcajadas sobre mí. Le agarro los brazos para detenerla. Me retuerzo para desasirme, pero ella parece resuelta a no soltarme.

Alguien me la quita de encima. Austin. Matt me tiende luego las manos para ayudarme a levantarme. Las tomo y él tira de mí.

Una vez de pie, noto que la cabeza me da vueltas y siento un dolor agudo.

—Ay —digo tocándome la nuca.

—Shhh…, todo va bien. —Matt me abraza—. ¿Por qué lo has hecho? ¿Te has vuelto loca? —pregunta después a Lexy.

—¡Ha tirado por la ventana mi penúltima cámara fotográfica! —grita ella desesperada.

—Probablemente porque te lo has buscado, ¿no crees?

—No, Matt, yo no le he hecho nada, ¡sólo he escrito la verdad!

—Será mejor que te vayas —la intimida Austin.

Oigo los pasos de Lexy alejándose.

—¿Qué pasa? —La voz de Cameron me estremece. También esta vez llega en el momento menos oportuno: después de pelearme con Lexy y mientras estoy abrazada a Matt.

—¡No la toques, déjala en paz! —dice Cam apartando a Matt de un empujón. Me toma de la mano y me arrastra fuera del salón.

Aún estoy mareada, debo de haberme dado un buen golpe al caer…

—¿Me has oído? —pregunta Cameron. Sólo ahora me doy cuenta de que me está hablando.

—Este… no, perdona —digo masajeándome la nuca. Me duele mucho.

—¿Cómo se te ocurre? ¿Por qué se pelearon?

—Fui a hablarle del periódico y del asunto de los cuarenta dólares. Ella me contestó mal y perdí la paciencia, tomé su mochila y la tiré por la ventana. Después ella se abalanzó sobre mí y debí darme un golpe en la cabeza.

—¡Te dije que no lo hicieras y me lo prometiste!

—No te prometí nada. Además, tenía que aclarar este asunto. No veo por qué debo sufrir en silencio.

Cam resopla.

—Todo esto me molesta… Pero, dado que no te encuentras bien, hablaremos más tarde, ahora sólo empeoraría la situación. ¡Hola! —dice de repente parándose delante de una chica que camina por el pasillo. Mi corazón deja de latir un segundo, no entiendo qué pretende hacer.

—Gracias —dice arrancándole el periódico de las manos.

La chica lo mira con furia, pero se va sin protestar.

Cam se acerca a mí y me lo tiende.

—Ten.

—¿Qué se supone que debo hacer con esto?

—¿No querías leerlo? Bueno, ahora lo tienes, y, como ves, no era necesario pelear con Lexy.

Pero ¿por qué se comporta de esta forma?

—¿Has hablado con Susan? —pregunto.

—No, pensaba hacerlo durante la pausa para comer, pero alguien se metió en un lío y no he podido hacerlo.

—Deberías haberte ocupado de ella en lugar de la pequeña pelea entre Lexy y yo.

Cameron retrocede, me agarra los brazos y me mira a los ojos.

—Te lo digo por última vez: tú eres lo único que cuenta de verdad para mí. Todo lo que te concierne es más importante que aclarar la situación con una psicópata. Recuérdalo, pero, sobre todo, intenta dar a las cosas el valor que realmente tienen. La pelea con Lexy podría haber acabado mucho peor, en el mejor de los casos podrían haberte expulsado. Además, ya te he dicho que Lexy no es tan inofensiva como parece, no la provoques —concluye antes de marcharse.

Me quedo inmóvil, turbada aún por su reacción, que no acabo de entender.

—¿Estás bien? —pregunta Sam acercándose a mí.

—Sí, más o menos. Tu hermano se ha vuelto a enfadar conmigo, esta vez porque he discutido con Lexy.

—Por lo visto no hay manera de que estén tranquilos. —Su mirada se posa en el periódico que tengo en las manos—. ¿Cómo lo conseguiste?

—Cam se lo quitó a una chica que cruzaba el pasillo.

—Llevo toda la mañana tratando conseguir una copia, pero me dicen que debo pagar cuarenta dólares.

Se lo doy, llegado este punto no sé siquiera si tengo ganas de leerlo. Pero ¿qué estoy diciendo? Claro que quiero.

Me acerco a Sam y juntas leemos el artículo de la primera página:

Entre los numerosos *affaires* que nos encanta seguir, el que más nos intriga últimamente es, sin lugar a dudas, la turbulenta historia de amor entre Cameron y Cris. Una pareja extraña, como pocas, reciente, sobre la que pesa la sombra funesta de la pobre Carly y la molesta figura de Susan, a la que Cam no logra olvidar. Por lo visto él es el que, por encima de todo, quiere ocultar a Cristina la verdad sobre su incómodo pasado, y, según fuentes fidedignas, el lunes, nuestra pareja preferida se derrumbó de forma definitiva. De hecho, después de pelear y de insultarse encolerizados, los dos decidieron poner punto final a su relación. ¿Será para siempre esta vez? Querida Cris, si estás leyendo estas líneas (cosa que dudo, dado que ninguna persona en sus cabales pagaría cuarenta dólares por un periódico escolar), recuerda que las apariencias engañan. Te aconsejo que tengas cuidado y que averigües con quién te las tienes que ver…

Lexy y sus fuentes.

El artículo va acompañado de una foto en la que aparecemos Cameron y yo peleando.

—¡Si pudiera le tiraría por la ventana la maldita cámara! —estalla Sam.

—Ya me encargué de eso —digo.

Abre el diario y lo hojea. Una noticia en particular llama nuestra atención. Concierne a los hermanos Grier.

—Ahora se ensañará también conmigo —dice Sam.

—Habrá escrito sobre Nash y tú, sobre la mala época que están viviendo… pero ¡no es una gran exclusiva! Todos saben que Nash está muy raro.

Veo que lee rápidamente el artículo y que, en cierto punto, una lágrima resbala por su mejilla.

—¿Qué te pasa, Sam?

Me da el periódico y se va sin decir una palabra.

—¡Sam! —grito con la esperanza de que se detenga.

Leo lo de Nash y me quedo boquiabierta.

Ahora comprendo el extraño comportamiento de Hayes y de Nash: los hermanos Grier se van a vivir a Nueva York.

7

¡Cris, Kate, acuérdense de darle tarjeta al dueño de la tienda! —dice mi madre.

Esta noche tendrá lugar en el gimnasio del instituto una fiesta en honor del padre de Sam y de Cam, para agradecerle las generosas donaciones que hace al centro.

Mi madre, en calidad de miembro de la junta de padres y de amiga del señor Dallas, se ha encargado de elegir un regalo adecuado para la ocasión, y, dado que este año se celebra el setenta aniversario de los astilleros pertenecientes a la familia Dallas, ha elegido dos grabados antiguos de veleros de gran valor. Kate y yo debemos entregar al anticuario la tarjeta de agradecimiento y de felicitación que ha preparado la junta de padres.

No tengo ningunas ganas de ir a esa estúpida fiesta en la que tendré que estar con Cam...

El miércoles por la noche aún estaba enfadado conmigo por haber peleado con Lexy, y todo porque me había pedido que no reaccionara, y yo, en cambio, hice lo que quise.

Así, puesto que su madurez se puede equiparar a la de un niño de diez años, Cam decidió, con la única intención de hacerme enojar, no aclarar las cosas con Susan, quien, como era de esperar, no se ha despegado de él. Mientras yo me muero de celos, él se divierte.

La situación me molestó mucho, así que al día siguiente intenté hablar con él. Pero, después de una discusión inútil y airada, decidimos de mutuo acuerdo que lo mejor era concedernos una pausa de reflexión, por decirlo de alguna forma…

No sé qué sucederá entre nosotros, pero estoy cansada de pelear por tonterías y creo que guardar las distancias durante cierto tiempo nos ayudará a aclarar las ideas. Pese a que debo reconocer que lo echo mucho de menos…

Mientras Kate y yo vamos al centro en autobús, recibo un mensaje de Austin pidiéndome que le confirme la cita en Starbucks a la una y media. Y como vuelvo a estar soltera, puedo comer y pasar el sábado por la tarde con un amigo. La situación en que me encuentro ofrece, al menos, ciertas ventajas, y quiero aprovecharlas, sobre todo ahora que, gracias a que Lexy se marchó, las posibilidades de que Cam se entere son mínimas.

Estamos en Ocean Drive, a pocos metros del anticuario, cuando Kate exclama:

—¡Mira, Cris! ¡Son los Dallas!

¡Demonios! Me vuelvo a mirarlos, pero, por suerte, Cam, Sam y sus padres aún están bastante lejos. No creo que nos hayan visto, así que puede que consigamos evitarlos confundiéndonos con la multitud.

—Entremos en esta heladería, Kate…

—¡Cris, Kate, hola! —Oigo la cálida voz del señor Dallas, que nos llama. Oh, no. Me vuelvo poco a poco y esbozo una sonrisa forzada.

—Buenos días, señor Dallas. ¿Cómo va el día? —pregunto, tratando de ser lo más amable posible.

—Muy bien, hemos dado un bonito paseo juntos, cosa que no sucedía desde hacía mucho tiempo, y ahora vamos a comer a un restaurante que está aquí cerca. ¿Y ustedes? ¿Qué están haciendo?

Noto que Cameron me mira fijamente. ¿Qué le respondo? Se supone que el regalo es una sorpresa, y de Austin prefiero no hablar…

—Cris va a comer con un amigo y yo he quedado con Hayes —se apresura a contestar Kate.

¿Por qué lo ha hecho?

—¿Con Austin? —pregunta Sam con una sonrisa astuta que no presagia nada bueno.

Cameron abre desmesuradamente los ojos.

—Sí, con Austin —corroboro. De nada sirve negarlo.

Sam lanza una mirada maliciosa a su hermano, que se limita a sacudir la cabeza.

—En ese caso, les deseo que pasen una buena tarde. Nos vemos esta noche —dice la señora Dallas.

—Gracias, igualmente. Hasta luego.

—Cris, tú y yo nos veremos en mi casa a las seis. ¡No te olvides! ¡Sin tu ayuda estoy perdida!

—No te preocupes, Sam. Hasta luego. —Le prometí que la ayudaría a peinarse. Esta noche estará bajo los focos con su familia y quiere estar perfecta.

—¿Por qué lo has hecho, Kate? —reprocho a mi hermana apenas nos quedamos solas.

—¡Porque se lo merece! Además, el nombre de Austin lo pronunció Sam, no yo. ¡Y quedó genial! —Se ríe satisfecha—. Cam se petrificó.

—¿Tú crees?

—¡Por supuesto! ¡Se moría de celos! —Me guiña un ojo—. Éste debe de ser el anticuario, Cris —dice señalando un viejo letrero en que aparece escrito "Smith Square". El nombre me resulta familiar…

Después de haber entregado la tarjeta al dueño de la tienda y de haber acordado con él los últimos detalles sobre la entrega del regalo, vamos al Starbucks.

Kate está nerviosa. Le dije que Hayes se va a vivir a Nueva York y hoy se van a ver por primera vez para hablar del tema.

—Anoche charlé un poco con Hayes por teléfono.

—¿Y qué te dijo? —pregunto intrigada.

—Que lo siente. Que no quería tratarme de esa forma, que pensaba que alejándose de mí me facilitaba las cosas. Me enfadé con él. Es una estupidez comportarse así, tenemos que aprovechar el poco tiempo que nos queda.

—¿Así que es seguro que se mudan?

Asiente con la cabeza.

—Pero ¿por qué se van?

—Los padres de Nash y Hayes han decidido instalarse en Nueva York por motivos de trabajo y quieren que sus hijos los acompañen. No puedo imaginarme cómo será la vida sin Hayes —dice Kate.

Cuando llegamos al Starbucks veo que Austin me está esperando en la entrada. Me despido de Kate, porque quedó con Hayes en un parque cercano. Le doy un fuerte abrazo para desearle suerte, y me reúno con Austin.

—¡Hola, Cris! ¿Qué te parece si comemos algo? Nos espera una tarde muy dura —dice al verme llegar—. Te advierto que soy un pésimo compañero para ir de compras.

—Da igual, seguro que encontraremos algo decente.

Después de comer a toda prisa, nos lanzamos a la caza de un regalo mono para Camila.

—¿Con quién vas a ir a la fiesta esta noche? —pregunto.

Se encoje de hombros.

—Con nadie. ¿Tú irás con Cameron?

—No —respondo deprimida.

—¿Se han peleado?

—¿No lo sabías?

—No, desde que Lexy se marchó no sé una palabra sobre ustedes… Bueno, si quieres podemos ir juntos. Pero sólo si eso no te causa más problemas con Cameron.

En el fondo, no quiero ir sola.

—Por supuesto, me parece una idea estupenda —digo sonriendo.

Entramos en un centro comercial, que está abarrotado. Quizá sé qué podría gustarle a Camila. Me dirijo resuelta a una joyería.

—¿Puedo saber por qué han discutido? —pregunta de improviso Austin.

—Se enfadó por lo que sucedió con Lexy… pero la verdad es que hacía tiempo que no nos llevábamos bien. Le irritan algunas cosas y en menos de un mes no hemos hecho otra cosa que discutir. Algo que no soporta, por ejemplo, es verme contigo —le explico mientras entramos en la joyería.

—Supongo que será por la historia de Carly —apunta.

—Ya —Miro unos collares.

—Me amenazó para que no te dijera nada —dice riéndose.

—No te preocupes, ya lo sé todo.

—¿De verdad?

—¡Ya está! —exclamo señalando un collar precioso estilo "Carrie", que se puede personalizar con el nombre. A Austin le encanta. Nos acercamos a una dependienta y le encargamos uno con el nombre de Camila. Tras fijar la fecha para recogerlo, salimos de la tienda.

—Espero que no te hayas creído todo lo que te contó Cameron sobre Carly —dice Austin mientras abandonamos el centro comercial.

—¿Qué es lo que no debería creerme? ¿Que los dos estaban enamorados de ella?

—No… ¿No te dijo nada sobre el pacto que hicimos? Me paro.

—¿Qué pacto?

Austin me mira y luego saca su celular.

—Perdona, Cris, tengo que responder a una llamada. —Se aleja para hablar y cuando vuelve me dice que debe volver enseguida a casa—. Pasaré a recogerte a las ocho. ¡Gracias por tu ayuda! —Me da un beso en la mejilla y se marcha.

Esperaba poder hablar con él sobre el misterioso pacto… Como suponía, Cameron no me contó toda la verdad, sabía que no podía fiarme de él.

Mientras vuelvo a casa recibo un mensaje en el celular de un número desconocido. Lo abro:

Lexy se ha marchado, pero ¡no teman, seguiré poniéndolos al corriente de las historias más picantes del instituto!

Aquí tienen un adelanto de las noticias que podrán leer el lunes en el periódico:

Todos sabemos que Matthew Espinosa salía desde hacía varios meses con Tamara, pero, por lo visto, su relación ha terminado. Ella se queja de que se siente abandonada. Matt, por su parte, fue visto hace pocos días abrazando a nuestra querida Cris… ¿Será una simple casualidad?

Y ahora hablemos de ella, de Cristina Evans, que, según parece, se ha recuperado por completo de la ruptura con Cameron Dallas. De hecho, esta misma tarde ha sido vista en compañía del atractivo jugador de baloncesto Austin Miller. Los dos parecían encantados y se intercambiaron numerosas demostraciones de afecto. ¿Nueva pareja a la vista?

Por hoy, es todo. Mañana les informaremos sobre la fiesta en honor de los Dallas.

Lindsay y sus fuentes.

Se me cae el celular de la mano.

8

Según lo convenido, a las seis en punto llamo al timbre de los Dallas.

Sam me abre la puerta.

—¿Lo has leído? —pregunta.

Es evidente que se refiere al mensaje de Lindsay. Si lo ha leído ella, Cameron debe de haberlo hecho también.

—Sí, no me puedo creer que esa tipa haya ocupado el puesto de Lexy.

Sube la escalera delante de mí y vamos a su dormitorio.

—Cameron también lo recibió y... No sé si debo decírtelo...

—¿Qué debes decirme? No puedes empezar a contarme algo y luego dejarlo a medias. Me has intrigado, así que cuéntame qué ha pasado.

—Ok. —Me pide con un ademán que no pierda la calma—. Cuando leyó el mensaje de Lindsay, Cameron tuvo un arranque de ira absurdo. Maldijo y tiró el celular al suelo. Mis padres presenciaron la escena y se quedaron estupefactos. No sé qué fue lo que más lo encolerizó, si la cantidad de tonterías que contenía el mensaje o que hubieras salido con Austin. Sea como sea, tengo la sensación de que no le ha gustado que salieran juntos.

—La verdad es que no creo que le importe mucho. Ha hecho todo lo posible para apartarme de él.

—Créeme, te aseguro que se puso hecho una furia. Se muere de celos. Deberías haberlo visto, Cris. Cuando te vimos cambió de humor. Durante el paseo estaba tranquilo, pero después de saber que habías quedado con Austin parecía tener la cabeza en las nubes. El mensaje de Lindsay fue la gota que derramó el vaso.

No sé si debo creerle. A fin de cuentas, ¿por qué debería reaccionar así Cameron después de todo lo que me ha hecho?

—No sé… En cualquier caso, me da igual.

—¿Cómo que te da igual? Tú lo quieres.

Querer son palabras mayores… sobre todo porque empiezo a pensar que me enamoré de una persona que, en realidad, no existe.

—No, Sam. No lo quiero, pero, sobre todo, él no me quiere, punto final.

Mi amiga me mira y se encoge de hombros.

—Creo que estás exagerando. En cualquier caso, vendrás esta noche, ¿verdad? No dejes que Lindsay te estropee la fiesta.

—Lindsay me importa un comino… Sí, iré.

—¡Estupendo!

—Con Austin —preciso, y ella se queda pasmada. Suspiro al ver su reacción—. Iremos juntos, pero sólo como amigos. Entre nosotros no hay nada, Sam. No me mires así. Y ahora manos a la obra, no tenemos mucho tiempo.

Cuando salgo de la habitación de Sam para volver a casa veo que Cam está subiendo la escalera. No puedo evitarlo, lo único que puedo hacer es mostrarme indiferente e ignorarlo. Respiro hondo y salgo a su encuentro. Cuando nos cruzamos me mira y sigue andando en dirección opuesta.

Exhalo un suspiro de alivio.

—Así que te has divertido esta tarde con Austin —dice mientras bajo el primer peldaño.

Ay, no. Me detengo.

—Sí, lo he ayudado a elegir un regalo para Camila. —Me vuelvo para mirarlo.

—Con todas las chicas que hay en el instituto necesitaba justo tu ayuda —comenta en tono burlón.

—Probablemente es así. Somos amigos y confía en mí —respondo irritada.

—Es un falso, ¿no lo entiendes?

—Tú, en cambio, ¿eres sincero?

—Sí, lo soy, y te lo he demostrado varias veces.

—Sé que me has contado un montón de mentiras sobre Carly —digo cruzando los brazos.

Mueve la cabeza hacia los lados.

—Estás obsesionada con esa historia.

—¿Por qué no me dijiste que habías hecho un pacto con Austin?

Cam abre desmesuradamente los ojos. Creo que en esta ocasión he dado en el blanco.

—No es asunto tuyo. La historia de Carly no te concierne, así que será mejor que te resignes, ¿ok? —Se acerca a mí con aire amenazador.

Me gustaría retroceder, pero mis pies parecen haberse quedado pegados al suelo.

—Vaya si me concierne. La gente no deja de decirme que debo tener cuidado contigo y con lo que está sucediendo, hablan de una historia que, según parece, se está repitiendo… ¡así que me gustaría entender a qué se deben todos esos rumores!

—No saben lo que dicen, hablan por hablar… Pero te daré un consejo, por tu bien: olvídate de mí. Sigue viviendo tu vida con Matt, con Austin… con quien te parezca, pero mantente alejada de mí —dice en tono duro.

—¿Qué? Supongo que será una broma.

—No, jamás he hablado tan en serio.

Reflexiono un instante sobre lo que me acaba de decir y, de improviso, comprendo con toda claridad el motivo por el que me está diciendo estas cosas.

—Quieres hacerme creer que tu objetivo es que no me meta en más líos para salir bien parado de esta situación y no quedar como el idiota que, en realidad, eres… ¡Me das pena, Cam! Si has decidido volver con Susan no es necesario que montes esta escena… He captado el mensaje, puedes estar tranquilo.

—Sí, tienes razón, quiero a Susan y no consigo quitármela de la cabeza. Lo siento, pero, por lo visto, sabías esto desde hace tiempo, así que no debo darte más explicaciones.

Me sale una lágrima. Era lo que sospechaba desde hace tiempo, pero ahora que se ha confirmado me duele.

—Al principio me sentía atraído por ti, creía que las cosas podrían funcionar entre nosotros. Pero después comprendí que lo que siento por Susan es muy distinto, no se puede comparar. Lo siento, Cris.

Cada palabra que sale de su boca es un cuchillo que me despedaza el corazón.

—¿Lo sientes? ¿Es lo único que logras decir? ¿Cómo puedes hablarme con tanta indiferencia? Yo… no… —Estallo en sollozos.

Sam sale de su habitación y me mira preocupada.

—¿Qué ocurre?

Inclino la cabeza tratando de dominarme.

—Nada —dice Cameron volviéndose unos segundos hacia su hermana. Luego me mira de nuevo y cuando sus ojos se cruzan con los míos siento una increíble sensación de frío.

—Intenta estar bien, Cris —dice y, a continuación, entra en su cuarto.

—¡Eres un imbécil! —grito de forma que pueda oírme.

Bajo la escalera a toda prisa y, sin volverme, salgo de esa maldita casa cerrando la puerta a mi espalda.

9

Cris, faltan dos minutos para las ocho, ¡Austin está por llegar! —dice Kate llamando a la puerta del cuarto de baño.

Me estoy retocando el maquillaje por enésima vez… si no dejo de llorar nunca estaré lista para salir. La verdad es que no tengo ningunas ganas de ir a la fiesta, lo único que me gustaría hacer es borrar de mi vida a Cameron y a todo lo que le rodea, pero debo reaccionar y mostrarme fuerte. No quiero darle también esa satisfacción.

Respiro hondo y vuelvo a mi dormitorio.

—¿Estás lista? —pregunta Kate.

—Sí, casi termino. ¿Cómo te ha ido con Hayes?

—Ha sido muy triste. Se marchan el lunes por la tarde, así que apenas nos queda tiempo para estar juntos.

Mi celular vibra. Es un SMS de Austin: "Estoy delante de tu casa".

Austin me recibe con una reverencia.

—Buenas noches, princesa —dice abriéndome la puerta del coche con galantería—. Estás guapísima.

Me alegro de haber aceptado su invitación, quizá esta noche consiga distraerme un poco.

Austin sube al coche y partimos.

—Supongo que has leído el mensaje de Lindsay… —dice cohibido.

—Sí, y si no te importa preferiría no hablar de eso.

—Ok, estoy de acuerdo, no vale la pena… Hablemos de otra cosa. ¡Hace poco llamé a Camila por teléfono y le dije que este año recibirá un regalo de cumpleaños fantástico! ¿Sabes qué me contestó? "¡Ojalá sea otra de tus maravillosas tazas!". —Se ríe—. Espero que no se lleve una decepción.

Me río también. He visto a Camila muy pocas veces, pero es evidente que está perdidamente enamorada de Austin. Debe de estar tan chiflada por él que, sea cual sea el regalo que le haga, le parece estupendo. No se llevará ninguna decepción.

Salimos del coche y cruzamos el patio tomados del brazo, atrayendo las miradas de todos los estudiantes que han recibido el estúpido mensaje de Lindsay. Los ignoramos y entramos en el gimnasio.

¡Qué pasada! ¡Esta vez la comisión de fiestas se ha superado a sí misma! El lugar está irreconocible, la atmósfera no puede ser más refinada: luces tenues, un cuarteto de *jazz* tocando música, un *buffet* espectacular con comida variada y, entre los asistentes, además de los estudiantes, muchísimas personas relevantes de la ciudad vestidas de manera impecable.

—¡No me imaginaba que la velada sería tan elegante! —dice Austin mirando alrededor—. ¡Alex! —exclama al ver a su amigo a lo lejos.

Alex sonríe y lo invita a acercarse con un ademán. Está con Camila y con Robin. Me siento un poco incómoda, no son mis amigos y no sé cómo comportarme, pero, en el fondo, es mejor así, me viene bien frecuentar gente nueva.

—¡Al final lo has conseguido, Austin! —exclama Alex chocando la palma con él.

—¿A qué te refieres? —pregunto intrigada.

—Sí… bueno… hasta hace unas horas no sabía si vendría a la fiesta, porque pensaba que ninguna chica querría acompañarme.

A Camila parece molestarle esta afirmación. Lo siento por ella. Me siento fuera de lugar y no quiero causarle problemas, así que decido que los dejaré solos en cuanto pueda y me reuniré con Sam y el resto del grupo.

—¿Se les antoja comer algo? —propone Robert—. Me estoy muriendo de hambre.

Austin asiente con la cabeza y sigue a sus amigos, pero se para enseguida al ver que yo no me muevo.

—¿Qué pasa? —pregunta.

—Sam está a punto de llegar y me pidió que la espere aquí.

—Ah, ok, en ese caso me quedo contigo.

—No, ve con tus amigos. No quiero arruinarte la fiesta y, además… Camila no parece muy contenta de verme.

—Se comporta así con todas las chicas con las que me ve. No sé qué le ocurre, pero últimamente está rara. Sólo parece tranquila cuando estamos solos. —Apenas concluye la frase, cambia de expresión. Creo que se ha contestado solo: Camila está loca por él.

—Vamos, Austin, ve, te están esperando.

—De acuerdo, pero luego bailarás conmigo —dice guiñándome un ojo.

Me quedo sola, rodeada de un montón de desconocidos. Miro alrededor buscando a mis amigos.

—¡Hola! —Oigo decir a mi espalda.

—¡Taylor! —También esta noche lleva su pañuelo rojo.

—¿Has venido sola?

—No, con Austin, pero ahora está con sus amigos.

—¿Bailamos?

Dado que no quiero estar sola, acepto su invitación.

—He hablado esta tarde con Cameron. Estaba muy cabreado.

—Tay, la verdad es que no me apetece hablar de eso. Supongo que sabrás que no he tenido un buen día —le digo al oído.

—Sí, lo sé, Cameron tampoco estaba tranquilo. Sé que fue muy duro contigo. —Como era de esperar, se ha apresurado a contar todo a sus amigos—. No obstante, estoy seguro de una cosa: ha cambiado desde que te conoció. Cuando salía con Susan siempre estaba nervioso, de pésimo humor. Contigo, en cambio, parecía feliz, en paz consigo mismo.

—¿Qué pretendes decirme? —pregunto a la vez que me paro.

—Creo que Cameron está enamorado de ti, pero se niega a reconocerlo —dice sonriendo y agarrándome una mano para volver a bailar.

—No, te equivocas, Cam quiere a Susan. Sólo hay que ver cómo la mira… Jamás me ha mirado de esa forma. Además, hoy me ha dicho claramente que la quiere.

—Estaba enojado por la historia de Carly y Austin —dice Taylor saliendo en su defensa.

—No tenía ningún motivo para enojarse con Austin: sólo somos amigos. En cuanto a la historia de Carly, me mintió. Y no tengo la menor intención de olvidar ese asunto.

Taylor asiente con la cabeza.

—Te entiendo… La historia de Carly es muy ambigua. Probablemente nadie, salvo Cameron y Austin, sabe lo que sucedió de verdad. Vaya, mira quién está ahí.

Me vuelvo. Sam y Nash están entrando en la sala, seguidos de Cameron y Susan, que lleva un vestido superelegante. Camina cogida de la mano de Cam, sonríen; he de reconocer que hacen una pareja estupenda. Siento un vacío increíble en mi interior, pero el hecho de ver a Cam feliz me hace pensar que quizá era justo que rompiéramos, por el bien de los dos.

—¿Estás bien? —pregunta Taylor.

—Sí, sólo necesito beber algo. Perdona.

Me alejo de él y me dirijo a una de las mesas donde se sirven las bebidas. Cojo un refresco y miro alrededor. Austin está hablando con Camila y Alex.

—¿Te estás divirtiendo, Cris? —pregunta Sam. Nash la acompaña. Por suerte, la noticia del traslado no los ha

separado; al contrario, casi parece haber reforzado su relación. Si esto no es un gran amor…

—Sí, es una fiesta preciosa. ¡La comisión ha hecho
un milagro!

—Es cierto, mi padre también se ha quedado boquiabierto. No se imaginaba que el instituto fuera capaz de
organizar una fiesta similar —dice Sam emocionada.

La directora está muy agradecida con John Dallas,
porque sus donaciones han contribuido a convertir nuestro instituto en un centro prestigioso, y ha hecho todo lo
posible para demostrárselo como corresponde.

Austin se acerca a mí, me ciñe la cintura con un brazo y saluda a Nash y a Sam.

—¿Has notado cómo va vestida Susan? Cuando la he
visto casi vomito —dice Sam riéndose.

—En cualquier caso, lo peor es ver a Cam pendiente
de sus labios. Deberías hablar con él y hacer las paces, Cris.
Se está comportando como un auténtico idiota —afirma
Nash.

Sam le da un codazo para que se calle.

—Qué inoportuno eres, Nash.

—No, Sam, tranquila. Cameron y yo hemos roto —digo haciendo gala de una falsa firmeza—, así que puede
hacer lo que le parezca.

—Uno, dos, tres… —dice la directora probando el
micrófono.

Las luces se atenúan para introducir el fatídico momento de los discursos de agradecimiento y de la entrega
del regalo.

—¡Dios mío, tengo que marcharme! —exclama Sam abriéndose paso entre la multitud. Supongo que tiene que estar en el palco con su familia.

Los Dallas se acercan a la directora, que sigue elogiando nuestro instituto y a su principal benefactor.

—Éste es sólo un modesto homenaje a la familia que ha contribuido a convertir nuestro instituto en uno de los más prestigiosos de Miami. Gracias de todo corazón por su generosidad, nunca lo olvidaremos.

Cameron mira alrededor desde el palco, como si estuviera buscando a alguien. Va muy bien vestido, el traje oscuro le queda como un guante. Cuando nuestras miradas se cruzan, nos contemplamos fijamente unos instantes, durante los cuales tengo la impresión de que las personas que me rodean han desaparecido y de que en el gimnasio sólo queda él. Al cabo de unos minutos desvía la mirada y la posa en Austin, que está a mi lado.

Los camareros pasan con bandejas rebosantes de copas de champán.

—¡Así que invito a todos a alzar la copa para brindar por esta maravillosa familia! —prosigue la directora.

Austin agarra una y me la tiende. Me sonríe, luego examina con atención mi rostro.

—Se te va a caer un pendiente, Cris.

Me alejo unos pasos para dejar la copa en una mesa y ponerme bien el pendiente. Cuando me vuelvo para recuperar la copa veo que Susan está al otro lado de la mesa.

—Cris —dice risueña—. Espero que te estés divirtiendo.

Su presencia me irrita tanto que no puedo siquiera mirarla a la cara.

—Si tienes algo que decirme hazlo enseguida, porque no tengo ninguna intención de quedarme aquí a escucharte.

—No tengo nada que decirte. Pero, ya que eres curiosa, te informo de que las cosas entre Cam y yo van sobre ruedas. Quizá debería darte las gracias… Contigo ha comprendido lo que se estaba perdiendo. Hemos salido todas las noches desde el lunes, y nuestra relación va aún mejor que antes.

¿El lunes? No entiendo por qué Cameron sólo me ha hablado hoy de lo que siente por Susan, dado que decidió volver con ella hace ya varios días… ¡Vaya idiota!

—Déjame en paz, Susan.

—¿Qué pasa? ¿Te encuentras mal? —Me mira con aire complacido.

—Tú y Cameron me importan un comino, sólo me alegro de haber entendido con qué tipo de bastardo manipulador salía. —Agarro mi copa y doy media vuelta. Quiero estar lo más lejos posible de ella toda la noche.

—¡Espero que te haya gustado el champán, Cris! —dice Susan en voz alta alzando su copa a modo de brindis, mientras yo me alejo de ella, arrepentida de no haberle roto la mía en la cabeza.

Busco a Austin, pero no lo veo por ninguna parte. La cabeza me da vueltas, puede que sean las luces y la confusión, así que decido salir a tomar un poco de aire fresco. Una vez fuera, miro alrededor buscando una cara amiga, pero no hay ni rastro de Austin ni del resto del equipo de baloncesto. En cambio, veo a Sam en compañía de Nash, Aaron, Carter y Matt. Me acerco a ellos.

—Como les decía, este sitio está lleno de chicas guapas, no pueden imaginárselo. ¡Deberíamos ir a dar una vuelta! —dice Aaron.

—Carter y yo tenemos novia, así que tendrás que ir con Matt —responde Nash riéndose. Sam sonríe y le toma la mano.

—¡Hola, Cris!

—¡Hola, Carter! ¿Cómo está Maggy?

Aún no la he visto desde que volví al instituto y eso me sorprende, pues normalmente siempre está con él.

—Ha ido a Carolina del Norte a ver a sus abuelos. Vuelve el lunes. Me muero de ganas de verla. —Es evidente que Carter está loco por ella. ¿Por qué será que a mí me tocan todos los malos novios? ¿Por qué no puedo enamorarme de un buen chico como Nash o como Carter?

Cada vez estoy más mareada y pierdo el equilibrio por un instante. ¿Qué me pasa?

—¿Estás bien? —pregunta Matt acercándose a mí.

—Sí… sólo que… ¿Puedo apoyarme en ti?

De repente las voces de mis amigos empiezan a ir y venir, las imágenes se desdibujan y tengo que cerrar los ojos unos segundos para poder ver sus caras.

—¿Te encuentras bien, Cris? —pregunta Sam.

—Sí…, todo ok. Yo… yo vuelvo dentro —digo apartándome de Matt.

Al dar unos pasos el pasto que hay bajo mis pies empieza a ondear. Tengo la sensación de estar en un video-juego en el que el mundo gira, y yo con él. Pero no es una sensación agradable...

Cierro los ojos y cuando vuelvo a abrirlos veo que estoy en una habitación blanca. Intento incorporarme, pero no puedo moverme, mi cuerpo parece de plomo.

¿Dónde diablos estoy?

10

A mi alrededor todo es blanco, y no alcanzo a comprender dónde estoy. Si estuviera en la habitación de Cameron me habría dado cuenta ya…

Intento doblar el brazo derecho, pero noto la presencia de un cuerpo extraño que me impide moverme.

Inclino la cabeza y con el rabillo del ojo veo un tubito que sale del pliegue del codo. ¿Qué está sucediendo? ¿Por qué estoy en un hospital?

Hago palanca con el brazo izquierdo para sentarme, pero cuando intento levantar la cabeza de la almohada un dolor desgarrador me deja sin aliento. Aprieto los dientes y, haciendo un gran esfuerzo, consigo incorporarme. Miro alrededor. A poca distancia de mi cama veo a un chico con el pelo castaño durmiendo en un silloncito. Lo observo mejor. ¿Qué hace aquí?

—Cameron —intento decir, pero mi boca solo emite un débil susurro. Toso e intento alzar la voz—. Cameron.

Cam abre los ojos, se levanta de golpe y se aproxima a mí.

—¡Por fin, dormilona!

—¿Qué hago en un hospital? —me apresuro a preguntar.

—Hace dos días, en la fiesta, te desmayaste. Matt llamó a una ambulancia y te trajeron aquí. Ahora estás recuperada. Te sedaron para que descansaras, pero todo va bien. —Me acaricia una mejilla.

¿Dos días? ¡No me lo puedo creer! ¿Qué me pasó? Lo último que recuerdo es el momento en que Sam y Nash se despidieron de mí. Luego, el más absoluto vacío.

—Y tú, ¿qué haces aquí?

—Llegué hace una hora y me quedé dormido. Todos han venido a ver cómo estabas y yo no podía faltar —dice sin mirarme a la cara.

Apoyo de nuevo la cabeza en la almohada. Me siento un poco mejor.

Alguien llama a la puerta.

—¿Se ha despertado? —pregunta un chico.

—Sí —contesta Cameron.

Inclino la cabeza y veo a Matt acercándose a mí con un vaso de agua.

—Hola, Cris. ¿Cómo estás? ¿Quieres un poco? —pregunta tendiéndome el vaso.

Asiento con la cabeza y bebo un sorbo. Lo necesitaba.

—Gracias, Matt. Tengo un dolor de cabeza espantoso y no recuerdo nada.

—Todo va bien, Cris. Es normal. Recuperarás la memoria poco a poco.

—¿Cuándo estarán listos los resultados de los análisis? —pregunta Cameron.

—Esta tarde. No tardaremos en saber qué te ocurrió exactamente.

Me imagino lo preocupados que estarán mis padres. He estropeado la fiesta a todos.

—¿Recuerdas si bebiste mucho? No sería la primera vez que te pasas con el alcohol, quizá te sucedió lo mismo esa noche —dice Cameron.

—No bebí nada. Sólo un sorbo de champán, eso es todo. —No me gusta la manera en que me lo preguntó… era más una afirmación que una pregunta—. Pero, incluso en el caso de que hubiera bebido, no habría llegado a ese extremo.

—Quizá te pasaste y no lo recuerdas.

—Sé cuándo debo parar —respondo en tono molesto.

—Basta, Cam. No creo que Cris fuera tan estúpida como para beber hasta perder el conocimiento —tercia Matt.

—Gracias a Dios alguien me cree —digo.

—Me voy —dice Cameron levantándose irritado de la cama—. Hasta pronto, Cris, Matt.

No necesito su presencia en este momento. ¡Ni siquiera debería haber venido!

—No te enfades, Cris. Cam es así, se le pasará.

—Cameron me ha contado lo que pasó. Gracias por haber llamado a la ambulancia y por haberme ayudado, Matt.

—No hay de qué, haría lo que fuera por ti. Voy a avisar a tus padres. Se han llevado un buen susto.

Matt sale de la habitación dejándome sola. ¿Qué hice para acabar así? Pese a que no recuerdo mucho de lo que pasó esa noche, estoy segura de que no bebí nada...

La puerta se abre. Kate irrumpe en la habitación y corre hacia mí con los ojos anegados en lágrimas.

—Hola —digo sonriendo. Me encantaría abrazarla, pero no puedo. Tengo el cuerpo entumecido y me cuesta moverme.

—¡Creía que no te ibas a despertar nunca! —Se aleja un poco limpiándose las lágrimas.

—Todo va bien —digo para tranquilizarla.

—¿Cómo te encuentras, Cris? —pregunta mi padre acercándose a la cama.

—Me duele un poco la cabeza, pero, por lo demás, estoy bien, creo.

Por fin entra también mi madre. Está pálida y le brillan los ojos. Se aproxima a mí, me da un tierno beso en la frente y me acaricia una mano.

—Acabamos de hablar con los médicos, cielo, y la situación está bajo control. Estamos esperando los resultados de los análisis para...

—Sí, lo sé, me lo ha dicho Cameron —la atajo.

Mis padres se miran asombrados y eso me inquieta.

—¿Qué pasa? —pregunto.

—¿Aún estaba aquí cuando te despertaste? —dice mi madre.

—Sí, estaba durmiendo en ese sillón. —No entiendo por qué se asombran tanto. Un momento... ¿"aún"?—. Sólo estuvo aquí una hora.

—No, cariño, no se ha separado de ti desde que te ingresaron. Sus padres intentaron convencerlo de que volviera a casa, pero fue inútil. Estaba decidido a quedarse y, de hecho, ha estado día y noche a tu lado —me explica mi madre acariciándome la cara.

Me siento confundida.

—Yo... me dijo que sólo había estado una hora.

—No, te aseguro que ha estado aquí todo el tiempo. Le traje comida y agua —tercia Kate.

No lo entiendo... Primero me dice que le importo un comino y luego me entero de que me ha velado dos días y dos noches. ¿Por qué me mintió? Cuanto más lo pienso, menos entiendo su comportamiento.

—¿Necesitas algo? —pregunta mi padre.

—Un poco más de agua, gracias.

—Voy a buscarte algo de comer —dice mi madre.

Salen de la habitación, mientras Kate se sienta en el borde de la cama. Parece realmente abatida.

Hago un rápido cálculo: si han pasado dos días desde la fiesta, hoy es lunes... *Hayes...*

—¿Nash y Hayes se han marchado ya?

Kate asiente con la cabeza.

—Nash pasó por el hospital otra vez esta mañana, con la esperanza de encontrarte despierta. Me pidió que te diera un beso de su parte. Hayes también te envía saludos. En cualquier caso, hay una buena noticia: a finales de agosto volverán a Miami Beach y al instituto. Sólo es un traslado provisional.

Eso me anima un poco.

—¡Genial! ¿Cómo se lo ha tomado Sam?

—No muy bien, pero puedes estar orgullosa de mí, Cris, he estado a su lado como habrías hecho tú. Nash y ella decidieron romper porque ninguno de los dos cree en las relaciones a distancia. Hace dos horas, cuando nos despedimos de ellos, Sam estaba destrozada, pero estoy segura de que lo superará.

—Estoy muy orgullosa de ti, Kate. Eres la hermanita que todos querrían tener. Y eres fuerte, muy fuerte, mi roca. —Le aprieto la mano.

Kate se limpia una lágrima y se acerca a la mesita que hay al lado de la cama. Encima hay un jarrón con unas flores preciosas. No las había visto.

—Te las trajo Austin —dice.

En cierta medida, me siento culpable. Temo haberle estropeado la fiesta también a él.

Cameron entra en la habitación con una botella de agua y se acerca a la cama. ¿Por qué ha vuelto?

—¿Ha ocurrido algo? —pregunto preocupada.

Se sienta a mi lado y me pasa un vaso.

—Tus padres están hablando con el médico y me han pedido que te trajera el agua.

Me atormenta una pregunta, debo saber la respuesta como sea.

—Cam, ¿por qué me dijiste que habías estado aquí sólo una hora cuando, en cambio, no te has separado de mí en todo el tiempo?

Me mira airado. ¿De verdad pensaba que no lo iba a descubrir?

—¿Qué? ¿Quién te ha dicho esa estupidez? —pregunta cohibido. Salta a la vista que está mintiendo.

Kate lo observa de manera extraña. Luego se dirige a la puerta y sale dejándonos solos.

—Me lo han dicho y basta —prosigo—. ¿Por qué me mentiste? ¿Qué tiene de malo?

Se encoge de hombros sin siquiera mirarme.

—No tiene nada de malo… pero no me pareció importante que lo supieras, eso es todo.

—¿Estás bromeando? ¿Te parece una cosa sin importancia? No entiendo por qué te comportas así…

—¿Cómo?

—Haces como si yo te diera igual, pero luego te quedas aquí, esperando a que me despierte, como si aún saliéramos. Me confundes.

Me mira sin decir una palabra. Luego abre la boca para hablar, pero, antes de que pueda hacerlo, mis padres entran en la habitación seguidos del médico. Parecen tensos.

—¿Hay algún problema? —pregunta Cameron.

—Tenemos los resultados de las pruebas —anuncia mi padre.

Mi corazón se acelera.

—Veamos… —dice el médico abriendo la historia clínica—. Los análisis han revelado una elevada cantidad de estupefacientes en la sangre. Quiero que me digas si fue la primera vez que consumías droga o si ya lo habías hecho antes.

—¡¿Qué?! ¡Jamás me he drogado!

—Si es cierto lo que dices, eso explicaría la reacción de tu organismo, que no estaba preparado para asimilar la dosis que han revelado las pruebas; aunque es significativa, no lo es tanto como para causar una intoxicación tan aguda —prosigue el médico.

Cameron mueve la cabeza hacia los lados y sale de inmediato de la habitación. Pero ¿qué le ocurre?

—La daremos de alta dentro de tres días. Si están de acuerdo, nos gustaría que permaneciera aquí para hacer algunas comprobaciones, luego podrá retomar su vida habitual —dice el médico a mis padres; luego, dirigiéndose a mí, añade—: En cualquier caso, te aconsejo que tengas cuidado con esas sustancias. No podemos excluir que te suministraran algo sin que lo supieras, así que te ruego que en el futuro prestes mucha atención. Esta vez has sido afortunada, pero yo en tu lugar no tentaría a la suerte.

Tengo la sensación de que el médico no me cree, espero que, al menos, mis padres lo hagan. Qué situación tan absurda, ¡es increíble! No entiendo qué pudo suceder.

Trato de reconstruir mentalmente la velada, pero, por mucho que me esfuerzo, mis recuerdos están llenos de lagunas. Sin embargo, de improviso la voz irritante de Susan retumba en mi cabeza... "¡Espero que te haya gustado el champán, Cris!". Y una vaga sospecha se abre paso en mi mente.

11

Hace más de una semana que me sentí mal en la fiesta en honor de los Dallas y aún no me encuentro del todo bien.

En los últimos dos días, desde que me dieron el alta en el hospital, he estado en casa guardando cama, de manera que estoy deseando salir a dar un paseo.

Veo a Kate toda elegante, con una bolsa cruzada, caminando entre la cocina y el salón.

—¿Adónde vas? —le pregunto.

—Alguien me ha enviado un mensaje y me ha dicho que me reúna con él en el parque.

—¿Alguien? ¿No sabes quién es? —pregunto preocupada.

Niega con la cabeza. No parece mínimamente tensa. Yo en su lugar lo estaría.

—¿De verdad piensas ir a esa cita? ¿Y si es alguien que no conoces y que quiere hacerte daño? Está oscureciendo.

—En ese caso, ven conmigo.

Me parece una buena idea. Corro a mi habitación para cambiarme y salimos.

—¿Tienes alguna idea de quién puede ser?

—No.

Parece demasiado tranquila, como si fuera a reunirse con unas amigas y no con un desconocido. Llegamos con adelanto al parque.

—Queda un poco para la cita —observa Kate.

—¿Qué hacemos entonces?

—Nos sentamos en un banco y esperamos a que llegue esa persona. Si no lo hace volvemos a casa. Sospecho que es una broma de Catherine.

Confío en que sea así. A lo lejos veo a Austin paseando por la avenida con las manos en los bolsillos. Aún no le he dado las gracias por las flores y la ocasión me parece perfecta.

—Kate, ahí está Austin, voy a saludarlo. Si te ocurre algo grita y corre enseguida hacia mí, ¿ok?

—Sí, sé lo que hay que hacer.

Me levanto del banco y me acerco a Austin.

—Hola —digo agitando la mano.

—¡Cris! Pero ¿qué haces aquí? ¿Cómo estás? —Se aproxima para darme un abrazo—. Te veo bien.

—Sí, estoy mejor. Mañana vuelvo al instituto. Estoy aquí con Kate. —Le señalo a mi hermana y los dos se intercambian un ademán de saludo—. Quería darte las gracias por las flores, eran preciosas.

—¡De nada! Este… ¿Quién es el tipo que está abrazando a tu hermana? —pregunta mirando detrás de mí.

Me vuelvo aterrorizada y apenas lo reconozco esbozo una amplia sonrisa.

—¡Hayes! ¿Qué hace aquí? Es el hermano de Nash.

—¿Ya han vuelto? —pregunta Austin aturdido.

—Bueno, la verdad es que es extraño… Se marcharon hace menos de una semana.

Nos reunimos con Hayes y Kate.

—¡Bienvenido, Hayes! Pero ¿qué haces aquí?

Kate lo suelta.

—Hola, Cris. Hola, Austin. —El naranja del atardecer ilumina sus preciosos ojos azules—. ¡Al final conseguí convencer a mis padres! Terminaré el año escolar en Miami Beach y seguiré viviendo en el internado del instituto bajo la tutela de mis tíos.

Kate aplaude encantada y se lanza de nuevo sobre él. Hayes se echa a reír, supongo que no le molestan las atenciones de mi hermana.

—¿Dónde está Nash? —pregunto.

—Seguro que ha ido a ver a Sam para darle la buena noticia —apunta Austin.

—Este…, no… —dice Hayes.

—Estará en el instituto ordenando sus cosas —sugiero yo.

—No, tampoco está allí. —Hayes parece agitado.

—En ese caso, ¿dónde está? —pregunta Austin.

—A esta hora estará ordenando sus cosas en la casa de Nueva York.

Nos quedamos estupefactos.

—¿Qué? —pregunta Kate.

—Sí. Yo insistí tanto que al final mis padres cedieron por agotamiento, pero Nash… bueno, él prefirió irse con ellos y pasar este año en Nueva York. Dice que es mejor así, que para él será una experiencia importante —explica Hayes a la vez que estrecha la mano de Kate.

Por un momento me había hecho la ilusión de que todo volvía a ser como antes.

—Bueno, si eso es lo que quiere, ha hecho lo que debía —comenta Austin.

—Además, hablaremos a menudo por teléfono —añado yo, poco convencida. Sé por experiencia cómo acaban estas cosas.

—Lo siento, chicos, pero ahora debo dejarlos, dentro de una hora tengo un partido de baloncesto y aún tengo que pasar a mi casa. Me alegro mucho de verte tan bien, Cris. —Austin me da un abrazo—. Hasta pronto, chicos.

Nos despedimos de él. Decido volver también a casa, empiezo a sentirme cansada.

—Kate, yo también me voy. Quédate si quieres con Hayes, te dejo en buenas manos.

Me despido de ellos y me dirijo a casa. La noticia de que Nash ha preferido quedarse en Nueva York me entristece un poco… ya imagino cómo reaccionará Sam cuando se entere de que Hayes ha vuelto.

Ensimismada, enfilo la calle donde está mi casa y veo a lo lejos a Cameron con su perro.

Oh, no. Un minuto más tarde alguien detiene su moto para charlar con él. Se quita el casco. Es Sam.

No puedo esquivarles.

Sam me ve.

—¡Hola, Cris! —dice agitando un brazo y haciéndome un ademán para que me acerque.

Agito también el brazo a modo de saludo y me aproximo a ellos.

—¿Cómo estás? —pregunta ella.

—Bien, un poco cansada, necesito recostarme.

—De hecho, estás pálida. Yo también iba hacia casa. Intenta descansar, Cris, luego te llamaré para ver cómo estás. Nosotros nos vemos después, Cam. —Se pone el casco y se marcha dejando tras de sí una estela de humo que me hace toser.

—Adiós, Cameron.

—¿Necesitas que te lleve mañana en coche, Cris?

—No, gracias. —Sacudo la cabeza reprimiendo una carcajada amarga.

—¿Tan divertido es lo que he dicho? —pregunta.

—Sí, un poco sí. Sobre todo, no tiene sentido.

—¿Por qué?

—¿No debía olvidarme de ti y estar lo más lejos posible "por mi bien"?

—No te entiendo…

—Fue lo que me dijiste la tarde de la fiesta… Y ahora te ofreces a llevarme en coche. ¿Cómo piensas que reaccionará tu novia? ¿Cómo piensas que me lo tomaré yo? ¿No entiendes que cada vez que eres afectuoso conmigo me partes el corazón? No haces sino confundirme, y yo me hago ilusiones. Te lo pediré yo, Cam: hiciste una elección, así que ahora te ruego que te olvides de mí y que no trates de verme. Hazlo por mi bien.

Agacha la cabeza sin decir una palabra.

Es probable que después de esta conversación no volvamos a hablarnos, y la mera idea me hace enloquecer. La verdad es que daría lo que fuera por aceptar su ofrecimiento y lo poco que esté dispuesto a darme, pero, por suerte, aún me queda un poco de amor propio para entender que debo defenderme de él y de su ambigüedad.

—Cris, sé que mi comportamiento puede parecerte una locura, que lo que hago no tiene sentido, pero tengo una razón y confiaba en que la entendieras. Es evidente que no es así, pero tú no tienes la culpa: he dado por supuestas demasiadas cosas. ¿De verdad piensas que quiero volver con Susan después de todo lo que hemos vivido juntos?

No sé qué decir, así que me quedo callada.

—Responde —dice.

—No lo sé.

—No, no es así. No la quiero a ella, te quiero a ti. Te quiero tanto que estaría dispuesto a renunciar a lo que fuera, incluso a ti, con tal de saber que eres feliz. Debes creerme cuando te digo que no puedo explicártelo todo. Lo único que puedo hacer es pedirte que tengas confianza en mí y que me dejes actuar.

—No puedes pedirme algo así, estás loco. —Doy un paso hacia atrás.

Sus palabras me confunden. Quiere estar conmigo, pero está con Susan… no tiene sentido.

Se acerca a mí y suelta la correa del perro.

—Sólo intento protegerte de alguien que puede hacerte mucho daño.

—¿Cómo puedo creerte?

—Créeme y basta, Cris.

Se aproxima aún más, hasta quedarse a escasos centímetros de mis labios.

—Cameron, yo…, no quiero.

Inclina la cabeza.

—Shhh. —Me besa y mi cuerpo reacciona de inmediato—. Te he echado de menos de una forma absurda —dice mirándome a los ojos.

—No me hagas daño, Cam, no hagas que me arrepienta de haber confiado en ti —susurro.

—No lo haré. Sólo te pido una cosa: cuando estés delante de Susan compórtate como si me odiaras. No quiero echar todo a perder justo ahora.

—Lo intentaré, pero yo también quiero pedirte algo: quiero saber qué estás haciendo. Quiero entenderlo, Cam.

—Sí, de acuerdo, acepto…, pero ahora no, porque ahora necesitas recostarte. Estás demasiado pálida. —Me acaricia con dulzura la cara—. Te acompañaré a casa —dice con amabilidad, asiendo la correa del perro, que, extrañamente, no se ha movido.

12

El despertador suena a las siete en punto y alargo el brazo para apagarlo.

—Es hora de levantarse, cielo. Si no te encuentras bien puedes quedarte en casa, no estás obligada a ir al instituto —dice mi madre en tono dulce.

Todos se muestran muy afectuosos conmigo, pero creo que una semana de pausa en las clases es más que suficiente.

Tendré que recuperar un montón de cosas, así que, pese a que me quedaría de buena gana en la cama, creo que es mejor que me levante y empiece el día.

Me arreglo a toda prisa y salgo de casa. Cam me está esperando en el coche.

—Buenos días, pequeña.

Podría derretirme en este preciso instante por el mero hecho de que me haya llamado "pequeña".

—Hola —susurro a pocos centímetros de sus labios.

Él arranca el coche.

—Dime qué se supone que debo hacer hoy.

—Nada especial, sólo procura mantenerte alejada de mí y de vez en cuando finge que tienes celos.

Nada especial... ¡Claro, cómo no!

—¿Puedo saber por qué estamos haciendo todo esto?

—Para tener a Susan controlada y lejos de ti.

No me convence, en absoluto, sobre todo porque no sé cómo reaccionaré si les veo haciéndose gestos cariñosos.

—No me gusta, Cam. Si las cosas sucedieron como pienso, Susan logró su objetivo: he estado enferma. ¿De verdad piensas que aún es una amenaza?

—Sé que te pido mucho, pero no confío en ella. Es capaz de hacer lo que sea para obtener lo que quiere —responde apartando los ojos de la carretera para mirarme.

—Está bien. Pero si intentas acostarte con ella, yo...

—Bueno, ¡al menos sabrás fingir que estás celosa de maravilla! —afirma riéndose.

Resoplo y me vuelvo para mirar por la ventanilla.

—Vamos, ¡estoy bromeando! En cualquier caso, no debes temer nada. Yo *salgo contigo,* no con ella. No lo olvides.

Al llegar al instituto iniciamos la absurda farsa.

—Nos vemos luego —dice Cam guiñándome un ojo antes de salir del coche.

Pongo expresión de fastidio, me bajo del coche y cierro dando un portazo.

—Eh, que yo no tengo la culpa —improvisa Cam.

—¡Vete al demonio! —grito sin dejar de andar, mientras todos asisten al espectáculo.

En el patio entreveo a Susan. Pese a que no tengo la menor intención de pararme a hablar con ella, la muy bruja tropieza adrede conmigo.

—Eh, mira por dónde vas —digo.

—Ay, disculpa, Cris. ¿Cómo estás? ¿Se te han ido las ganas de beber champán?

Es la confirmación que me faltaba. Fue ella… y ni siquiera intenta ocultarlo.

—¡Fuiste tú! Pero ¿qué demonios te pasa en la cabeza? ¿Te das cuenta de lo que podría haber ocurrido? Debería denunciarte.

—No tienes la menor prueba y además, cariño, tú te lo buscaste. ¿Cuántas veces te advertí de que no debías acercarte a Cam? Te dije que acabarías en el hospital y así fue. Yo siempre mantengo mis promesas. Espero que esta vez hayas aprendido la lección.

Me acerco a ella y la miro a los ojos.

—Eres una estúpida.

—Una estúpida que se acuesta con Cameron… Te gustaría estar en mi lugar, lo sé —dice empujándome.

La gente se apiña a nuestro alrededor para ver qué está ocurriendo.

—¡No me toques! —le digo.

—Ah, ¿sí? ¿Qué piensas hacerme si lo hago? ¿Arrojarte a los brazos de Matt? Ah, no, es verdad, él sólo te utilizó. ¿Pedir ayuda a Cameron? Ah, no, me olvidaba, él me quiere a mí.

—¿Por qué no intentas usar el cerebro, aunque sólo sea por una vez, y no decir tonterías? Ah, no, es verdad, no tienes cerebro —replico. En menos de cinco segundos se abalanza sobre mí y caemos al suelo.

Las personas que nos rodean se ríen y disfrutan del espectáculo. Pero ¿qué les pasa en la cabeza?

—¡Eh! —interviene Cameron quitándome a Susan de encima.

Es evidente que su plan para protegerme es inútil. No sé por qué, pero Susan encontrará siempre un motivo para pelear conmigo.

—¡Te odio! —me grita a la vez que trata de desasirse de Cameron.

Matt me tiende una mano para ayudarme a levantarme. Parece muy preocupado.

—Vamos —dice rodeándome los hombros con un brazo.

—No, que nadie se mueva de aquí hasta que no me cuenten lo que ha pasado —dice la directora acercándose a nosotros. Alguien debe de haber decidido entrometerse y fue a avisarle.

—¿Quién de las dos empezó? —pregunta la directora.

—Fue ella —responde Susan señalándome.

—¿Qué? ¡No es cierto!

—¿Quién empezó, Espinosa? —pregunta la directora.

—No lo sé, llegué al final.

—¿Dallas?

Sin lugar a dudas, Cameron no va a confirmar la versión de Susan.

—No lo sé —contesta.

Susan se vuelve hacia él, mientras yo esbozo una sonrisa. Estaba segura de que no me metería en un apuro.

—Vengan las dos a mi despacho. Ahora —ordena la directora.

Fantástico. La seguimos a dirección. La última vez que estuve aquí fue en mi primer día de clase.

—Siéntense.

Aprovechando que la directora nos da la espalda un momento, Susan me empuja y toma asiento. Sacudo la cabeza mientras me siento en el sillón que quedó libre.

—Supongo que son conscientes de que su comportamiento tendrá consecuencias.

—Pero si la culpa fue de ella. Yo no hice nada —replica Susan.

—No puedo creer sin más en lo que dice, señorita Rose. Podría expulsarlas durante unos días por lo que han hecho, y estoy incluso tentada de excluirlas del viaje, pero por esta vez quiero ser comprensiva y castigarlas de otra manera.

La mirada de la directora me preocupa.

—En primavera se abrirá el plazo de matrícula para el próximo curso y el instituto necesita publicidad. Así pues, quiero que ustedes dos "se pongan de acuerdo" para repartir unos cuantos folletos.

No puedo creerlo. No consigo imaginar cómo será pasar todo ese tiempo en compañía de Susan.

—¿Está usted al corriente de que nosotras no nos llevamos bien, directora? Quiero decir, la cosa podría acabar peor que hoy —digo.

—Por supuesto que lo sé. Por eso creo que, además de ser útil para el instituto, el castigo también puede ser una buena ocasión para que ustedes se conozcan y resuelvan sus problemas.

Miro a Susan, que no parece estar prestando la menor atención. De hecho, está escribiendo algo en el celular, y por primera vez desde que la conozco me gustaría que reaccionara y que dijera algo para sacarnos de este lío.

—¿Cuándo debemos hacerlo? —pregunto.

—Cuando vuelvan del viaje. Ahora pueden irse. Están empezando las clases.

Nos levantamos y salimos del despacho. Sam viene a mi encuentro en el pasillo.

—¿Cómo se te ocurre, Cris?

—¡Empezó ella! Dios mío, cuánto la odio. —Mientras caminamos hacia el salón de Lengua, le cuento la discusión que tuve con Susan, que he confirmado mis sospechas y el absurdo castigo que nos ha puesto la directora.

Por suerte, una vez en clase veo que la mochila, que debo de haber dejado en el patio, está ahora en mi lugar. Miro de reojo a Cameron, que me hace un guiño. La recogió él. Me encantaría darle un abrazo en este momento, pero no puedo. Me siento a la vez que el profe entra en clase.

En la pausa del mediodía me quedo sola. Cam va a comer con Susan y eso me desmoraliza un poco.

—¿Va todo bien, Cris? —pregunta alguien a mi espalda. Al volverme veo una cabellera pelirroja.

—No es asunto tuyo, Lindsay. Déjame en paz.

—Eh, vamos. Siento lo que te sucedió, así que te prometo que por un tiempo te dejaré tranquila y no escribiré más sobre ti.

No me fío de ella. Doy media vuelta y hago ademán de marcharme.

—Antes de marcharse Lexy me pidió que le hiciera el favor de decirte algo.

—No me interesa.

—Tiene que ver con Carly.

Me vuelvo para averiguar si está mintiendo. Parece seria.

—¿Qué te dijo?

—Dijo que sólo una persona estaría dispuesta a contarte lo que sucedió esa noche.

—¿Quién?

—La que más quiere herirte. ¿Cuál es el primer nombre que se te ocurre?

—Susan —digo, incrédula.

Lindsay asiente con la cabeza.

—Habla con ella. Apuesto a que está deseando contártelo con pelos y señales.

—¿Por qué? Me odia, jamás me haría un favor.

—Puede que no sea un favor… además, sabe que esa historia puede hacerte cambiar de idea sobre muchas cosas. Sobre Cameron, sin ir más lejos, así que lo hará encantada.

¿Qué cosa tan terrible puede haber hecho Cameron para que yo cambie de idea sobre él?

—¿Tú sabes algo?

—Yo siempre sé todo —dice guiñando un ojo y volviéndose para marcharse.

Me está tomando el pelo. Lexy dijo que muy pocos saben lo que ocurrió de verdad.

El pasillo se llena de estudiantes que salen a toda prisa al patio, mientras yo me dirijo al salón donde va a tener lugar la próxima clase.

Luego veo a Cameron y no sé qué hacer. Me gustaría contarle lo que nos ha dicho la directora y que Susan ha confesado. De hecho, me desvío sin darme cuenta hacia a él, pero, de improviso, mis piernas se quedan paralizadas cuando veo a Susan corriendo hacia él y dándole un beso.

No, el plan de Cameron no puede funcionar, no creo que pueda resistir ciertas escenas. ¿Cómo pude decirle que lo intentaría? No lo resisto, no soy lo bastante fuerte.

—Cameron es un estúpido… —afirma Matt tras de mí.

Me vuelvo. También él está mirando a Cam y a Susan, que se alejan cogidos de la mano.

—Sí, es digno de tu amiguita. Pero ahora perdona, ha sido un día duro y no me apetece hablar de él.

—Ok, pero hay una cosa que me intriga: esta mañana los vi llegar juntos. ¿Por qué te acompañó al instituto si han roto?

La pregunta me toma por sorpresa.

—Porque… necesitaba que me trajera en coche, y, además, estamos tratando de ser amigos. Pero la cosa salió mal. No creo que lleguemos a serlo nunca.

—Sabía que Cameron te haría sufrir.

Mira quién habla, él, que me hizo estar aún peor. Guardo silencio y desvío la mirada.

—Espero que Susan no te haya hecho daño esta mañana.

—No, no me hizo nada, gracias por ayudarme. No sólo por lo de hoy, sino por todas las veces que me has echado una mano. No sé por qué lo haces, pero te lo agradezco en cualquier caso.

—Lo hago porque me siento culpable. Después de lo que pasó con Tamara me sentí un pedazo de mierda y estoy intentando remediarlo, siempre y cuando sea posible. Puede que no me creas, pero te quiero y me gustaría que me dieras otra oportunidad —dice mirándome a los ojos.

—Matt, yo…

—Como amigo, quiero decir. Sé que entre nosotros no puede haber nada más… pero me gustaría que, al menos, fuéramos amigos. Cometí un error escuchando a Susan. Por su culpa he perdido a demasiadas personas y no pienso seguir por ese camino. Espero que un día puedas perdonarme, Cris.

Lo miro sin saber qué decir. Me hirió, pero siempre he pensado que todos merecen una segunda oportunidad.

Esbozo una tímida sonrisa.

—Bueno, puedo intentarlo.

—¿De verdad? —pregunta emocionado.

—Sí, pero te advierto que si me vuelves a contar una mentira se acabó para siempre.

—No soy tan estúpido, no quiero volver a perderte —responde sonriendo.

Ojalá no tenga que arrepentirme.

13

No sé cuánto tiempo podré seguir fingiendo que no salgo con Cam…

Anoche le conté la discusión que había tenido con Susan. Igual que yo, él también sospechaba que ella era la responsable de lo sucedido y cree que ahora, una vez confirmado, es aún más importante que sigamos con esta farsa. Yo no estoy tan segura…

Así que, esta mañana he aceptado que Sam me lleve al instituto, pero hago el viaje ensimismada, sin decir una palabra.

—Sam, disculpa si parezco antipática, pero no tengo muchas ganas de hablar —digo mientras cruzamos el patio del instituto.

—Es por la historia de Cam, ¿verdad?

Asiento con la cabeza.

—Sé que puede parecer una locura, pero lo hace porque te quiere y siente que debe protegerte.

—Tú… ¿te has enterado del plan que tiene? —pregunto sorprendida. Pensaba que Cam no se lo había comentado a nadie, aún menos a Sam.

—Sí, me lo contó hace una semana.

—¿Por qué no me lo dijiste? Creía que éramos amigas.

—Y, de hecho, lo somos. Pero tú estabas mal, y además… ya sabes cómo es Cam, me pidió que no dijera nada por tu bien, y no lo hice. No obstante, ahora que por fin te ha explicado todo podemos hablar.

Tengo que reconocer que su comportamiento me ha decepcionado un poco. Creía que nos unía una relación especial, de absoluta confianza y complicidad.

Sin embargo, no debo olvidar que Sam es, ante todo, la hermana de Cam, y que él estará siempre por encima de cualquier amiga, es inevitable.

El profesor entra en clase y nosotras vamos a sentarnos.

Cameron y Susan llegan enseguida. Ella le da un rápido beso antes de correr a su lugar y Cam se sienta detrás de mí. Cuando pasa por mi lado esquivo su mirada.

—Antes de empezar la clase tengo el placer de comunicarles que esta mañana recibiremos de nuevo a una antigua compañera suya, que finalizará con nosotros el curso —dice el profe un minuto antes de que alguien dé dos golpes en la puerta—. Adelante —dice el profe, y una chica monísima entra en el salón.

—¡Cloe! —exclama Cameron a mi espalda.

Veo que Sam resopla y comprendo que no la traga.

—Me alegro de volver a verte, Split —dice el profe.

—Gracias, yo también me alegro de volver a estar con ustedes —responde Cloe a la vez que se dirige a un lugar libre.

—Te hemos echado de menos. —Oigo decir a alguien detrás de mí.

Es Cameron. Al volverme veo que le está sonriendo y mandándole un beso. Pero ¿quién es esta chica?

Cuando suena el timbre, la recién llegada se pone de pie, se precipita hacia Cam y le da un abrazo.

Al final del día Sam se acerca a mi pupitre con aire mustio. El timbre acaba de sonar y estoy metiendo mis cosas en la mochila.

—Te lo ruego, Cris, dime que esta tarde estás libre. No quiero estar en casa mientras Cameron y Cloe retoman su vieja amistad.

De hecho, los dos se han pasado el día intercambiándose miradas y sonrisas. Además de Susan, ahora tendré que soportar también a la tal Cloe. Pero ¿qué demonios es Cameron? ¿Una especie de imán para todas las chicas?

—Perdona, pero no tengo ganas de salir y quiero poder estudiar un poco. Además, tu casa es enorme, así que no te costará mucho evitarlos. En el peor de los casos puedes encerrarte en tu cuarto y ver la televisión —le respondo mientras salimos del salón.

—Vaya diversión. ¿Cuánto apuestas a que vendrá Susan también?

—¿Por qué?

—Susan y Cloe eran buenas amigas.

—¿Por qué Cam considera a Cloe tan especial?

—Siempre han estado muy unidos —me explica encogiéndose de hombros—, pero yo no la soporto.

Cameron se planta delante de nosotras obligándonos a pararnos.

—Espero que no estés hablando mal de Cloe —dice sonriendo. Parece realmente de buen humor.

—Ya sabes que no me gusta —replica Sam.

Eludo la mirada de Cameron y me hago a un lado para marcharme. No puedo negar que esta situación me irrita. Me ha puesto en una posición incómoda, nada fácil. Para él es mucho más sencillo… No sé qué haría si yo simulara salir con Austin como él hace con Susan.

Cam me agarra una muñeca.

—Recuerda que debo llevarte a casa.

La gente nos mira.

—Puedo ir sola.

—¿Cómo?

—Tengo un par de piernas. Puedo ir a pie o pedir a otro que me lleve.

—Tu madre me pidió expresamente que te llevara en coche.

Es evidente que está buscando una excusa para informar a los demás de que "debe" acompañarme, pero en realidad está tratando de decirme que quiere hablar conmigo. El caso es que ahora no tengo ganas, quiero estar sola y ordenar las ideas.

—Me da igual lo que te haya pedido mi madre. No quiero ir contigo. —Lo obligo a que me suelte la muñeca y me voy.

Nada más entrar en casa voy directo a mi cuarto y me tumbo en la cama. Suena mi celular. Tomo la almohada para taparme la cabeza y las orejas. El teléfono no deja de sonar, así que me levanto y lo agarro.

Es Cameron. No sé si contestar. No quiero hablar con él, sólo oír lo que tiene que decirme. Puede que haya sucedido algo importante.

Paso el dedo por la pantalla en menos de un segundo y respondo a la llamada.

—¿Qué pasa?

—Abre la ventana.

Ay, no.

—Estoy aquí, vamos, abre.

Me levanto y me acerco a la ventana. Apenas aparto la cortina veo sus ojos y su maravillosa sonrisa al otro lado del cristal.

—Abre. Tengo ganas de hablar contigo —dice por el teléfono.

—Yo no.

Su sonrisa se desvanece.

—Cris, ¡abre la ventana!

—Te he dicho que no.

—¿Me puedes explicar qué te pasa?

—¿Qué me pasa? Besas a Susan, te haces arrumacos con Cloe y ahora vienes aquí porque se te antoja hablar conmigo. Disculpa, pero no quiero.

—Cloe es una buena amiga, y, respecto a Susan, sabes que estoy fingiendo. Ese estúpido beso no tiene ninguna importancia.

A él no le importa, claro. Es más, apuesto a que se divierte un montón con sus dos novias.

—Me duele la extraña manera que tienes de protegerme. No aguanto más, Cam. Así que o pones punto final a este plan idiota y vuelves conmigo a la vista de todos o te quedas con ella y haces lo que te dé la gana. Pero no puedo seguir así, lo siento —digo llorando.

Cam apoya una mano en el cristal de la ventana y me mira a los ojos.

—No debería haberte dicho nada. Todo habría sido más sencillo. Lo siento, pero no puedo permitir que esa psicópata te mande al hospital otra vez… te quiero. —Cuelga y se va.

Al cabo de un rato abro la ventana para comprobar si se ha marchado de verdad. No está.

Me seco las lágrimas y vuelvo a la cama. Cuando estoy a punto de echarme oigo un extraño ruido a mi espalda. Me vuelvo y veo a Cameron entrando en la habitación por la ventana.

—¿Qué haces? —pregunto resoplando.

—Puesto que te quiero, no tengo la menor intención de perderte. No puedo dejarte ir, te necesito tanto como el aire que respiro —dice acercándose a mí y acariciándome la cara—. No llores, por favor. Odio verte así, sobre todo cuando sé que el culpable soy yo.

—Te quiero, Cam. —Me aproximo a él para besarlo.

Tira de mí para acercarme aún más a él.

La pasión se intensifica de forma increíble, siento que lo deseo más que nunca. Cam agarra el borde de mi blusa y la sube lentamente, hasta quitármela del todo.

—¿Tus padres están en casa? —pregunta susurrando a poca distancia de mis labios.

Sacudo la cabeza para que comprenda que no hay nadie.

—Cierra con llave, nunca se sabe.

Voy a la puerta y hago lo que me ha dicho. Apenas me vuelvo veo que está a menos de dos centímetros.

Se abalanza sobre mí y me besa con pasión, dejándome sin aliento. Le quito la camiseta.

Su cuerpo es perfecto. No es la primera vez que lo veo así, pero ahora que estamos tan cerca, atraídos el uno por el otro como nunca, el efecto es muy distinto.

Me ciñe la cintura y me obliga a retroceder. Se sienta en la cama y me pide con un ademán que lo siga.

La emoción se va apoderando de mí, no puedo creer que esté a punto de hacerlo con Cam. Esta vez nadie nos puede interrumpir y me siento preparada.

Nuestras bocas están perfectamente sincronizadas. Me muevo con lentitud, y su peso empieza a subir y bajar con un ritmo creciente.

Se aleja de mis labios y, dándome pequeños besos, resbala poco a poco por mi mejilla hasta llegar al cuello. Sus besos son una tortura, él es el único con el que he experimentado unas sensaciones tan intensas. La primera vez aún no salíamos juntos, había ido a su casa para estudiar Historia y acabamos en el sofá.

Me mueve con lentitud y me tumba en la cama. Se sienta a mi lado y me mira unos segundos.

—Eres guapísima —susurra.

Apoyo una mano en su cara y lo acaricio lentamente.

—¿Estás segura de que quieres hacerlo? —me pregunta en voz baja.

Asiento con la cabeza y él sonríe. Me vuelve a besar mientras sus manos descienden con calma por mi cuerpo.

Roza la piel justo debajo de mi ombligo y toma la cintura de los vaqueros para desabrochármelos, luego asalta de nuevo mi cuello, a la vez que explora todo mi cuerpo con los dedos.

En la habitación empieza a hacer mucho calor. La espera me está volviendo loca, no lo resisto más. Lo quiero ahora.

Alargo con timidez las manos hacia la cremallera de sus vaqueros. Sonríe y se levanta un poco para susurrarme al oído:

—¿Impaciente? Eso está bien.

Se aparta para quitarse los pantalones y agarra un condón.

Vuelve a sentarse a mi lado.

—¿Estás segura?

—Me lo has preguntado ya, Cam. Quiero que la primera vez sea contigo, porque te quiero.

Baja la mirada unos instantes como si estuviera pensando en otra cosa, después sonríe y vuelve a concentrarse en mí.

—Te quiero.

Me meto bajo las sábanas y él me imita.

—Dime si te hago daño, ¿ok?

Asiento con la cabeza.

Inclina la cabeza hacia mi cuello y empieza a cubrirlo de besos. En un instante nos convertimos en una sola cosa. El leve dolor que siento al principio se va transformando poco a poco en placer.

—¿Va todo bien, pequeña? —me susurra a duras penas al oído.

Asiento. Cada uno de sus movimientos estremece mi cuerpo y cuanto más intensas son las sensaciones que experimento más siento que lo quiero. Sé que es el chico adecuado. Hasta ahora he cometido muchos errores, pero esta vez no me estoy equivocando. Me quiere, haría lo que fuera para protegerme.

Cam se estremece por última vez, se para y se deja caer lentamente sobre mí. Mi corazón parece haber enloquecido, no puedo creerme que lo haya hecho.

Él se incorpora apoyándose sobre los brazos y se hace a un lado tratando de recuperar el aliento. Extiende un brazo y me pide con un ademán que me acerque a él.

Me pego a su cuerpo y apoyo la cabeza en su pecho.

—¿Te ha dolido?

—Creía que sería peor —contesto en tono irónico.

—Mmm… Por lo visto ahora estás de buen humor.

Es cierto, me siento relajada y feliz. Levanto la mirada hacia él y sonrío.

—Odio cuando sonríes de esa forma.

—¿Por qué?

—Porque me entran ganas de volver a empezar desde el principio y no parar nunca.

Me ruborizo.

De repente oímos que la puerta de la calle se abre.

Me estremezco asustada.

—¡Ay, no! —Cameron está completamente desnudo, de pie, delante de mí, y en este momento comprendo por qué gusta tanto a las chicas. Es perfecto.

Sacudo la cabeza para desechar estos pensamientos, me levanto y me pongo las bragas y la camiseta.

—Cris —dice mi madre llamando a la puerta.

Cameron aún se está poniendo los vaqueros, no conseguirá salir a tiempo.

El picaporte de la puerta se mueve.

—Abre la puerta, Cris —dice mi madre.

—¡Al clóset, rápido! —susurro a Cameron, y él corre a esconderse.

Echo un rápido vistazo a la habitación, que, por suerte, no está desordenada, y abro la puerta.

—¿Qué pasa? —pregunta mi madre entrando en ella.

—Me estaba probando unos vestidos y no quería que alguien entrase y me viera desnuda —improviso diciendo lo primero que se me ocurre.

—¡Qué casualidad! Quería enseñarte un vestido que te he comprado hoy y que, en mi opinión, te sentará de maravilla. Voy por él —dice a la vez que sale de mi cuarto.

Cierro la puerta y me precipito hacia el clóset.

—¡Vete, Cam!

Él sale enseguida y se pone la camiseta. Me sujeta la cara con las manos para darme un beso en los labios.

—Te quiero —susurra mientras sale por la ventana.

—Aquí está. ¿Verdad que es precioso? —pregunta mi madre al volver.

Me giro.

—¡Sí, me encanta!

—Pruébatelo. Te espero en la sala.

Cuando por fin me quedo sola en mi habitación, me siento en la cama.

No puedo evitar recordar lo que acaba de suceder… y me estremezco al imaginarme a Cameron y a mí juntos.

14

Pasar la noche navegando en internet nunca ha sido mi *hobby* preferido. Estoy agotada y apenas me tengo en pie por falta de sueño.

No lograba entender por qué, pese a que ayer era la primera vez que lo hacía, no perdí sangre.

Anoche, después de que Cameron se hubiera ido, noté que las sábanas estaban impolutas, al igual que mis bragas, y tuve miedo. Sé que es completamente irracional, pero por un momento dudé si era de verdad virgen y temí haber olvidado algún acontecimiento pasado.

Después, navegando por internet, descubrí que es del todo normal. De hecho, sucede que, por varias razones, algunas mujeres no sangran cuando se rompe el himen... así que me tranquilicé un poco, aunque no del todo. Seguía teniendo una extraña sensación. Como si hacer el amor con Cam hubiera despertado algo en mi interior, algo que no alcanzo a definir, un miedo, un recuerdo, no sé muy bien…, que me impide estar serena. Me gustaría hablarlo con Cam, pero la verdad es que no sabría cómo describirle esta extraña inquietud.

—¿Estás bien? No tienes buen aspecto —observa Kate.

—Sí, es que no he dormido mucho esta noche —digo dando sorbos a la leche.

—¿Pesadillas?

—No, una búsqueda en internet.

—¿Sobre qué? —pregunta al mismo tiempo que se mete en la boca la cuchara con cereal.

El claxon del coche de Cameron me rescata de la curiosidad de mi hermanita. Dejo el desayuno a medias, corro por mis cosas y salgo como un chiflido.

Apenas me siento en el coche, Cam me da un beso en los labios.

—Buenos días, pequeña.

—Buenos días —respondo risueña.

—¿Estás bien?

—Sí, nunca he estado mejor —miento, y él sonríe.

Cuando llegamos al instituto me acaricia la cara y me dice:

—Todo irá bien. Te quiero.

Nos bajamos del coche y, tomados de la mano, entramos en el instituto sin ocultar ya lo que somos: una pareja feliz y enamorada.

No me sorprende el estupor que demuestran las personas que hasta ayer veían a Cameron corriendo detrás de Susan.

De improviso, Lindsay se planta delante de nosotros jadeando y con el pelo revuelto.

—Cris, por favor, ¿puedo haceros una foto? Es una noticia demasiado importante, no puedo ignorarla. ¡Te lo ruego!

No tengo la menor intención de permitírselo.

—Adelante —dice Cameron.

Lo miro de inmediato. No puede estar hablando en serio.

—Confía en mí —me tranquiliza guiñándome un ojo.

—Posen.

Estrecho la mano de Cameron y me inclino hacia él dispuesta a sonreír, pero él se vuelve hacia mí, me ciñe la cintura y me da un beso en los labios.

—¡Muchas gracias! —dice Lindsay examinando la foto que acaba de sacar.

—Ve a escribir un buen artículo —replica Cam.

—Lo haré —afirma Lindsay marchándose a toda prisa.

—¡Estás loco!

—Loco por ti —responde tocándome la nariz con el índice. Cuando quiere sabe ser el chico más dulce de la Tierra.

El timbre suena, es hora de ir a clase. Cam me toma de nuevo la mano y juntos nos dirigimos al salón. Cloe se queda petrificada al vernos.

—Cam —dice con semblante inexpresivo.

—Cloe, te presento a Cris. Mi novia.

Cloe me mira y abre la boca para decir algo, pero después vuelve a cerrarla y esboza una sonrisa forzada.

No sé qué hacer, así que le tiendo la mano.

—Encantada.

—Encantada —responde estrechándomela—. ¿Podemos hablar? ¿A solas? —pregunta a continuación a Cameron.

Él me mira para pedirme permiso. Asiento con la cabeza y entro en clase.

Cloe parecía contrariada, pero quizá sólo sea una sensación. Quería causarle una buena impresión, de verdad. En el fondo, es una buena amiga de Cameron.

Me siento y ordeno mis cosas en mi lugar. Susan entra sonriendo y se acomoda en su sitio. Después llega Sam, que se acerca a mí enseguida.

—¡Cris! —Me abraza—. ¿Estás bien? Me he enterado de lo que ha ocurrido entre Cameron y tú.

¿Qué?

—¿Te lo ha dicho él?

Asiente con la cabeza.

No sabía que Cameron y ella hubieran intimado tanto. No me disgusta que Sam lo sepa, se lo habría dicho yo, pero habría preferido que Cam no le dijese nada.

—¿Y bien? ¡Me muero de curiosidad!

—Fue dulcísimo, intenso, absolutamente perfecto. Pese a que…

—¿Qué?

—No tiene importancia, pero… sucedió algo extraño, Sam. —He decidido hablar con ella. Es mi mejor amiga y creo que tiene más experiencia que yo en estos asuntos.

—Cuenta.

—Después de hacerlo no sangré, y, no sé por qué, eso me inquieta. Estoy segura de que ayer por la tarde fue mi primera vez, y, sin embargo, tengo una extraña sensación que no comprendo…

Sam me mira como si estuviera pensando en otra cosa.

—Bueno, Cris, creo que debes… Vaya, aquí está el profe —dice y se dirige a su asiento—. Luego hablamos.

¡Qué oportuno! Sam estaba a punto de decirme algo.

Cameron y Cloe entran también en clase. Él parece tenso. Estoy un poco preocupada, de modo que apenas se sienta detrás de mí me vuelvo para preguntarle si todo va bien.

Su cara se relaja y vuelve a sonreír. Se inclina hacia delante.

—Todo va bien, pequeña —susurra dándome un beso en la comisura de los labios.

Mientras me vuelvo hacia el profe algo llama mi atención. Un ruido, y sé de sobra de dónde procede. Miro al otro lado de la clase. Susan está en pie, tiene un lápiz roto en las manos y alrededor de ella, en el suelo, están los bolígrafos y los marcadores que se han caído de su estuche.

—¡Vaya! —comenta Cam a mi espalda.

—Rose, recoge todo y vuelve a sentarte —dice el profe.

Ella se agacha y, sin dejar de mirarnos a Cameron y a mí, recoge sus cosas.

—Bien, antes de empezar la lección hablaremos del viaje. Falta poco más de un mes y tenemos que organizar las habitaciones. Que quede claro: nada de habitaciones mixtas, no se molesten en pedirlo, perderán su tiempo —dice el profe mirando a Cameron unos segundos.

Pasa lista y, a medida que va diciendo los nombres, apunta en una hoja las diferentes combinaciones.

—¿Cristina Evans?

—Yo dormiré con Samantha Dallas.

Sam me mira unos segundos y me sonríe.

—¿Samantha Dallas y…?

—Solo ella —contesto.

—No, la habitación es de tres. Añadiré a Cloe Split.

¿Qué? Me vuelvo para mirar a Cloe, que me sonríe. Sam, en cambio, parece aterrorizada.

El profe pasa a Susan, que, como era de esperar, compartirá la habitación con sus leales amiguitas.

—Cameron Dallas, en tu caso, y por razones que es inútil explicar, elegiré yo.

Supongo que en los viajes anteriores Cameron no se habrá distinguido por su conducta.

—Quiero que estés en la habitación con alguien que tenga la cabeza en su sitio, que pueda vigilarte. Este año no tengo intención de pasarme el tiempo buscándote para encontrarte después en las habitaciones de las chicas haciendo quién sabe qué.

El mero hecho de pensar en Cameron con otras me estremece.

—Vamos, profe, reconózcalo. Se divirtió un montón persiguiéndome —replica Cameron.

El profesor lo mira irritado.

—Compartirás la habitación con el chico nuevo que llegará la semana que viene y con…, mmm…, veamos… —Repasa atentamente la lista—. Matthew Espinosa.

—¡¿Qué?! —exclama Cameron.

—Vaya, dada tu reacción veo que he dado en el clavo. No lo pierdas de vista, Matthew —dice el profe—. Y ahora empezaremos la clase.

Cuando suena el timbre y me levanto para desentumecerme veo a Cameron en la puerta, enfurruñado.

—¿Estás bien? —le pregunto acercándome a él.

—Sí, sólo que no se me antoja estar en la habitación con un pobre novato y con el ex de mi novia.

—Todo irá bien.

—En el peor de los casos pasaré la noche en tu cuarto —dice acariciándome el cuello—. Ven aquí. —Me atrae hacia él para besarme.

Cuando nuestros labios se tocan vuelvo a vernos desnudos en la cama y me falla la respiración. Estoy acalorada, así que me aparto de él para recuperar el aliento.

—¿Va todo bien, pequeña?

—Sí, sólo que…

—¿Qué demonios está pasando? —pregunta Susan detrás de nosotros.

Cameron se vuelve y la mira.

—Mi novia y yo estamos hablando, así que, si no te importa, nos gustaría estar solos. —Se gira de nuevo hacia mí, me toma de la mano y salimos del salón.

—¡Me las pagarás, Cris! —me amenaza Susan cuando paso por su lado. La verdad es que ya ha dicho esa frase demasiadas veces.

Cameron se detiene y se vuelve hacia ella.

—No, Cris no te ha hecho nada. Si hay una persona con la que deberías estar enfadada soy yo. ¡Prueba a tocarle un solo pelo y te mato!

—Eres un imbécil, Dallas —replica ella llorando.

—Puedo ser aún peor cuando se meten con las personas que quiero.

Dicho esto me toma de nuevo de la mano y nos marchamos.

15

¡Dallas! —exclama una voz al fondo del pasillo. Cuando nos volvemos vemos a Cloe caminando hacia nosotros.

Cameron resopla.

—Cloe, no es momento para sermones.

¿Qué? Por lo visto no me equivocaba cuando pensaba que quería reprocharle algo.

—No, lo siento, tenemos que hablar. Ahora.

—No tengo la menor intención de escucharte —replica Cameron; luego me vuelve a tomar de la mano y echa a andar.

—Lo prometiste. A mí y a Carly, ¿recuerdas?

Al oír el nombre de Carly me estremezco. ¿Qué tiene que ver Cloe con ella?

Cameron se para en seco y se vuelve lentamente hacia ella.

—No la metas en esto.

—Sabes de sobra que debemos hablar solos.

—Disculpa, Cris. Luego nos vemos.

—¿Qué? No.

—Por favor —dice mirándome a los ojos.

La historia de Carly, que no deja de aparecer cuando menos me lo espero, está empezando a hartarme de verdad.

—Está bien —accedo a la vez que fulmino a Cloe con la mirada.

Daría lo que fuera por ser un insecto minúsculo y poder escuchar lo que van a decirse.

Cuando entro en clase encuentro a Sam sola mirando algo en el celular.

—¿Qué haces? —pregunto aproximándome a ella.

—¡Mira! Es Cris —dice volviendo el teléfono hacia mí. Está haciendo una videollamada con Nash.

—¡Hola, neoyorquino!

Él sonríe.

—¡Hola, Cris!

Resulta extraño verlo en el celular.

—¿Cómo van las cosas por allí?

—Bien. Voy un poco retrasado con el programa, pero creo que conseguiré ponerme al día. He hecho ya algunos amigos, pero, comparados con ustedes, no son nada especial.

—Te echamos mucho de menos.

—Yo también los echo de menos. Ahora tengo que marcharme, va a empezar la clase. ¡Saluda a Cameron de mi parte! Y dile que es un idiota.

—¿Por qué? —pregunta Sam sonriendo.

—Porque nunca responde al teléfono. Adiós, Cris. Adiós, Sam —dice antes de colgar.

La sonrisa de Sam se desvanece de inmediato.

—¿Lo echas de menos? —Pregunta estúpida.

—Sí, más que nunca. Me duele verlo sólo en una pantalla. Echo de menos sus abrazos, su aroma… todo. Yo lo quiero, Cris, pero él prefirió dejarme aquí y marcharse. Bueno, ya está bien de lloriquear, no sirve de nada. Antes de que el profe de Lengua nos interrumpiera estábamos hablando de Cam y de ti.

—Sí, y tú ibas a decirme algo.

—Bueno, en realidad, lo que quería decirte era que hablaras con Cam, él puede comprenderte más de lo que crees. No puedo decirte más, sólo te aconsejo que le hables con franqueza. Creo que ustedes se deben una explicación.

Sam sabe algo que no puede decirme y no quiero insistir para no ponerla en un aprieto. Supongo que habrá prometido a Cam que guardará el secreto. Sí, seguiré su consejo e intentaré hablar con él.

Cuando el profe entra en clase voy a mi sitio. Cam y Cloe vuelven a llegar con retraso. Él parece realmente preocupado, pero esta vez no me vuelvo para preguntarle cómo va. Sé ya que tiene que ver con Carly y ella sigue siendo un tema tabú.

Al final del día Cam me acompaña al locker para que guarde mis libros.

—¿Se te antoja venir a mi casa esta noche, pequeña?

—Me gustaría, pero no creo que mis padres me dejen. Me dirán que he perdido una semana de clase y que debo recuperar parte del programa y bla, bla, bla.

—¡Tienes dieciséis años! Puedes hacer lo que quieras y cuando quieras. Además, estoy seguro de que si les dices que vienes a mi casa no te dirán nada. Tus padres me adoran —dice complacido.

—¡Eres un canalla! Deberías enseñarme cómo lo haces.

—Bueno, pequeña, la verdad es que con mis padres lo estás haciendo de maravilla.

—Si tú lo dices...

—¡Están encantados contigo! La primera vez que te vieron comprendieron que eres la chica que me conviene.

Cierro el locker y, cuando nos volvemos para salir del instituto, vemos a Susan caminando hacia nosotros.

Ay, no.

Cameron se para delante de ella.

—Escucha, Susan, hoy ya nos has dicho una buena ración de tonterías. Déjanos en paz, por favor.

—No, espera. Quiero pedir perdón a Cris.

Me está tomando el pelo, ¿verdad? ¿Es una broma? Debe de serlo. Miro alrededor con suspicacia. Puede que haya una cámara oculta.

—Susan... —insiste Cameron.

—No, déjame hablar. —Desvía la mirada de él y la posa en mí—. Cris, reconozco que antes he exagerado, pero intenta comprenderme. Hace menos de veinticuatro horas él estaba conmigo y esta mañana ha aparecido contigo como si nada. No quiero hacerte daño, lo que sucedió

130

en la fiesta bastó para asustarme. Temí haberte matado, Dios mío. Así que te propongo una tregua, ¿ok?

En este momento podría soltar una sonora carcajada.

—Susan, juro que si estás tramando algo...

—No, Cam, lo único que pasa es que me he cansado de perder los estribos cada vez que los veo juntos.

Me tiende la mano y yo se la estrecho. A continuación esboza una sonrisa y se marcha dejándonos solos.

—¡Menuda sorpresa! —exclamo mientras veo cómo se aleja.

—Yo en tu lugar no bajaría la guardia. Conociéndola, puede cambiar de idea en un nanosegundo. Algo me dice que Cloe está metida en todo esto.

—¿Puedes explicarme qué tiene que ver ella con esta historia?

—Mmm... No lo sé, pero creo que Cloe la convenció de que te pidiera perdón. ¡No lo ha hecho para ganarse tu simpatía, créeme! Oculta algo...

Pero, entonces, ¿por qué lo ha hecho? Puede que para llamar la atención de Cam... o por otros motivos que ignoro.

—Tengo que hablarte de una cuestión importante, Cam.

—No, hoy ya no hablaremos de cosas importantes que podrían empeorar el día o hacernos discutir. ¿Podemos dejarlo para otro momento?

Pensándolo bien, yo tampoco tengo ganas de afrontar temas complicados. El día ya ha sido bastante agotador.

—Ok, hablamos otro día.

16

Es tardísimo! ¡No he oído el despertador! —La voz de Kate me arranca del sueño.

Desbloqueo el celular y la luz de la pantalla me deslumbra. Son las nueve y es sábado. ¿A qué viene tanta prisa?

Me tapo la cabeza con las sábanas para seguir durmiendo.

Alguien llama a la puerta de la calle. Será para Kate, quizá va a salir con Hayes o con alguna amiga.

Un minuto después oigo unas pisadas en el pasillo y la puerta de mi habitación se abre.

—No tengo nada tuyo, Kate. —Me giro en la cama dando la espalda a la puerta.

Siempre hace igual. Pese a que tiene un montón de vestidos, cuando tiene que salir siempre quiere ponerse al menos uno de mis accesorios. Dice que así se siente más segura.

Después noto que alguien se sienta en la cama, me vuelvo lentamente y veo a Cameron. Sorprendida, me echo hacia atrás y me caigo de la cama.

—¿Estás bien? —pregunta él inclinándose hacia mí.

Alzo la cabeza masajeándome la nuca dolorida.

—¿Qué haces aquí?

—Te echaba de menos y vine a darte los buenos días.

Ok, reconozco que la idea no puede ser más dulce, pero al menos habría podido esperar a que me despertara.

—¿Quién te ha dejado entrar?

—Kate.

Cuando la vea me la como. Sabe de sobra que el sábado sigo durmiendo a las nueve y dejó entrar a Cameron para que haga el ridículo.

—Vamos, levántate —dice tendiéndome la mano.

La agarro, me levanto y me siento a su lado. Debo de tener un aspecto realmente terrible.

—Estás guapísima recién levantada —dice riéndose.

—No es cierto. Estoy horrenda. —Trato de peinarme un poco.

—Cris —dice mi madre entrando en la habitación—. Ah —exclama al ver al Cameron.

Dios mío, ahora pensará que hemos pasado la noche juntos.

—Buenos días, señora Evans.

—Cameron, qué alegría verte…, este…, ¿han dormido juntos?

—No, no. Él… acaba de llegar. Kate le abrió.

Mi madre exhala un suspiro de alivio.

—He venido a recogerla para ir a la pista de *skate-board*.

—¿*Skateboard*? —Lo miro sorprendida.

—En ese caso, diviértanse —dice mi madre antes de irse.

—Sí, los chicos nos están esperando. Muévete —insiste levantándose de la cama.

—No voy.

—¿Por qué?

—Porque no me encuentro nada bien y no se me antoja.

Estoy segura de que Cloe irá también y eso me molesta. No estoy celosa, se ve a leguas que Cameron sólo la considera una amiga, pero no me gusta que ella también esté al corriente de la historia de Carly. Además, estoy segura de que está tramando algo con Susan contra mí.

—Excusas. ¡Mira qué día tan maravilloso! Vamos, vístete. Te espero fuera.

Me levanto de la cama y me arreglo de mala gana.

Cuando entro en el coche Cameron me observa perplejo.

—¿Qué pasa?

—Has tardado un montón, veinte minutos para ponerte una camiseta y unos *leggings*.

—Te olvidas del maquillaje y de muchas otras cosas —añado.

—Claro —dice en tono irónico arrancando el coche.

—¿Cloe viene también?

—Sí.

Fantástico. Me lo imaginaba. Todo irá mal, lo presiento.

—No te cae bien, ¿verdad?

—No es eso, es que no me fío de ella.

Espero que no note que estoy mintiendo.

—No es tan terrible. Es una buena chica, supongo que no tardarás en comprenderlo. Intenta hablar con ella hoy. Apuesto que se harán amigas.

No creo, pero asiento con la cabeza para contentarlo.

Al llegar a la pista de *skateboard* me viene a la mente la tarde que pasé aquí con Matt hace cierto tiempo. Cuántas cosas han cambiado desde entonces.

Los chicos se han reunido en una especie de grupito y están hablando. Veo a Carter, a Jack, a Taylor, a Matt y a Cloe. Me produce una extraña sensación no ver a Nash con ellos.

—¿No ha venido Sam? —pregunto a Cam.

—No. Ha quedado con Nash para hacer una videollamada.

Cam me toma de la mano y nos acercamos al grupo.

—Aquí llega la parejita del año —comenta Taylor riéndose.

—¡Cuánta dulzura, Dallas! ¿Dónde está el seductor empedernido que nunca se enamoraba? —pregunta Cloe bromeando.

Cameron se limita a hacerle una seña obscena con la mano y ella se echa a reír.

—¿Damos una vuelta? —pregunta Jack.

Cam va por su tabla y regresa a mi lado.

—¿Quieres probar?

—No, gracias. La última vez casi mando a un chico al hospital.

—La culpa no fue tuya, sino del maestro, que era pésimo.

Sonrío y él me da un beso en los labios.

—Muévete, Cam —dice Matt.

Cameron resopla.

—Está un poco celoso.

Cloe se acerca a mí y se sienta a mi lado.

—Cam parece muy enamorado. La última vez que lo vi tan apasionado estaba con…

—Susan —concluyo.

Me mira y al cabo de unos segundos sonríe.

—Quería decir Carly, pero Susan vale también.

—¿La convenciste para que me pidiera perdón? —le pregunto a bocajarro.

—Sí.

—¿Por qué?

—Es una historia muy larga, hablo en serio. Pero no te preocupes, no estoy conspirando contra ti ni nada por el estilo. Sólo estoy intentando dar una buena lección a esa loca.

—¿Qué te ha hecho?

—¿Además de arruinar mi vida? Nada.

—¿Carly tiene algo que ver? —Recuerdo perfectamente que el otro día mencionó que Cameron les había prometido algo a ella y a Carly.

—No puedo decirte mucho. Muy pocos sabemos, o creemos saber, lo que sucedió de verdad. Y, por el bien de todos, es mejor así. Fui yo la que pidió a Cameron que no dijera nada y supongo que me ha hecho caso.

Asiento con la cabeza.

—En cualquier caso, sí, Carly tiene mucho que ver con esta historia y con Susan, entre otras cosas porque era mi hermana.

La miro estupefacta.

—¿En serio? ¿De verdad? Ay, yo...

—Yo no te he dicho nada, ¿ok? No quiero que Cameron se entere de que he sido la primera en romper nuestro pacto. No soy amiga de Susan, sólo quiero descubrir qué sabe sobre la muerte de Carly.

—No entiendo. ¿Qué tiene que ver Susan con esta historia?

Cloe enmudece unos instantes como si estuviera reflexionando sobre lo que debe decirme.

—Debes saber que hace tiempo Carly, Susan y yo éramos inseparables. Después Susan me engañó y nuestra relación cambió, pero siguió siendo muy amiga de Carly. Creo que sabe más de lo que dice sobre el accidente de mi hermana. Puede que me equivoque, pero tengo esa sensación y quiero aclarar las cosas.

—¿Por eso te fuiste a vivir a Nueva York?

—Sí, marcharme de aquí me pareció la mejor manera de afrontar la muerte de Carly y de intentar recuperar las riendas de mi vida.

Cloe es más fuerte de lo que me imaginaba.

—Lo siento.

Me siento realmente estúpida por haberla juzgado sin saber nada de ella.

—Bah, no importa. El pasado es el pasado. Lo que cuenta es el presente.

Tiene razón. Me vuelvo para mirar a los chicos, Cameron me sonríe y me lanza un beso. Es muy dulce.

—¿Sabes, Cris? Al principio del año Cam me habló de ti, pero eres muy distinta a como te describió.

—Antes no nos llevábamos nada bien.

—Sí, porque molestabas a Susan —explica ella, y yo asiento con la cabeza.

Pasamos la mañana charlando. Cloe es muy simpática, no debería haberla juzgado tan deprisa.

Es hora de volver a casa. Cam y yo nos despedimos de todos y nos dirigimos al coche.

—¿Te has aburrido? —pregunta.

—No, para nada. Cloe me cayó muy bien.

Sonríe.

—¿Qué te dije?

—¡Cam! —Cloe camina hacia nosotros seguida de Jack—. Necesito hablar contigo.

Jack y yo nos quedamos solos mientras ellos se alejan.

—¿Vas a casa con Cameron? —me pregunta él.

—Sí, pasaremos juntos la tarde. ¿Y tú? ¿Vas con Cloe? —pregunto a mi vez.

—Sí. También pasaremos juntos la tarde.

No sabía que entre Cloe y Jack había algo más que una amistad.

—Ah, no me refiero a eso. Nuestros padres son amigos y los míos han invitado a cenar a la familia Split para celebrar que Cloe ha vuelto.

Cameron vuelve y pasa por mi lado sin decir una palabra.

—¡No seas cobarde y díselo! —grita Cloe, luego se acerca a mí. Parece preocupada—. Cris, sea lo que sea lo que te diga, tú mantén la calma. ¿Ok?

Su advertencia me sorprende. Asiento con la cabeza y me reúno con Cameron en el coche. Me abrocho el cinturón y guardo silencio.

—Cam…, ¿va todo bien?

—Sí —se apresura a contestar—. Sólo que…, debo decirte algo, Cris.

Mi corazón se acelera.

—Habla. Te escucho.

—Sí, pero prométeme que luego no tomarás decisiones precipitadas.

—De acuerdo. —Empiezo a preocuparme.

Cam me toma una mano y la estrecha entre las suyas.

—Sé que has hablado con Sam de ese problema. En fin, de tu primera vez y de las dudas que tienes.

¿Por qué se lo ha dicho Sam?

—Sí…, Cam…, bueno, no sé qué pensar. Eres el primer chico con el que he hecho el amor, estoy segura, y sé que lo que me ha pasado puede suceder; no obstante, tengo una extraña sensación que no puedo explicar.

—Sí, lo sé. Y es cierto, tu primera vez fue conmigo, pero…, pero no ese día.

—¿Qué? ¿Qué quieres decir? No lo entiendo. Explícate mejor, Cam.

—La noche de la fiesta de Nash estuviste en mi habitación.

—Me dijiste que esa noche había ofendido a Susan, que le había dicho unas cosas horribles y que no había ocurrido nada más.

Se pasa la mano por el pelo y se apoya en el asiento del coche para eludir mi mirada.

—Bueno, no fue exactamente así. Hay algo que no sabes. Esa noche Susan y yo subimos al piso de arriba y entramos en mi cuarto para hacer lo que ya sabes. Sin embargo, cuando te vi en mi cama se me pasaron las ganas de hacer el amor con ella. Estabas guapísima mientras dormías. Después te despertaste y gritaste a Susan unos insultos irrepetibles. Luego, cuando ella se marchó, te tumbaste de nuevo y yo me eché a tu lado, después…

—No, basta.

Prefiero no oír lo que sigue. No puedo creer que sucediera algo así mientras estaba borracha y no sabía lo que hacía. Me bajo del coche, doy un portazo y echo a andar a toda prisa. En ese momento no salíamos juntos y yo pensaba que podía fiarme de él. Me da asco.

—Espera, Cris. —Ha salido del coche y me está siguiendo—. Al menos escucha lo que debo decirte, luego puedes hacer lo que quieras.

Me paro.

—¿Qué quieres decirme? ¿Cuánto te divertiste aprovechando que estaba borracha? ¡Me das asco, Cam!

—¡Me dijiste que tú también querías hacerlo!

—¿Qué?

—Esa noche, cuando me tumbé a tu lado, te abalanzaste sobre mí y me dijiste que querías hacer el amor.

—¡Estaba borracha! ¡Estaba fuera de mí! ¿Qué quieres decir, que la culpa es mía? ¡Además, salías con Susan! ¿Por qué te rendiste ante mí si ni siquiera podías soportarme?

—No, la culpa no es tuya. Yo me moría de ganas. Había empezado a sentir algo por ti hacía mucho tiempo y cuando hicimos el amor estaba ya muy enamorado. ¿Cómo es posible que no lo recuerdes? Parecías tan convencida…, y fue muy dulce. Desde ese momento supe que quería romper con Susan.

—Cameron, no me duele haberlo hecho por primera vez contigo. Lo que me duele es saber que me lo has ocultado durante todo este tiempo y que Cloe haya tenido que insistir para que me lo dijeras.

—Lo sé. Soy un verdadero imbécil. Debería habértelo dicho enseguida. Pero tú te comportabas como si no hubiera ocurrido nada y eso me desconcertó, luego pasó el tiempo y la cosa se me fue de las manos. Cris… —Hace ademán de acercarse a mí.

Retrocedo enseguida.

—¡No me toques! Lo único que quiero en este momento es estar lo más lejos posible de ti —digo, y me voy.

17

El lunes es el peor día de la semana. Es difícil volver a la rutina cotidiana después de haber pasado el domingo sin hacer nada.

Tengo que vestirme deprisa y salir pronto si quiero llegar al instituto a tiempo. No creo que Cameron esté afuera esperándome.

Ayer tuve todo el día el celular apagado, porque no quería tener ningún contacto con él, y ahora que lo estoy encendiendo me intriga saber si me buscó.

Cinco llamadas perdidas, todas de Cam.

No hace falta que diga lo feliz que me siento, porque eso demuestra que me quiere y que quiere aclarar las cosas, pero a la vez estoy inquieta. Si me lo encuentro hoy no sabré qué decirle. Estoy confusa y aún no decido si se merece o no que lo perdone por lo que hizo.

Me pongo los auriculares y trato de distraerme de estos horrendos pensamientos escuchando *Wonderland*, de Taylor Swift. Todo irá bien, lo único que debo hacer es ser positiva.

Taylor me saluda a la puerta del instituto y me dirijo hacia él. Está con Alex, Robin y Camila.

—Hola, Cris, ¿cómo va?

—Hola, chicos. Todo bien —respondo esbozando una sonrisa.

Noto que Camila lleva puesto el collar que le regaló Austin. No me acordaba. Su fiesta de cumpleaños se celebró el día después del homenaje al padre de Cam. Ese domingo yo estaba tumbada y sedada en una cama de hospital.

—Camila, con todas las cosas que han sucedido no te he felicitado por tu cumpleaños. ¡Felicidades con retraso!

—Gracias —dice ella—. Austin me ha dicho que lo ayudaste a elegir el regalo, aunque podría haberlo hecho solo. Me gustaban sus tazas, las colecciono, y además... —Robin le da un codazo y ella se calla—. Este..., sí, bueno, gracias.

—¿Has hecho las paces con Dallas? —pregunta Robin cambiando de tema.

¿Qué?

—¡Eres idiota, Robin! —estalla Austin.

—No, perdona, ¿de qué está hablando?

—Del mensaje de Lindsay. Dice que te peleaste con Dallas por motivos desconocidos —explica Austin mirando enojado a su amigo.

—Pero ¡yo no he recibido nada! —Saco el celular: sólo tengo las llamadas perdidas de Cam.

—Lo siento por Dallas y por ti —dice Austin.

—¡Mentiroso! —exclama Alex riéndose.

Trato de ignorar su comentario.

—Eh, nada nuevo, pero ahora debo irme, tengo que arreglar un asunto con una chismosa que siempre se mete donde no le llaman —digo provocando la sonrisa de mis amigos—. ¡Hasta luego!

Entro en el instituto y empiezo a buscar a Lindsay. Espero encontrarla antes de que suene el timbre. Podría estar en cualquier sitio y las clases empezarán en diez minutos, así que no dispongo de mucho tiempo.

No la encuentro por ninguna parte. Sin embargo, cuando doblo la esquina para ir a mi locker, veo a Cameron y Susan riéndose al fondo del pasillo. Siento una puñalada en el corazón.

Me paro y miro alrededor buscando la manera de llegar al locker sin tener que pasar por delante de ellos. No tengo alternativa, no puedo evitarlos. Inspiro hondo y echo a andar.

Logro confundirme entre los estudiantes y pasar por delante sin que ninguno de los dos se dé cuenta. Mejor así.

Al llegar saco los libros que necesito para las clases de hoy. Cierro y, cuando me vuelvo, veo a Cameron.

Me estremezco asustada, y él sonríe al ver mi reacción. Me calmo y paso por delante de él sin decir una palabra.

Mientras camino hacia el salón, oigo sus pasos detrás de mí. Me paro, no logro ignorarlo.

—Hace poco me pareció que estabas de un humor excelente. Me alegro por ti —digo volviéndome.

—No estarás celosa de Susan, ¿verdad?

—No.

—Me estaba contando que su hermano mayor se tituló. Éramos muy amigos.

—No te he pedido explicaciones.

—Lo sé, pero quiero dártelas para que no te dé por pensar cosas extrañas.

Levanto un poco la cabeza y echo de nuevo a andar hacia la clase. Me agarra un brazo para que me detenga.

—¿Se puede saber qué te pasa? ¿Aún estás enfadada por esa historia?

—Es evidente.

—Cris, los dos queríamos hacerlo y fue precioso. Si te acordaras de lo que sucedió esa noche te sentirías feliz.

Lo miro sin decir una palabra. Aún siento esa extraña sensación. Antes de enfadarme con Cam quizá debería aprender a escucharme a mí misma.

—¿Por qué no has respondido a mis llamadas?

—Porque no tenía ganas de hablar, ¿ok? Han sucedido demasiadas cosas y necesitaba pensar.

—¿Y qué has decidido?

Reflexiono unos segundos, pese a saber que, en realidad, aún no he decidido nada. Me siento demasiado confusa y disgustada como para tomar una decisión tan importante.

—Vamos, Cris, no podemos romper por haber hecho el amor.

—No fue una ocasión cualquiera, era mi primera vez, y, además de no recordar nada, tú me la ocultaste. Lo siento, pero debo pensármelo bien.

El timbre suena y exhalo un suspiro de alivio. Si hubiéramos seguido con esta conversación habríamos acabado mal.

Nada más entrar en clase, el profesor de Lengua le dice a Sam que tiene que ir enseguida al despacho de la directora.

Ella se levanta preocupada.

—¿Ha ocurrido algo?

—No, no te preocupes. La directora necesita que enseñes el instituto al nuevo estudiante que llega hoy.

Sam asiente con la cabeza y sale del salón.

Durante la clase de Inglés no dejo de pensar en el chico que está a punto de llegar. Golpeteo nerviosa el banco con el lápiz, haciendo un ruido molesto.

—¿Qué te pasa, Cris? —pregunta Cameron a mi espalda.

Miro al profesor, que está respondiendo a una pregunta, y me vuelvo.

—Mi madre dice que ayer por la tarde vio a Set paseando por Ocean Drive. Al principio pensé que se había equivocado. Pero ¿y si fuera él el nuevo estudiante?

—¡¿Qué?! Pero ¿cómo puedes pensar algo así? ¡Es evidente que tu madre se confundió!

—¿Tienes algún problema, Evans? —pregunta el profe.

—La culpa es mía. Le he preguntado si puedo sentarme a su lado para seguir la lección. He olvidado el libro

—tercia Cam. El profe asiente con la cabeza. Cam toma la silla y se pone a mi lado.

—No sé por qué, pero tengo miedo de que el recién llegado sea él.

—¿Tu ex? Pero ¿por qué debería haberse instalado en Miami Beach? —pregunta Cameron en voz baja.

—No lo sé, pero te juro que si es él me cambiaré de instituto.

—No te preocupes. Si ese imbécil quiere sobrevivir tendrá que estar bien lejos de ti. En caso contrario, me encargaré de recordárselo —dice risueño.

La puerta de la clase se abre y entra Sam. Apenas me mira comprendo que está aterrorizada.

—Ah, Dallas, ¿ya ha llegado? —pregunta el profe.

Le tomo la mano a Cameron, olvidando por unos segundos lo que ha sucedido entre nosotros.

Sam asiente con la cabeza e indica con un ademán al chico que está en el pasillo que entre. Cuando lo hace, palidezco.

—¡Bienvenido al instituto! —exclama el profe.

—Cameron... —musito desesperada.

Él pone una expresión rabiosa y me aprieta la mano.

—Preséntate a la clase —dice el profe.

—Hola, soy Trevor Square —dice Trevor, que se ha detenido delante de la mesa del profesor.

¡Dios mío! Con todas las personas que hay en este mundo, ¿justo él debía trasladarse aquí, a este instituto?

Aprieto con fuerza la mano de Cameron, que parece realmente nervioso. El último encuentro entre él y Trevor no fue, lo que se dice, muy amistoso.

—Bien, Square, ve a sentarte delante de Samantha —dice el profesor, y Trevor hace lo que le ha indicado.

Verlo aquí me produce una sensación extrañísima.

—Habría sido mejor el idiota de tu ex —comenta Cam—. Además, se supone que en el viaje estaremos en la misma habitación.

—¡Dios mío, es verdad!

—Intenta que te cambien —sugiero a la vez que noto que Trevor no me quita ojo.

—Evans y Dallas, si no dejan de hablar me veré obligado a pedirles que salgan al pasillo y que se queden allí hasta que termine la clase —dice el profe.

—Como quiera —dice Cameron tomándome de la mano y poniéndose en pie. Nos dirigimos hacia la puerta de la clase—. Adiós, profe.

Espero que no lo esté haciendo en serio.

Mientras abandonamos el salón sólo logro entrever la cara de desconcierto del profesor.

—Pero ¿se puede saber qué piensas? —le pregunto en cuanto cierra la puerta.

—Nos dio dos opciones y yo elegí una, eso es todo.

Sacudo la cabeza.

—¿Qué hacemos? —pregunta.

—¿Con Trevor?

Asiente a la vez que echa a andar por el pasillo. Lo sigo.

—No lo sé. ¿Y si lo ignoramos?

—Sí, el problema es si él logrará ignorarte a ti —pregunta parándose delante de una máquina de bebidas. Mete una moneda y selecciona un café.

—Aprenderá a hacerlo.

—Eso espero, porque, en caso contrario, yo le enseñaré. Cruzo los brazos y lo miro arqueando una ceja.

—Sólo si es necesario, por supuesto —añade.

—Así está mejor.

Me apoyo en la pared y lo observo mientras bebe el café. Es terriblemente guapo.

—¿Aún estás enojada?

—Cam, creo que éste es el momento menos oportuno para hablar de nosotros.

—Me has llamado Cam. Eso significa que las cosas están mejorando —dice risueño.

Desvío la mirada de su sonrisa y me concentro en los estudiantes que están saliendo al pasillo después de haber oído el timbre. Por fin podemos volver al salón.

Cuando nos encaminamos hacia allí veo a Susan a lo lejos charlando con sus amigas. Me vuelve a la mente la imagen de Cam y ella riéndose juntos y me invade la rabia.

—¿Te pasa algo, Cris? —me pregunta Cam mirándome preocupado. Luego la ve también y resopla—. Por favor, no me digas que sigues pensando en ella. Ya te he dicho de qué estábamos hablando.

—¿Sabes una cosa? No te creo. No creo que el título de su hermano sea un tema tan divertido. Lo siento, Cameron, pero necesito aclarar las ideas sobre varias cuestiones. Debes dejarme tranquila. Necesito tiempo para pensar y comprender.

Doy media vuelta y me alejo de él apretando el paso.

18

βuenos días, Cris, ¿vas a entrar ya en clase? —pregunta Sam acercándose a mí.

Cierro el locker y me echo la mochila al hombro.

—Sí, y, por extraño que parezca, con adelanto. ¿Estás bien, Sam? —Parece turbada por algo y sabe de sobra que puede confiar en mí.

—Sí, sólo que... —Mira alrededor para ver si hay alguien cerca. Se aproxima a mí y prosigue en voz baja—: Trevor me da miedo. No sé, te mira de forma inquietante y trata de hacerse amigo mío para llegar a ti.

—¿Te ha hablado esta semana?

—Sí, casi todos los días, durante las clases, en las pausas y mientras estabas en el baño. Reconozco que es muy buen actor, casi ha conseguido convencerme de que es simpático.

Lo siento por Trevor y por la difícil situación en que se encuentra, dado que mis amigos guardan las distancias con él y lo miran con desconfianza, pero él se lo ha buscado.

Si entre nosotros no hubieran sucedido todas esas cosas, estaría encantada de tenerlo en el instituto.

—No te preocupes, Sam. Es cierto que Trevor y yo hemos tenido problemas, pero eso no significa que no sea un buen tipo. No debes temer nada —digo para tranquilizarla.

Sam exhala un suspiro de alivio.

Después, durante la clase de Lengua, noto que Trevor me observa con insistencia. Nuestras miradas se cruzan un par de veces y los dos intentamos hacer como si nada, cohibidos.

Por lo demás, en este viernes interminable, las clases me parecen más largas y aburridas de lo habitual. Será porque echo de menos a Cam. Es inútil, no puedo negar la evidencia: lo quiero y no puedo vivir apartada de él.

Ha respetado lo que le pedí y me ha concedido tiempo para reflexionar, pero, pese a que en estos días he comprendido que quiero estar con él, algo sigue frenándome. No acabo de fiarme, ése es el problema, y la confianza es el elemento más importante de una relación.

Cuando suena el timbre salgo corriendo del salón. No veo la hora de volver a casa para disfrutar de una tarde tranquila. Mis padres están fuera de la ciudad, así que Kate y yo tenemos la casa a nuestra entera disposición.

Mientras cruzo el pasillo aligerando el paso, deseando poner punto final a esta semana tan pesada, oigo que me llaman. Es Cameron, que camina hacia mí.

Se me pone un nudo en la garganta.

—Hola. ¿Qué pasa?

Se para a pocos centímetros de mí. Me mira intensamente sin decir una palabra. Luego me acaricia la cara y siento un escalofrío en la espalda.

—Cam… —Intento detenerlo.

—Shhh.

—No —retrocedo.

—Te echo de menos, Cris, y te necesito. No puedo estar lejos de ti ni un día más, no lo resisto.

—Cameron, por favor. —Bajo la mirada para no ver sus ojos.

Él me levanta la barbilla para que lo mire.

—No puedes dejar que esa historia arruine nuestra relación. Todo iba bien. Me equivoqué, pero intenta comprenderme, Cris. Parecías tan convencida de hacer el amor conmigo que jamás habría imaginado que no recordarías nada.

Una parte de mí sigue repitiéndome que no debo estar con él, porque sólo me causará problemas. Otra, sin embargo, me recuerda todas las veces en que he sido poco sincera con él y, quizá, también conmigo misma.

—Te lo ruego, Cris.

Lo miro a los ojos. La verdad es que lo quiero y la mera idea de perderlo me aterroriza.

—Está bien, Cam.

—¿Qué?

—Si intento racionalizar lo que pasó debo reconocer que deseaba que sucediera tanto como tú. En cuanto al hecho de que me lo ocultaras, espero que en el futuro no vuelva a ocurrir entre nosotros. Te perdono.

—¿En serio?

Asiento con la cabeza, y él me abraza con fuerza. Dios mío, cuánto he echado de menos sus abrazos. Es como regresar a casa después de un largo viaje; un puerto seguro al que se arriba para recuperar la paz y las ganas de volver a partir.

—¿Te apetece que pasemos la tarde juntos, pequeña? —propone besándome en la cabeza.

—Sí, me parece estupendo. Si quieres podemos ir a mi casa, mis padres están fuera.

Cam me aparta un poco para mirarme a los ojos y esboza una sonrisa maliciosa.

—Que no se te metan ideas extrañas en la cabeza, Kate estará en casa. —Sería muy embarazoso. Demasiado embarazoso.

—No haremos ruido —responde guiñándome un ojo.

Sacudo la cabeza y una estúpida sonrisa se dibuja en mi cara. Lo he echado muchísimo de menos.

—¡Cris! —Oigo decir a mi espalda.

Al volverme veo que Austin se está acercando a nosotros.

¡No, ahora no, maldita sea! Sea lo que sea lo que quiere decirme, Cameron se enfadará y apuesto a que eso nos estropeará la tarde.

—Tenemos prisa, Austin —digo.

—Sólo quería preguntarte una cosa. El sábado jugamos la final del torneo de baloncesto. ¿Quieres venir?

—No, no quiere. El sábado vendrá a "mi" partido. Nosotros también jugamos la final —responde Cameron crispado sin darme tiempo a abrir la boca.

Ay, no.

—Creo que Cris es suficientemente mayor para elegir sola a qué partido prefiere ir —replica Austin.

—¿Elegir? Soy su novio. ¡Es obvio que elegirá el mío! —exclama Cameron riéndose.

Tiene razón. Austin es un amigo querido, pero es evidente que no puedo elegirlo por encima de Cam.

—Sí, hasta que hagas otra estupidez. Quizá luego cambie de idea —replica Austin.

¿Ha decidido morir hoy?

Cameron lo fulmina con la mirada y da un paso hacia él, pero, por suerte, se detiene e inspira hondo.

—Escúchame, Miller, voy a pasar una tarde tranquilo con mi novia y no permitiré que nadie me la estropee. Así que da media vuelta y sigue por tu camino.

Esta situación no me gusta para nada. Se trata de una discusión entre los dos en la que yo estoy completamente excluida.

—Faltaría más, ve y diviértete. Pero puedes estar seguro de que tarde o temprano comprenderá quién demónios eres.

—Basta, Austin, por favor —tercio. Quizá no se haya dado cuenta de que está jugando con fuego.

—En cualquier caso, Cris, te he reservado unas entradas en primera fila. Quédatelas, por si luego decides venir —dice dándomelas.

Las tomo y sonrío.

—No le servirán —comenta Cameron acercándose a mí para arrancármelas de la mano.

Me hago a un lado y las meto en el bolsillo de la sudadera.

—Gracias, Austin, eres muy amable. —Agarro la mano de Cameron y me lo llevo a rastras de allí.

—Pobre iluso. —Oigo que masculla.

—Cam...

—Sí, perdona. No hablemos de él, le estamos dando demasiada importancia —replica ciñéndome la cintura y atrayéndome hacia él. Me gusta cuando lo hace, me hace sentir protegida—. Vamos —dice.

19

Cuando entramos en casa no veo los zapatos ni el bolso de Kate.

—¿Hay alguien en casa? ¿Estás aquí, Kate? —pregunto en voz alta.

Nadie responde. Qué raro.

Tomo el celular y le escribo un mensaje para saber dónde está.

—Creo que estamos solos —dice Cameron sonriendo a la vez que se dirige a mi habitación.

Cuando me reúno con él veo que está mirando unas fotos en que aparezco con Sam y los demás. Hay también una en la que estoy con Cass, es la más bonita de las que tengo con ella y me trae unos recuerdos fantásticos.

—No tienes una conmigo —observa.

—¿Lo solucionamos?

—Enseguida. —Saca su celular y se sienta en la cama. Me acomodo a su lado y sonrío.

En la primera foto aparezco con una expresión realmente idiota.

—Bórrala, ya.

—No —dice él riéndose.

Empieza a sacar fotos al azar mientras yo trato de taparme la cara para limitar los daños.

—¡Para ya, Cam! —exclamo levantándome de la cama.

Él se ríe de una forma que me vuelve loca.

—De acuerdo, creo que por hoy será suficiente. ¿Tienes una impresora?

Vamos al piso de arriba y entramos en el estudio de mi padre. Es una especie de recinto, un área prohibida donde nunca meto el pie cuando mi padre está en casa.

Enciendo la impresora y Cameron teclea algo en la pantalla de su teléfono.

—Ven. Elijamos una —dice apoyándose en el escritorio de mi padre.

Algunas han salido bastante bien, la mayoría están movidas y en casi todas aparezco tratando de taparme la cara.

—Imprimamos ésta. Borra todas las demás —digo.

—Claro, cómo no... Imprimo.

La foto ha salido muy bien, Cameron está guapísimo; yo, normal.

Bajamos a mi cuarto y añado la foto a las que tengo pegadas en la puerta del clóset.

—Ésta me la pongo de fondo de pantalla —dice él.

Me acerco para verla. ¡Es un primer plano mío espantoso!

—No. ¡Bórrala, es horrible!

—Si lo repites otra vez me marcho. Te lo juro. —Aparece mi cara en la pantalla.

Jamás se me ocurriría tener un fondo como ese.

—¿Por qué no pones una de los dos?

—Ésta me gusta más. Es muy espontánea, y, además, sé que el motivo de la sonrisa soy yo, y eso me hace sentir especial.

Su dulzura me hace sonreír. Cuando quiere es el mejor chico de la Tierra.

Me acaricia la mejilla y se inclina para besarme.

El beso, que inicia como una manifestación de ternura, se intensifica. Hemos estado demasiado tiempo separados, nos deseamos. Retrocedo y me apoyo en el escritorio.

Cam desliza una mano por mi cintura mientras me da pequeños besos en la mejilla y el cuello. Se mueve con lentitud y eso me enloquece.

Después, apoya las manos en mis costados y me sienta en el escritorio. A continuación regresa a mi boca.

Jadeo, quiero sentir su piel en la mía. Agarro el borde de su camiseta y se la quito poco a poco.

Él interrumpe el beso unos segundos, me ayuda a quitarme la sudadera, me atrae hacia él y me deja en el borde del escritorio. Vuelve a besarme mientras sus manos resbalan por mis muslos. Me estremezco.

De repente suena el timbre. No sé lo que daría por ignorarlo para que no eche a perder este increíble momento.

Cam se separa de mí lentamente.

—Hasta aquí. Pero ¿es que todos tienen una puta alarma que suena cada vez que tú y yo hacemos algo?

Bajo del escritorio y me pongo la sudadera para ir a abrir. Cameron me sigue sin tomarse siquiera la molestia de ponerse la camiseta.

Cuando agarro el picaporte Cam está tan cerca de mí que siento su aliento en el cuello, de forma que tardo unos instantes en borrar de mi mente la escena que acabamos de vivir.

Abro y me encuentro con un chico que no he visto en mi vida.

—Hola. ¿Qué puedo hacer por ti? —pregunto.

—Faltan platos.

Pero ¿qué demonios está diciendo?

Tres chicas se acercan a nosotros y entran en casa contemplando admiradas a Cameron, que, sin embargo, no les presta la menor atención.

—¿Qué pasa, Cris? —me pregunta él.

—Eso es justo lo que me gustaría saber.

—¿Qué hay que saber? —dice el tipo—. Necesitamos más platos para las patatas fritas.

Salgo de casa y corro hacia el jardín para ver qué está ocurriendo. El pasto está lleno de gente y hay muchos más que caminan en ese momento hacia la entrada. A lo largo de la alberca hay varias mesas con bebidas y comida. Varios chicos están montando incluso un equipo para poner música, con mezclador y altavoces.

—¿Has organizado una fiesta? —pregunta Cam sorprendido.

—¡¿Qué?! ¡No!

Veo que Sam se aproxima a nosotros.

—¿Cuándo pensabas decirme que había una fiesta en tu casa, Cris?

—¡No hay ninguna fiesta en mi casa! ¿Quién te lo ha dicho?

—No lo sé. Recibí un mensaje anónimo. —De repente nota que su hermano está detrás de mí. Cameron aún no se ha puesto la camiseta—. Pero supongo que no era tuyo, dado que, por lo visto, estabas ocupada con otras cosas.

—¡Si descubro quién ha sido lo ahogaré en la alberca con mis propias manos! —exclama Cameron.

Respiro hondo e intento analizar la situación. En el jardín habrá ya unas cincuenta personas y la música está sonando a todo volumen. En medio de un grupo de chicos que están charlando bajo el quiosco vislumbro a Susan, que me observa sonriendo. Cuando comprende que la estoy mirando levanta su vaso en ademán de saludo.

No puedo creer que esa idiota haya sido capaz de organizar una fiesta en mi casa a mis espaldas. Pero ¿qué tiene en la cabeza? ¿Caramelos en lugar de neuronas?

—¿Qué estás mirando? —pregunta Cameron.

—A una chica que en menos de tres segundos estará muerta —respondo encaminándome hacia ella.

—Eh, pórtate bien y no te muevas de aquí —dice Cameron agarrándome la muñeca.

—De portarme bien nada. ¡Ha organizado una fiesta en mi casa, maldita sea! —replico alzando la voz.

—Sí, lo sé, pero deja que hable con ella. Tú cálmate y encuentra la manera de echarlos a todos. De ella me encargo yo.

Asiento con la cabeza y vuelvo al lado de Sam, que está hablando con Cloe.

—¿Qué ocurre, Cris?

—Pregúntaselo a tu amiguita. Ha organizado una fiesta en mi casa y ha invitado a todo el mundo. Las disculpas y la promesa de una tregua eran sólo una táctica para que bajara la guardia y apuesto a que tú lo sabías —contesto señalando a Cloe con la cabeza.

—No, no me mires así. Sé lo mismo que tú. Creía que se ceñiría a nuestro plan.

—¿Qué plan? —pregunto.

—La convencí de que te dejara en paz a cambio de una cosa, pero da igual. Lo que hay que hacer ahora es echar a toda esta gente de tu casa.

Tiene razón.

Debemos actuar antes de que la situación degenere y los vecinos llamen a la policía.

—¿Dónde está Cameron? —pregunta Sam.

—Allí. —Me vuelvo hacia el lugar donde había visto a Susan—. O, al menos, estaba hace unos segundos. —Ya no están.

—Habrán ido a hablar a otro sitio —sugiere Cloe.

—Nos habría servido mucho. Con el carácter que tiene habría echado a todos de aquí en unos segundos —afirma Sam.

Cloe corre hasta el borde de la alberca y grita a todo pulmón:

—¡Se acabó la fiesta! ¡Todos a casa!

Nadie le hace caso. Un chico tropieza sin querer con ella y la tira al agua. Ay, madre. Corro enseguida hacia donde ha caído y la veo emerger hecha una furia. Esto va a acabar mal, debo encontrar la manera de quitarme a todos de encima.

Tomo el celular y miro la hora. Son las 19:34.

Veo un mensaje de un número desconocido. Lo abro de inmediato.

"Superfiesta en casa de Susan Rose. ¿¿¿Pero qué están esperando???".

Todos reciben el mensaje y empiezan a desalojar el jardín para ir a casa de Susan, que queda a unas manzanas de aquí. ¿Tan fácil era echarlos?

Puede que Cam haya conseguido convencer a Susan para que envíe el mensaje. De ser así, juro que lo quiero con todas mis fuerzas.

Cuando voy a buscarlo veo a Trevor con el celular en la mano.

—¿Has sido tú?

¿Cómo ha conseguido el número de todos?

—Te conozco y sé que no organizarías una fiesta de este tipo. Así que, cuando recibí el mensaje, me pareció raro. Decidí venir a ver qué pasaba y encontré el teléfono de Susan —me explica señalándolo.

De hecho, no podría ser de Trevor: es rosa y la funda tiene dos orejas de conejo.

—Gracias, Trevor.

—Sólo quería echar una mano. —A continuación da media vuelta y se marcha, dejándome asombrada con su gesto.

—Cris —dice Sam corriendo hacia mí—, ¿cómo lo has conseguido?

—Ha sido Trevor. Encontró el celular de Susan y puso en marcha la fiesta alternativa.

—¿Trevor? ¿El Trevor que imagino?

Asiento con la cabeza, incrédula.

—¿Dónde diablos se ha metido todo el mundo? —Me vuelvo y veo a Cameron, aún sin camiseta. Para Susan debe de haber sido todo un placer charlar con él.

—Se han marchado gracias a Trevor.

—¿Trevor? ¿Me estás tomando el pelo?

—No. Es cierto. ¿Han ensuciado mucho?

Asiente con la cabeza.

¡Mierda!

—Démonos prisa —dice Sam.

—Cameron y yo nos ocuparemos de la alberca —propone Cloe—. Tú y Cris, de la casa.

20

De manera que nos vamos dentro de tres semanas. Les aconsejo que lleven ropa abrigadora, porque, como ya saben, el clima de Londres no es muy benigno. Además, en marzo es imprevisible: podemos tener días de sol y de nieve. —Suena el timbre—. Bueno, volveremos a hablar del tema en las próximas clases. Ahora, a comer. ¡Buen provecho! —dice el profesor al mismo tiempo que ordena sus cosas en la mesa.

Cuando salgo del salón para ir a la cafetería tropiezo con Susan en el pasillo.

—Tengo que decirte algo importante, Cris.

—No es un buen momento, Susan, esfúmate.

—Se trata de algo que quieres saber desde hace tiempo.

Lexy me dijo que Susan sería la única dispuesta a contarme la historia de Carly.

—Está bien, pero date prisa —replico siguiéndola al baño de chicas.

—Seré franca. No me gusta estar a solas contigo. La verdad es que ya tengo ganas de vomitar.

Muevo la cabeza. La Susan de siempre.

—Habla.

—Por lo visto te obsesiona la historia de Carly. Bueno, la verdad es que no sé mucho sobre su muerte, porque no estaba allí cuando la atropellaron, pero sé cosas de Cameron y Austin que podrían cambiar la opinión que tienes de ellos.

—Sigue. No des tantos rodeos, me angustias.

—Por aquel entonces, Carly y yo éramos uña y mugre. Ella me contaba los problemas que tenía con Cameron y con Austin. Estaba enamorada de los dos y ellos le correspondían. Reconozco que la envidiaba un poco: los chicos más guapos del instituto iban detrás de ella, mientras que yo sólo era su amiga. La que nunca llamaba la atención.

—Calla unos segundos, meditabunda.

Por el momento no me parece tener nada en común con la tal Carly. Estoy enamorada de Cameron y no siento nada por Austin.

—Un día, mientras volvía del entrenamiento de las animadoras, vi a los dos hablando sobre una apuesta. Se estaban jugando quién sería el primero en acostarse con Carly. Intenté advertirle, pero no me hizo caso —prosigue encogiéndose de hombros.

Nada nuevo, en lo que a mí concierne. Sé de sobra que Cam era un tarado.

—Cameron estaba muy enamorado de ella, así que no quería aceptar la apuesta que le había propuesto Austin. Pero al final accedió, porque el odio que sentía por Miller

superaba cualquier cosa. De esta forma, una noche, aprovechando que Carly había bebido unas copas de más, hizo el
amor con ella y ganó la apuesta. Espero que todo esto no
te altere demasiado.

—No, tranquila. Sé que Cameron no era un santo.
Hay una cosa que, sin embargo, no entiendo: ¿por qué
saliste después con él, viendo lo mal que había tratado a tu
mejor amiga?

La sonrisa se desvanece de su cara, mi pregunta parece haberla contrariado.

—Cameron me gusta desde el primer curso de secun-
daria, ¡me moría de ganas de salir con él! Más bien, a mí
en tu lugar me daría que pensar el hecho de que Carly y
tú se parecen más de lo que crees. Es como si ciertas cosas
se estuvieran repitiendo. Para empezar, el modo en que
Dallas te convenció para hacer algo que deberías haber
hecho sobria. En segundo lugar, desde que empezaste a
salir con Cam, Austin y él vuelven a estar enfrentados. ¿No
has pensado en que podrían haber hecho otra apuesta?

Niego con la cabeza para desechar esa idea. Sólo intenta provocarme.

—Eso es ridículo. Más bien, cuéntame cómo sabes lo
que ocurrió entre Cameron y yo.

—Tengo mis fuentes. En cualquier caso, piensa lo que
quieras. Yo te advertí. —Acto seguido, sale del baño dejándome sola.

Estaba convencida de que me había liberado de esa
historia, dado que nadie me la recordaba ya, pero, por lo
visto, no es así.

También Susan habla de unas analogías que yo no alcanzo a ver, o quizá ella tampoco me haya contado la verdad.

Por la tarde, mientras estoy en clase, no dejo de pensar en la historia de Carly, cada vez más convencida de que al rompecabezas le faltan varias piezas. Algo no encaja. Probablemente el único que pueda ayudarme a comprender es Cam, pero es mejor no tocar ese tema con él.

Mientras pienso en todo esto, una bolita de papel rebota en mi pupitre. La abro y la leo.

"Necesito hablar contigo".

Me vuelvo para ver quién es el remitente, pero nadie me está mirando, todos están concentrados en la lección.

Luego, sin embargo, noto un extraño detalle. La caligrafía es desordenada y, respecto a las demás letras, las ges y las aes están escritas en mayúsculas. Es un mensaje de Trevor, apostaría lo que fuera.

Me vuelvo y veo que él me está sonriendo. No sé qué responderle. No quiero empeorar el día. Pero, en el fondo, ¿qué puede decirme? No puede ser peor de lo que me ha contado Susan.

"Está bien", escribo. Doblo la nota y se la lanzo.

Al final de la clase pasa por mi lado y me dice:

—Te espero fuera.

Asiento con la cabeza y lo miro mientras se aleja.

—¿Qué quería? —pregunta Cameron entrando en el salón y acercándose a mí.

—Nada en particular.

Estoy segura de que se enojaría si se enterara de que voy a ver a Trevor para hablar con él.

—Parecía de buen humor.

—¿Tú crees? —pregunto cerrando la mochila.

—¿Estás libre hoy? ¿Volvemos a casa juntos? —Me agarra una mano y entrelaza sus dedos con los míos.

—No, no puedo. He quedado con mi madre en el centro.

—Mmm… no es cierto —replica risueño.

—Tengo cosas que hacer.

—¿Como qué?

—¡Eso no es asunto tuyo! Luego nos vemos —digo inclinándome para darle un beso.

Doy media vuelta y me voy, confiando en que no me siga para pedirme explicaciones.

En el pasillo me encuentro con Sam, que está ordenando sus cosas en el locker. A ella puedo contarle lo de Trevor.

—Sam.

—Cris, tengo que hablar contigo.

—Yo también.

—Empieza tú —dice ella.

—Ok. Trevor quiere verme ahora para decirme algo importante. Si Cameron te pregunta dile que he salido con mi madre.

—De acuerdo.

—¿De qué querías hablarme tú?

—Se trata también de Trevor. Hace poco pasó por aquí y se paró a charlar conmigo. Me preguntó si iba a hacer algo este fin de semana, porque el domingo por la noche quiere invitarme al cine.

—¿Y tú qué le dijiste? —Sólo espero que no haya cometido la estupidez de aceptar.

—Le he dicho que lo pensaría.

—Sam…

—Detesto decir que no a la gente, ¿ok? Temo hacerles daño. Sé cómo te sientes cuando te hieren y no quiero que les suceda a los demás.

Sam es una persona realmente fantástica.

—Ok, podemos hablar mañana, así te contaré cómo ha ido el encuentro.

En el patio veo a Trevor esperándome. Dejamos atrás el instituto y entramos en un pequeño parque. Nos sentamos en un banco.

—Bueno, ¿de qué querías hablarme? —pregunto.

—No me gusta cómo te comportas conmigo. Te he echado de menos, Cris, me duele verte así.

—¿Cómo pensabas que reaccionaría cuando te viera aquí? ¿Acaso esperabas que corriera a abrazarte?

—Sé que lo que sucedió entre nosotros en Los Ángeles no fue agradable, por eso quería hablar contigo, para explicarte lo que ocurrió de verdad.

—No quiero recordar lo que sucedió esos días en Los Ángeles, Trevor. —Estoy por levantarme, pero él me agarra una muñeca para impedírmelo.

—Necesito que lo sepas —dice casi susurrando.

Inspiro hondo y me siento de nuevo.

—Como quieras.

—Muchas de las cosas desagradables que te dije en Los Ángeles no las pensaba de verdad. Me sentía mal, estaba enfadado porque Cass había muerto. Por nada del mundo te habría revelado en ese momento lo que sentía por ti; al contrario, pensaba que nunca te lo diría.

—Sin embargo, deberías habérmelo dicho mucho antes.

Trevor niega con la cabeza.

—En cualquier caso… La verdad es que, poco después de que te marcharas, Cass y yo empezamos a salir.

—¡¿Qué?!

Me cuesta creer que me lo hayan ocultado durante tanto tiempo. Creía que eran mis amigos, mis mejores amigos, que no había secretos entre nosotros.

—Cass no quería decírtelo porque pensaba que te sentaría mal.

—¿Por qué?

—Creía que estabas enamorada de mí.

—Dios mío…

—Sea como sea, no nos llevábamos bien. Ella había empezado a probar sustancias extrañas, cada vez más fuertes, y a frecuentar otra gente, otros "chicos". La tercera vez que la caché rompí con ella. Después dejamos de vernos y no supe nada más de ella.

—Su madre me dijo que la historia de la droga había empezado antes de que yo me marchara.

—Sí, es cierto, pero en un principio la situación era manejable. Consumía poco, uno que otro cigarro de mariguana, drogas blandas, eso es todo. Creíamos que podía dejarlo, pero, en lugar de eso empeoró. Además del poco tiempo que salimos juntos, Cass era, sobre todo, una de mis mejores amigas, así que cuando me enteré de que había muerto, en parte por mi culpa, porque no había sido capaz de ayudarla, enloquecí. Por eso quiero que sepas que lo que te dije en Los Ángeles era una sarta de estupideces, que solté por pura rabia —me cuenta mirándome a los ojos.

En este momento parece sincero, pero no acabo de confiar en él.

—No sé qué decir…

—Di sólo que me crees. Es lo único que quiero oír. Me siento culpable por lo que sucedió, y, dado que Cass nunca podrá decirme que me ha perdonado, espero al menos que tú lo hagas.

—Sí, te creo.

—¿En serio?

—Sí.

Se acerca y me abraza. El abrazo de mi mejor amigo. Lo he echado de menos durante demasiado tiempo. Me resbala una lágrima. Creía que lo había perdido para siempre.

—Lo siento mucho.

—Olvídalo, ¿ok? —digo para tranquilizarlo.

Me abraza aún más fuerte. Cuando me separo de él veo que está sonriendo.

—Me siento feliz, Cris, no sabes cuánto te he echado de menos. Quiero volver a empezar desde cero. Te prometo que a partir de hoy trataré de ser siempre sincero. No cometeré los mismos errores. Pero ahora cambiemos de tema, no quiero parecer patético. ¿Me equivoco o tu novio no me traga?

Río al oír su pregunta.

—No, piensa que aún estás enamorado de mí.

—Estoy intentando remediarlo. Dile que tenga un poco de paciencia —contesta guiñándome un ojo.

21

Estoy delante de la casa de Cameron y no veo la hora de pasar la noche con él.

Curiosamente, desde esta mañana estoy de buen humor. Será porque, por fin, he aclarado las cosas con Trevor. El caso es que tengo la impresión de que, de improviso, mi vida está volviendo a encarrilarse y de que todo está saliendo a pedir de boca.

Llamo al timbre. Oigo unos pasos, pero, a diferencia de lo que esperaba, no es Cam quien abre la puerta.

—¡Qué alegría verte, Cris! Entra. —La señora Dallas lleva un vestido muy elegante.

—Buenas noches. —Sonrío tratando de ocultar mi decepción. Una vez en casa veo que Sam entra a toda prisa en el recibidor.

—Este… Cameron me invitó a venir esta noche, pero, por lo visto, se le olvidó decirme que tienen cosas importantes que hacer.

—John quizá sabe cuál era el compromiso ineludible de Cameron —dice ella en voz alta para que su marido pueda oírla.

—Ah, ¿sí? ¿Cuál? —pregunta el señor Dallas acercándose a nosotras a la vez que trata de anudarse la corbata con torpeza.

Ella se la ajusta y le susurra algo mientras me señala con un ademán.

—Ah, Cris, buenas noches.

—Buenas noches, señor Dallas.

—Hola, Cris, ¿estos zapatos quedan bien con el vestido? —pregunta Sam parándose delante de mí.

—Sí, perfectos —respondo.

—Pero ¿qué haces aquí?

—Cam y yo quedamos en vernos, pero, por lo visto, lo dejaremos para otra ocasión —contesto risueña.

—Ah, no te preocupes, ha dicho que tenía algo mejor que hacer que venir a una de las habituales cenas de trabajo de mi padre. Creo que tú eres ese "algo mejor que hacer".

—Lo siento, no quiero que renuncie a la velada por mi culpa.

—No te preocupes, es mejor así —dice el señor Dallas tranquilizándome—. No tengo ningunas ganas de que venga de malas.

Sonrío.

—¿Están listos? —pregunta la señora Dallas.

Él asiente con la cabeza e invita con un ademan a Sam a salir de casa.

—Buenas noches, Cris.

—Gracias, señor Dallas, que se diviertan.

—Cris, Cameron se está duchando, puedes esperarlo en su habitación —me sugiere Sam.

Cuando cierran la puerta subo la escalera para ir al cuarto de Cam. Desde aquí oigo el ruido del agua, así que supongo que aún no ha terminado. Me siento en la cama y miro alrededor.

Una fotografía en su buró llama mi atención. Recuerdo que, hace tiempo, en el marco había una foto de Susan; ahora, en cambio, está la nuestra. La que nos sacamos en mi casa.

Sonrío al pensar en las desgracias que ocurrieron ese día. De no haber sido por la broma de mal gusto de Susan habríamos pasado una noche preciosa.

La puerta de la habitación se abre y veo que Cameron entra con una toalla enrollada a la cintura y los abdominales al aire.

—¿Ya estás aquí, pequeña? —pregunta pasándose una mano por el pelo.

—Sí, he llegado hace un ratito. ¿Por qué no has salido a cenar con tus padres?

Se encoge de hombros y saca un par de calzoncillos.

—Contigo me divertiré más —responde guiñándome un ojo a la vez que sale de la habitación. Vuelve poco después con los calzoncillos puestos.

Se aproxima a la cama y se sienta a mi lado.

—¿Pasa algo? —pregunta observándome con atención.

—No, todo va bien.

—Mmm… no te creo, Cris. Estás preocupada por algo.

—Está bien, pero intenta mantener la calma, ¿ok? No tengo ganas de discutir contigo.

Asiente con la cabeza y se apoya en la cabecera de la cama.

—Susan me contó ayer que Austin y tú hicieron una apuesta sobre Carly. La verdad es que me da igual, porque sé cómo eras antes.

Parece tranquilo, pendiente de mis palabras.

—Pero… —dice.

—Pero me dijo también que tú ganaste la apuesta, porque, cuando hicisteis el amor, Carly estaba borracha.

—Y tú quieres saber si sucedió lo mismo contigo —continua él.

—Bueno, sí, la gente no deja de decirme que la historia se está repitiendo y necesito saber si es cierto.

Me callo. Me angustia verlo así.

—Esta vez voy a matar a Susan, demonios —dice en tono duro.

—Responde a mi pregunta, Cam. Luego pensaremos en Susan, por favor.

Asiente.

—No ha habido ninguna apuesta sobre ti, ya sabes lo que pasó. Tú no eres Carly y yo tampoco soy el de antes. Estoy empezando a hartarme de que digan que "la historia se está repitiendo". Sólo te pido que me hagas caso cuando te digo que no te acerques a Susan ni a Austin. ¿De acuerdo?

Asiento con la cabeza y me inclino hacia él para abrazarlo.

—Te quiero, Cris —susurra acariciándome el pelo.

—Creía que te ibas a enfadar.

—No, te lo prometí. Además, no quiero que Susan vuelva a estropearnos la noche.

—Parece que lo hace adrede. Apenas las cosas empiezan a ir bien entre nosotros se inventa algo para separarnos.

Cam exhala un suspiro.

—No hablemos más de ella. Hablemos de nosotros.

—Ah, ¿sí? —Sonrío mientras él mira fijamente mis labios.

—Sí. Desde esta mañana estoy deseando pasar un poco de tiempo contigo. —Se inclina hacia mí y me roza los labios.

Me abandono, transportada por la sensación que me procura en este momento. Necesitaba sentirlo muy cerca. Lo miro y él sonríe, me mordisquea el labio y siento un escalofrío en la espalda. Vuelvo a cerrar los ojos y él me cubre la cara de pequeños besos.

Le acaricio la frente, luego la nuca, enrollo un mechón de pelo en un dedo y tiro de él con delicadeza.

Necesito sentirlo aún más cerca, aún más mío, y Cam lo nota. Me roza la mandíbula con los labios y después se desliza hasta el cuello, donde hunde la cara. Lo rodeo con los brazos y me estrecho contra su cuerpo mientras él me mordisquea y me besa sin parar.

Nuestras manos se mueven como enloquecidas buscando la piel bajo la ropa. De vez en cuando se detienen para entrelazarse. Nos deslizamos a un universo paralelo. Estamos tumbados en la cama y nuestras respiraciones, cada vez más entrecortadas, se funden. Es el único sonido que rompe el silencio que reina en la habitación. Mientras nos abrazamos, siento que me gustaría quedarme así para siempre.

De golpe, Cam me tumba boca arriba. Me agarra las muñecas y me sujeta los brazos por encima de la cabeza. Se echa encima de mí, cubriendo mi cuerpo con el suyo. Me suelta las muñecas y empieza a acariciarme lentamente los brazos. Tengo la piel de gallina. Su roce es como una pluma que me hace cosquillas, hacia delante y hacia atrás. Me acaricia de nuevo las manos haciendo unos pequeños dibujos en las palmas con los dedos. Por último, las toma entre las suyas y me mira a los ojos.

Me pierdo en su mirada.

—Te quiero —musito.

—Yo también —responde poniéndose de costado. Se incorpora apoyándose en el codo y me observa al mismo tiempo que me acaricia la mejilla.

Nuestro universo paralelo se hace añicos cuando suena mi celular. Resoplo irritada.

—¿Tienes que contestar? Yo había planeado otra cosa para nosotros. Quería que nos divirtiéramos un poco.

Lo miro furiosa y él se echa a reír. Alargo la mano hacia el buró que hay al lado de la cama para contestar el teléfono. Es Kate.

Cuando respondo solo oigo un ruido de fondo.

—Cris, ¿dónde estás? —pregunta agitada.

—En casa de Cam. ¿Qué pasa? —Me incorporo en la cama.

—Ven enseguida a casa, Cris, por favor. Papá y mamá se están peleando, parece que se han vuelto locos —responde llorando.

—¡Voy enseguida! —Cuelgo y salto fuera de la cama.

—¿Qué pasa? ¿Adónde vas? —pregunta él sentándose.

Me visto a toda prisa.

—Está ocurriendo algo en mi casa y Kate parece desesperada. Tengo que ir.

Cam se levanta de la cama y se pone los calzoncillos.

—¿Qué haces? —pregunto.

—Voy contigo.

—¿Qué? No, quédate aquí, por favor. Mis padres se pondrían aún más nerviosos, estoy segura.

Se acerca a mí y me sujeta la cara con las manos.

—Tranquila. Iré contigo y esperaré fuera, así podrás contar conmigo si me necesitas. —Me da un beso fugaz.

Salimos de casa y nos dirigimos hacia su coche.

—¿No sabes si...?

—No.

Mis padres pelean mucho últimamente y la verdad es que no sé qué hacer.

Apenas meto el pie en casa oigo los gritos de mi madre procedentes de la cocina.

—¡Simon!

Veo que Kate está presenciando la escena desde la puerta, con los ojos anegados en lágrimas. La rebaso y entro en la cocina.

—¿Qué pasa? —pregunto temblorosa.

Los dos me ignoran y siguen riñendo.

—Estás exagerando, Courtney.

—¿Alguien puede explicarme qué ocurre? —grito de forma que puedan oírme, y, por lo visto, funciona.

—¡Vamos, díselo! —dice mi madre.

Mi padre la fulmina con la mirada.

—No es nada. He bebido un poco y tu madre está haciendo una tragedia. ¿Sabes qué, Courtney? ¡Estoy harto de discutir! ¡No tengo ganas de seguir escuchándote! —replica a la vez que sale de casa hecho un demonio.

Mi madre estalla en sollozos. Me acerco a ella y la abrazo.

¿Cómo es posible que no me haya dado cuenta de que mi familia se está derrumbando?

—Lo siento —dice ella.

—Shhh —la abrazo aún más fuerte.

—¿Cómo puede ser tan estúpido?

—Puede que esté teniendo una mala racha. Tenemos que ayudarlo —respondo separándome de ella y tendiéndole un pañuelo para que se limpie la cara—. Intenta hablar con él y arreglar las cosas. Es horroroso verlos pelear así, a Kate, sobre todo, la destroza.

—Tienes razón, Cris. Ahora necesito recostarme cinco minutos. Luego arreglaré este lío.

Mi madre va a su habitación y me quedo sola.

—¿Estás bien? He visto a tu padre salir encolerizado, la puerta estaba abierta y… —Cam acaba de entrar en la cocina—. ¿Qué ha ocurrido? —pregunta mirando alrededor.

—Es por mi padre, no sé qué le ha ocurrido, debe de haber empinado un poco el codo, lo raro es que no suele hacerlo.

—¿Y tu madre estaba enfadada por eso?

—Sí, estaba destrozada —digo tratando de contener las lágrimas.

—Todo irá bien, pequeña. —Me da un beso en la cabeza y me abraza—. Ánimo.

Lo miro y un atisbo de sonrisa se dibuja en mi cara.

—¿Qué pasa? —pregunta.

—Nada.

—No, ahora me lo dices —insiste en tono dulce.

—Nada… sólo que te quiero con locura. —¿Puede ser más perfecto?

—Yo también te quiero —responde sonriendo.

22

Esta mañana el timbre del despertador no me pone de mal humor, al contrario: he sustituido el pitido, que me recordaba tanto a una alarma, por la melodía y las dulces palabras de Skye Stevens en *Rewind*.

Salgo de la cama y abro el clóset para elegir la ropa que voy a ponerme. A veces pienso que sería mucho más fácil llevar uniforme, por la mañana me ahorraría un tiempo precioso y podría dormir unos minutos más.

Cuando entro en la cocina para desayunar me quedo petrificada: mis padres se están abrazando. Y como no quiero echar a perder este momento de intimidad, decido saltarme el desayuno y salgo de casa, pese a que aún es pronto.

Cameron no puede llevarme hoy en coche, así que aprovecho para dar un tranquilo paseo matutino hasta el instituto.

El celular vibra indicando la llegada de un mensaje.

El recién llegado Trevor Square parece haber encontrado ya a su alma gemela… Hace unos días fue visto con Cristina Evans en actitud acaramelada, poco propia de dos simples amigos. ¿Cómo se lo tomará Cameron? Les adjunto las fotos en las que los dos aparecen abrazándose tiernamente durante un romántico paseo por el parque. Por hoy es todo.

Lindsay y sus fuentes.

¡Sólo espero que Cameron no lea este mensaje! No sabe que vi a Trevor y, a buen seguro, le sentará mal.

Cuando llego al instituto veo a Sam aparcando la moto en el patio.

—Hola, Cris. ¡Buenos días!

—Hola, Sam. Si Cam lee el mensaje de Lindsay creo que no va a ser un buen día.

—¿Aún no le has hablado de Trevor?

—No.

—Yo en tu lugar lo haría enseguida, porque si lee el mensaje de Lindsay se enfadará, seguro.

—Tienes razón. Luego hablaré con él.

—Vaya, mira ahí —dice Sam.

Me vuelvo y veo que Trevor camina hacia nosotras. A cierta distancia diviso a Cam. No puedo permitir que me vea con él.

—Tengo que marcharme, Sam, no puedo quedarme aquí —digo.

—Está bien. Vete antes de que Cameron te vea.

Pese a que aún faltan diez minutos para que empiecen las clases, entro en el salón. Curiosamente, Cameron ya está sentado en su sitio. Parece concentrado en algo y ni siquiera nota que paso por su lado.

—Cam —digo.

Alza la cabeza y me mira. Algo me dice que está terriblemente enojado conmigo.

—¿Todo bien? —pregunto apoyando una mano en la suya.

Él la retrae y se levanta de la silla.

—¿De verdad te importa?

Ay.

—¿Qué estás diciendo?

—¿Por qué no buscas a Trevor y se lo preguntas a él? Ha leído el mensaje.

Sale del salón. Lo sigo y lo llamo esperando que se pare, pero es muy necio y no lo hace. Entra en el baño de chicos y yo me planto en la puerta.

—Cameron, no es justo que me trates así. Sal y hablemos.

No me responde.

—Está bien, haz lo que te parezca. Si no quieres escuchar lo que quiero decirte es asunto tuyo. —Me vuelvo y doy el primer paso para marcharme, pero él sale y me agarra una muñeca.

—Habla.

Sabía que así lograría convencerlo.

—¡Lindsay sólo ha escrito una sarta de tonterías! Es obvio que entre Trevor y yo no hay nada.

Calla sin mirarme siquiera a los ojos.

—¿Cómo puedes creer lo que dice Lindsay, Cam?

—No lo habría creído si no fuera por las fotos.

—En las fotos salimos abrazándonos porque hicimos las paces.

—¿Qué?

—Esa tarde fui al parque con Trevor porque él quería aclarar varias cosas conmigo. Hablamos de la muerte de Cass y me pidió perdón por la manera en que se comportó conmigo en Los Ángeles.

Cam se apoya en la pared y levanta la cabeza.

—Así que, en lugar de pasar la tarde conmigo, ¿estuviste con el imbécil de Trevor escuchando sus estúpidas excusas? ¿Y le creíste?

—Sí, Cameron, le creí. Yo, a diferencia de ti, me fío de las personas y creo que todos merecen una segunda oportunidad.

—Muy bien. Un aplauso a la dulce muchachita que perdona a todos. Yo, sin embargo, estoy hecho trizas. Me voy.

El timbre está sonando y no deberíamos estar aquí. El profe podría haber entrado ya en clase.

—¿Qué problema hay, Cam?

—¿Por qué no me lo dijiste?

—¿Bromeas? Me has ocultado cosas mucho peores que ésta y yo te he perdonado, ¿y ahora no puedes aceptar que charle sin más con un amigo?

—¡Trevor siempre ha estado loco por ti, no es un simple amigo!

—De acuerdo, pero le dije enseguida que no le correspondo. Que sólo te quiero a ti.

—Claro, faltaría más.

—¿Sabes lo que te digo, Cam? Haz lo que quieras. Yo me voy —replico.

Llamo a la puerta del salón y entro.

—¿Evans? ¿Tienes algún problema? —pregunta el profe.

—No, disculpe, profesor. Estaba en el baño. —Tomo el libro y lo abro en el pupitre.

Mi celular vibra. Lo saco del bolsillo para meterlo en el estuche.

Es un mensaje de Sam: "¿Qué ha pasado?".

"Cam y yo nos hemos peleado", respondo procurando que el profe no me vea.

Llaman a la puerta, supongo que será Cameron. De hecho, es él. Entra en clase y, sin siquiera decir una palabra al profe, se sienta en su sitio detrás de mí.

El profesor lo mira por encima de las gafas y mueve la cabeza, pero no le pide explicaciones.

"¡¿Otra vez?! ¿Es por lo de Trevor?", escribe Sam. "Sí".

—Antes de que termine la clase tengo que decirles varias cosas sobre el viaje —dice el profe—. Split, ¿puedes repartir los folios a tus compañeros? Gracias. Es el programa detallado de la semana en Londres. Encontrarán también la lista con la distribución de las habitaciones.

—Perdone, pero no veo mi nombre por ninguna parte —dice Trevor. Oigo que Cameron resopla.

—Sí, Square —responde él repasando la lista—, debe de ser un error. Te adelanto que compartirás habitación con dos chicos.

—¿Quiénes son? —pregunta Trevor.

—Matthew Espinosa y…

—Yo —añade Cameron.

—Eso es, y Dallas.

Todos se vuelven a mirarlo y Trevor alza los ojos al cielo resoplando.

—Está bien.

Suena el timbre y Cam sale enseguida del salón sin dignarse a mirarme siquiera. Trevor se acerca rápidamente a mi pupitre.

—¿De verdad tengo que compartir la habitación con ése?

—Trevor…

—Sí, disculpa, olvidaba que salís juntos, pero es que no lo soporto. Entonces… —dice.

Cuando intercala la palabra "entonces" significa que tiene que preguntarme algo importante.

—¿Sabes si tu amiga Sam tiene novio?

Vaya.

—No, ya no. Pero si sólo tienes intención de divertirte con ella olvídalo. Es una buena chica y merece que la traten con guante de seda —sé de sobra cómo se comporta Trevor en estos casos.

—Lo sé, pero no tengo intención de hacerle daño.

—Más te vale.

Sonríe y se apoya en el lugar que hay a su espalda.

—¿De qué están hablando? —pregunta Sam acercándose a nosotros.

—Le pregunté qué partido irá a ver mañana —improvisa Trevor.

—Por tu pelea con Cam yo iría al de Austin. ¡Mi hermano se lo ha ganado a pulso! —dice ella.

—Luego lo decidiré.

Trevor no quita sus ojos de Sam. Los veo bien juntos. Aunque prefería ver a Sam con Nash. Ellos sí que hacían una pareja perfecta.

23

Espero que estés bromeando, Sam —digo mirando la ropa que se supone debemos ponernos para ir a ver los partidos.

Al final he decidido asistir a las dos finales con Sam. Quiero estar presente en la de Cam, pese a que aún está enfadado conmigo. Me da igual.

—No. Vamos, corre al baño a vestirte. —Me pasa una camiseta y una falda con la cintura alta.

—Estás como una cabra —digo risueña.

—Date prisa, porque Cameron no tardará mucho en prepararse y debo ser puntual por Trevor —dice.

—¿Por Trevor? —pregunto sorprendida.

—Sí, sé que puede parecer absurdo, pero creo que me vendrá bien salir con otros chicos.

—Te ayudará a olvidar a Nash.

Asiente con aire triste.

—Tengo que olvidarlo. No puedo seguir sola, con la esperanza de que todo vuelva a ser como antes dentro de un año. ¿Y si le gusta más Nueva York? ¿Y si decide quedarse allí para siempre? ¿Y si encuentra otra mejor que yo? Tengo que seguir adelante con mi vida e intentar olvidarlo, pese a que sé que será muy difícil. Nash ha dejado una huella imborrable en mi corazón.

—Tienes razón, pero él te seguirá llamando y te preguntará cómo va todo. ¿Has pensado en qué le dirás?

—No lo sé. No sería capaz de contarle la verdad, porque sé que en el fondo le haría mucho daño.

Le tomo la mano.

—Haz lo que te parezca. Ahora voy a ponerme esta… ropa.

—Me lo agradecerás cuando Cameron te vea y se quede petrificado.

—Por supuesto… —digo a la vez que agarro el picaporte para salir de la habitación.

Cuando abro la puerta me lo encuentro justo delante.

Me quedo atontada unos segundos, como una cretina, igual que él. Luego inspiro hondo y me hago a un lado para ir al cuarto de baño, mientras él entra en la habitación de Sam.

Me pongo la falda, la camiseta y las medias, y me recojo el pelo en una cola de caballo. No está mal.

Cuando entro de nuevo en la habitación veo que Sam está metiendo algo en su bolso.

—¿Va todo bien?

—Tenemos problemas. El coche de Cam se ha estropeado y él se ha marchado ya con mi padre. No nos queda más remedio que ir en moto.

—Está bien —digo riéndome.

—De eso nada. Me estropearé el pelo, acabo de plancharmelo.

Sonrío y agarro mi bolso.

Es extraño ver tanta gente en el patio del instituto un sábado por la tarde. Hoy se juegan las finales de los campeonatos estudiantiles de fútbol y de baloncesto, dos eventos que atraen a un montón de aficionados. Encontrar un sitio para estacionar la moto es toda una empresa.

—¿Cómo estoy? —pregunta Sam apenas se quita el casco.

—Genial.

Sonríe y toma su celular para leer un mensaje que acaba de recibir. Resopla.

—Fantástico. ¡Tenemos que ir también por una botella de agua y llevársela a Cam!

—¿Qué? ¿Tenemos que ir a los vestidores?

—Sí, ten. Llama a Trevor y dile que llegaremos tarde porque ha surgido un imprevisto.

Tecleo el número al mismo tiempo que trato de llevar el paso a Sam, que se dirige a toda prisa hacia una máquina expendedora.

Cuando le aviso del imprevisto Trevor me dice que él también está en los vestidores con Matt. "¡Ok, entonces nos vemos allí!"

No sabía que Matt y Trevor se hubieran hecho tan amigos.

—Vamos —dice Sam corriendo.

—¡Por fin! —exclama Cameron apenas entramos en los vestidores. Su mirada pasa de Sam a mí. Me observa con atención y yo me siento terriblemente cohibida.

—¿Puedes venir un momento, Cris? —pregunta Trevor desde la otra punta de los vestidores.

—Sí —contesto encaminándome hacia él e ignorando por completo a Cameron—. ¿Qué pasa?

—¿Irás a ver la final de baloncesto más tarde?

—Sí, ¿por qué?

—Entonces nosotros también iremos —dice señalándose a sí mismo y a Matt.

No.

De eso nada.

—Este... ¿no tenéis una fiesta con el equipo? —pregunto a Matt con la esperanza de que la haya olvidado.

—Sí, pero seguro que es muy aburrida.

—¿Qué es lo que va a ser aburrido? —pregunta Taylor reuniéndose con nosotros.

—La fiesta de después del partido —contesta Matt.

—Lo sé, de hecho, yo iré a ver cómo se las arregla Miller con el equipo de baloncesto.

—¿Tú también? —pregunto.

Por lo visto todos quieren ver el partido como sea.

—Sí, a fin de cuentas van a perder —responde Taylor. Matt y él se echan a reír por un extraño motivo.

—En ese caso iremos juntos. Al menos no me aburriré con ustedes.

—¡Al campo, chicos! —anuncia el entrenador.

—¡Vamos! —Sam me agarra una mano y tira de mí. Salimos de los vestidores y nos dirigimos a nuestros sitios en las gradas.

—Este… creo que alguien debería darme las gracias —dice Sam a mi lado.

—Gracias, Sam. —Tenía razón, Cameron no me quitaba ojo.

Observo el campo, que se ve de maravilla desde aquí, pues casi estamos en primera fila. Susan no aparta sus ojos de Cameron.

Llegan también Cloe y Jack y se sientan a nuestro lado. Hacen una pareja monísima.

Miro a Cameron, que corre para calentarse. Es sencillamente perfecto.

—Lo echas de menos, ¿verdad? —me pregunta Cloe.

—Sí.

—¿Aún no ha hablado contigo?

—No, ¿por qué? —pregunto.

—Me dijo que quería hacerlo.

—Por lo visto ha cambiado de idea.

—Dale un poco de tiempo, es muy necio, pero al final recapacitará.

—Eso espero.

—Confía, apuesto a que no tardará. No deja de mirarte.

—¡Empiezo a tener un poco de frío! Hoy hace mucho viento —exclama Sam a mi lado.

—Ten. —Trevor le pasa la chaqueta.

Qué monos son.

—Gracias —dice ella.

Matt corre hacia nosotros y se acerca a Trevor.

—Es el número dos —dice.

—Ok —Trevor observa a un chico del equipo adversario.

—No lo pierdas de vista.

Pero ¿de qué están hablando?

Trevor asiente con la cabeza.

—¿Qué ocurre? —pregunto.

—Matt me ha pedido que vigile a ese tipo porque juega sucio.

—Y si descubres alguna falta, ¿qué se supone que debes hacer? —pregunta Sam.

—Decírselo al árbitro.

—No te creerá —digo.

—A mí no, pero a la cámara sí —replica guiñándome un ojo.

Por lo visto se ha equipado bien. Me siento en mi sitio y apenas me vuelvo veo que Susan corre hacia Cameron y lo detiene.

Es evidente que está haciendo tonterías para llamar su atención y me saca de mis casillas. Hablan unos segundos, luego ella lo abraza y él responde.

—¿Cameron y Susan vuelven a salir juntos? —pregunto.

—No, él me lo habría dicho —responde Sam.

Susan toma la cara de Cameron entre sus manos. Estoy a punto de estallar de celos.

—¿Es una broma? —pregunta Cloe.

—¿Se están besando? —Sam se inclina hacia delante para ver mejor.

—Chicas, me están angustiando.

Susan se aleja y Cameron reinicia el calentamiento. Exhalo un suspiro de alivio.

Las animadoras se agrupan debajo de las gradas y Susan se coloca justo delante de nosotros.

—¡Va a ser una noche increíble! Deséenme buena suerte para la exhibición más bonita del año.

—Te deseo que te rompas una pierna —respondo cortante.

Pone una expresión de sorpresa y se marcha, incrédula y verde de coraje.

—Te quiero —me dice Cloe en cuanto ve que Susan se ha alejado lo suficiente para que no pueda oírla.

Sam no deja de reírse, igual que Trevor y Jack.

24

Empieza a sonar una extraña melodía. Las animadoras corren por el campo e inician sus acrobacias. Los chicos del público no les quitan ojo.

Susan chilla grazna como un pato, la verdad es que las chicas del equipo podrían arreglárselas sin ella, sin las escenas que monta, seguro que el espectáculo sería mucho más agradable.

—¡Que alguien la haga callar, por favor! —exclama Sam a mi lado.

Cloe y yo nos echamos a reír.

—¡Vamos, Susan! —grita un chico detrás de nosotras.

Susan salta y la faldita que lleva se levanta por completo dejando a la vista su trasero. Los chicos se exaltan y emiten extraños sonidos. Ahora comprendo por qué Susan es tan popular en el instituto.

Por fin el espectáculo termina y los chicos salen al campo. Cameron se coloca en el centro a la vez que el árbitro pita para señalar el inicio.

Taylor roba enseguida el balón y avanza por la mitad del campo adversario, pero la línea defensiva lo obstaculiza. Carter sale de inmediato en su ayuda, se apodera del balón y se lo pasa a Cameron.

—¡Ánimo! —grita Cloe.

Cameron corre hacia la puerta esquivando a sus contrincantes, pero cuando se dispone a tirar el árbitro pita una falta. El número dos del equipo adversario está tumbado en el suelo y grita sujetándose una pierna.

—Trevor… —digo, y él se vuelve hacia mí asintiendo.

Rebobina la película y comprobamos que el jugador está fingiendo. Justo como había previsto Matt.

Trevor toma la cámara y se dirige hacia el árbitro para enseñárselo.

Cameron se precipita hacia nosotros, evidentemente trastornado por la situación que se ha producido.

—¿Qué sucede?

—El número dos ha simulado una falta y Trevor ha filmado todo. Está enseñándole la grabación al árbitro —le explica Sam acercándose a nosotros.

—¿Por qué lo estaba grabando?

—Porque está tan bueno que quiere usarlo para hacer publicidad de los calzoncillos de Calvin Klein que tiene en casa. ¿Tú qué crees? —pregunta Cloe.

Jack suelta una carcajada y Cameron la mira sin decir una palabra.

—Se lo pidió Matt —le explico.

El árbitro vuelve a pitar y el número dos va a sentarse al banquillo.

Trevor se dirige hacia nosotros sonriendo, así que todo debe haber salido a pedir de boca.

—¿Y bien? —pregunta Jack.

—Matt tenía razón.

El primer tiempo termina en empate a uno. En el descanso nos reunimos con los chicos en los vestidores.

—¡Vamos a ver, Jordan, a ver si despiertas! ¡No podemos permitirnos un defensa dormido en el campo! —exclama el entrenador dirigiéndose a un chico.

—¿Qué ha hecho? —pregunta Sam.

—Cuando le pasamos el balón se le puso la cara amarilla. Es el tipo que sustituye a Nash.

Sam se aleja. Imagino que sufre por el mero hecho de oír su nombre.

—¿Se nota tanto su falta en el equipo? —pregunto.

Intento, al menos, entablar una conversación con Taylor en la que Cameron pueda participar.

—Sí —contesta Taylor.

—No te imaginas lo extraño que es no verlo en el campo. Era un defensa realmente bueno y ahora tenemos uno que huye del balón. Me pregunto por qué lo eligió el entrenador —comenta Cameron.

Me ha respondido.

Lo miro luciendo la camiseta con el número siete. Después veo que sonríe.

—¿Qué pasa? —pregunto.

—No es nada. Has venido a pesar de que estoy enfadado contigo —responde metiendo en su locker la camiseta que se acaba de quitar.

—¿Qué tiene eso de extraño?

—Nada. Sólo que pensaba que no vendrías o que preferirías ir al partido de Miller.

—Es evidente que no me conoces bien.

—Puede ser. En cualquier caso, me alegro de que estés aquí —replica sonriendo.

Le devuelvo la sonrisa.

—Lástima que él haya venido también —añade mirando a Trevor.

—Cam, ya te he dicho que Trevor es sólo un amigo y que...

Se acerca y apoya el índice en mis labios para acallarme.

—Ahora no tengo ganas de hablar. Lo haremos después del partido —replica en voz baja—. Hasta luego. —Me da un beso en la mejilla y sale con el equipo al campo al mismo tiempo que nosotros volvemos a las gradas.

El humor de Sam ha cambiado.

—¿Todo bien?

—Por supuesto. Debo ir al baño. —Se levanta y se va.

—¿Qué le sucede? —pregunta Trevor.

—No lo sé.

Cuando el árbitro pita el inicio del segundo tiempo Sam regresa, muda y pensativa.

—¿Seguro que te encuentras bien?

—Sí, sólo estoy un poco cansada.

Faltan poquísimos minutos para que termine el partido.

—¡¡¡Goool!!! —grita Cloe saltando.

En el campo veo a Cameron, que se ha quitado la camiseta, abrazando a sus compañeros.

Todas las chicas están de pie sacando fotos.

Cameron sonríe y me mira fugazmente. ¡Cuánto me gustaría estar a su lado y abrazarlo!

Al otro lado del campo Susan corre hacia él. Tropieza con algo y está a un tris de perder el equilibrio, pero por desgracia lo recupera y se abalanza sobre Cameron rodeando su cintura con las piernas.

Todos se quedan estupefactos, él el primero.

—Pero ¿qué está haciendo? —pregunta Trevor a mi lado.

Cameron la mira y la sujeta por la cintura para bajarla. Ella se queda boquiabierta.

Cloe ríe a mandíbula batiente a mi espalda.

Cameron corre hacia nosotros y salta el muro que separa a los espectadores del campo. Se dirige hacia mí y yo le salgo al encuentro. Me toma por los costados y me levanta para hacerme dar vueltas alrededor de él. Después me vuelve a dejar en el suelo y me da un beso en los labios.

—Te he dedicado el último gol —dice.

Me ha perdonado.

25

Apago el despertador y pospongo la alarma diez minutos porque necesito dormir un poco más.

Cuando por fin consigo levantarme, me arrastro hasta el baño y me arreglo de mala gana tras tomar lo primero que encuentro en el clóset.

En la cocina me reúno con Kate, que está acabando de desayunar y ya está lista para salir.

—Esta mañana, mientras dormías, papá y mamá se han vuelto a pelear —dice en voz baja.

La caja del cereal se me cae de la mano.

—¿Por qué? —pregunto volviéndome hacia ella.

—No creo que sea por el alcohol, Cris. Creo que hay algo más, sólo que no quieren decírnoslo. Esta mañana papá estaba completamente sobrio.

—¿Y si estuvieran pensando en mudarse otra vez? —la mera idea hace que me empiece a encontrar mal.

—¡Dios mío, Cris, espero que no! ¡Justo ahora que nos estamos acostumbrando!

Yo también espero que no sea así. Me ha costado mucho rehacer mi vida aquí y es ahora, después de muchos meses y no pocas dificultades, cuando las cosas por fin parecen ir sobre ruedas. ¡No me gustaría tener que dejar todo en este momento!

—Ya verás como no es nada grave, Kate. Será una crisis normal de pareja, una de esas pasajeras que puede tener cualquiera.

Mi hermanita asiente con la cabeza bajando la mirada y metiéndose en la boca la última cucharada de yogur.

Cuando Kate sale de casa tomo mi celular y desbloqueo la pantalla para ver si he recibido algún mensaje de Cameron o de alguien.

Veo que Cameron ha enviado uno: "El autobús acaba de pasar. ¿Dónde estás?".

Oh, no. ¡Soy una estúpida! ¿Por qué habré retrasado el despertador?

Me había olvidado por completo de que Cam no podía pasar a recogerme porque tiene el coche estropeado y, además, mis padres han salido pronto esta mañana.

¿Y ahora qué hago? A pie jamás conseguiré llegar al instituto a tiempo.

Repaso la agenda del celular para ver si encuentro a alguien que pueda llevarme.

Sam queda descartada, porque le gusta llegar con un poco de adelanto y a esta hora debe de estar ya allá.

Sigo pasando nombres, pero no se me ocurre nadie. Ah, sí, hay uno: ¡Trevor! Puede que aún esté en casa. Pruebo a llamarlo y, por suerte, responde.

—¡Buenos días, Cris! ¿Todo bien?

—Hola, Trevor, sí, todo bien. ¿Estás aún en casa? —pregunto.

—Estoy saliendo, ¿por qué?

—¿Puedes venir a recogerme? El autobús ha pasado ya y si voy a pie llegaré tardísimo.

—Sí, claro. En cinco minutos estoy ahí.

—Gracias.

Salgo enseguida de casa para no hacerle esperar y en menos de cinco minutos veo llegar a Trevor con una moto gigantesca.

—Hola —dice dándome el casco—. Ponte esto y sujétate fuerte. Vamos a volar.

Me siento detrás de él y arrancamos a una velocidad terrorífica. Casi parece que planeamos sobre el asfalto mientras atravesamos como una exhalación las calles de la ciudad, zigzagueando entre los coches atascados en el tráfico de la hora pico.

Lo abrazo con fuerza, porque, a pesar de que me fío de él, tengo miedo. Nunca me ha gustado la velocidad.

En menos de quince minutos estamos delante del instituto y entramos en clase antes de que suene el timbre. ¡Es increíble!

La semana que empezó ayer es la última antes del viaje, y entre las clases y los exámenes de última hora el ritmo de las clases es frenético y agotador. En el instituto las vacaciones son así: siempre hay que pagar un precio antes de que empiecen y después de que terminen.

Además, cuando pienso en que al volver de Londres tendré que sufrir el absurdo castigo con Susan me entra angustia.

Cam y yo sólo logramos tener un poco de tiempo para nosotros en la pausa del mediodía, que pasamos juntos en el comedor.

En cambio, durante el resto del día no consigo cruzar una palabra con Sam. Últimamente está más huidiza de lo habitual y a veces me recuerda a la chica que era antes: cerrada, pensativa y solitaria. Por suerte, ha empezado a salir con Trevor, aunque no sé cómo va su amistad. Cuando el timbre anuncia el final de la última clase le pregunto si quiere que volvamos a casa juntas, así podremos hablar un poco.

—Sí, Cris, me alegro de poder charlar un poco contigo. Últimamente casi no nos hemos visto.

—Bueno, recuperaremos el tiempo perdido en el camino. Ya no queda nada. ¡Oficialmente ha empezado la cuenta regresiva!

—¡Sí, me muero de ganas! A pesar de que Nash no vendrá con nosotros y eso me ha hecho perder un poco el entusiasmo. Sin él no será lo mismo.

Cuando veo que le resbala una lágrima me doy cuenta de lo triste que está. Después se para y, de improviso, se echa a llorar desconsoladamente, buscando refugio entre mis brazos. La estrecho con fuerza a la vez que le acaricio el pelo.

—Perdóname, Cris. Soy una estúpida —dice ella al cabo de un rato separándose de mí y enjugándose las lágrimas.

—No digas eso ni en broma, Sam, no debes disculparte por nada. Siento no haber entendido que estabas tan mal. Creía que te habías recuperado, en parte gracias a Trevor.

—Finjo muy bien, lo sé. Siempre he sabido hacerlo. Pero tarde o temprano todo se paga y hay que enfrentarse a la realidad. Y yo, pese a que lo he intentado, me he dado cuenta de que no consigo olvidar a Nash, no puedo. Mi vida sin él no tiene sentido.

Le aprieto la mano.

—No te hundas, Sam. Has cambiado mucho desde que te conocí, ahora eres una chica más fuerte, que sabe ponerse en pie y luchar contra todo y contra todos. Te guste o no, Nash hizo una elección y tú debes hacer las tuyas y reaccionar. ¡Tu vida tiene sentido sin él! Debes disfrutar de cada instante, porque, cuando seas mayor, te arrepentirás de haber malgastado tus diecisiete años llorando y sufriendo por una persona que no te merece.

—Tienes razón, Cris, como siempre.

Me acerco a ella para abrazarla de nuevo.

—Eres una verdadera amiga —me susurra al oído.

—Tú también.

—Por eso tengo que decirte algo.

Parece un poco preocupada.

—¿Es algo malo? —pregunto.

Asiente con la cabeza.

—Entonces ya me lo dirás mañana, porque ahora sólo se me antoja un buen helado.

—Está bien —por fin sonríe.

—Podríamos llamar a Trevor y, quién sabe, quizá luego puedan pasar la noche juntos —le guiño un ojo.

—No creo que Trevor sea el chico adecuado, Cris.

—¿Por qué?

—Porque no lo quiero. Sólo me sirve para olvidar a Nash y eso hace que me sienta mala persona. A pesar de que estoy convencida de que él está utilizando el mismo método para olvidar a alguien —responde sonriendo.

"Lo estoy intentando". Las palabras de Trevor resuenan en mi mente.

—De acuerdo, eso significa que nos tomaremos un helado como buenas amigas —replico tomándole la mano.

26

Por favor, no olviden llevar sus documentos. No quiero perder tiempo en el aeropuerto porque uno de ustedes haya olvidado el pasaporte en casa —dice el profesor.

Al oír el timbre me pongo en pie de un salto. Quiero llamar a Nash durante la pausa del mediodía.

—Voy a comer algo, Cris. ¿Seguro que no quieres nada? —pregunta Cameron entrando en el salón.

—No, gracias, Cam.

—De acuerdo. Hasta luego entonces. —Se inclina hacia mí y me besa en los labios.

Lo miro mientras sale… Dios mío, aún me cuesta creer que es mío.

—¡Ah, el amor! —exclama alguien detrás de mí. Al volverme veo a Cloe, que sonríe.

—Me has asustado.

—Hacen una pareja estupenda. Hacía tiempo que no lo veía tan feliz.

—Sí, nos va bien. Ojalá que dure. Ya sabes que entre Cam y yo todo puede cambiar en un abrir y cerrar de ojos. ¿Cómo te va a ti?

—Bah, bastante bien, salvo que en estos días he visto demasiado a menudo a Susan. Me ha pedido que le eche una mano con las Matemáticas. ¡No la soporto! —responde Cloe resoplando.

—Entonces, ¿por qué sigues viéndola? Yo no lo haría.

—Eso es asunto mío —contesta guiñándome un ojo.

—Sea cual sea la razón, espero que valga la pena. Voy a dar una vuelta. Nos vemos luego.

—No, espera. Necesito un consejo.

—¿Sobre qué? —pregunto un tanto intrigada.

—Sobre Jack —enrojece y baja la mirada.

—Dios mío, ¿andan juntos?

Asiente con una timidez inusual.

—Sí, y me ha invitado a salir. No sé cómo vestirme ni cómo comportarme, en fin, estoy nerviosa.

—Cloe, lo único que debes hacer es no perder la calma, ser tú misma y divertirte. Él ha elegido ya.

—¿Tú crees?

—¡Por supuesto! Además, sólo hay que ver cómo te mira.

Se ruboriza aún más.

—Dios mío, espero no estropearlo todo.

—Te irá bien. Ahora, sin embargo, tengo que marcharme. Quiero aprovechar la pausa para hacer algo importante.

—¿Qué?

—Mmm… eso es asunto mío —respondo y ella me saca la lengua.

Salgo de clase y tomo el celular para llamar a Nash. Quiero hablarle de Sam. Supongo que sabe que está pasando una mala temporada y quizá pueda decirme cómo puedo ayudarla. Me siento impotente y tengo miedo de que pueda volver a hacerse daño. Por suerte, él responde enseguida.

—¡Nash!

—¡Qué alegría oírte, Cris! ¿Todo bien?

—Necesito hablarte de Sam.

—¿Ha ocurrido algo?

—No, no te asustes. Sólo que últimamente está rara y me preguntaba si tú no sabrías algo.

—La verdad es que me llamó anoche y la encontré muy triste. Me dijo cosas que me hirieron: que no quiere volver a hablar conmigo, que no puede seguir así y que en el instituto han pasado varias cosas.

—¿A qué te refieres?

—Cris, yo…, no sé si puedo.

—Nash, por favor, estoy muy preocupada por ella. Hace días que se comporta de manera extraña y no entiendo por qué. Sé que en parte está mal por ti, pero sospecho que hay algo más que la atormenta. Por favor, me gustaría ayudarla, pero no sé cómo.

—Lo siento, Sam me suplicó que no dijera nada, porque es algo bastante delicado, que no te sentaría bien y que, sobre todo, podría hacer enojar a Cameron.

—¿Qué es eso tan grave que ha sucedido? —pregunto irritada por el rumbo que está tomando la conversación.

—Lo siento, Cris, ya te he dicho demasiado.

—Me estoy enojando. Sam es mi mejor amiga, puedes decirme lo que le ha sucedido o lo que ha hecho, sea lo que sea. La quiero mucho y me gustaría ayudarla. Cuéntamelo.

—No insistas, Cris, no puedo. Sólo te pido que no la dejes sola. Ella te lo dirá si quiere. —Cuelga.

—¡Hola, Cris! ¡Así que tu clase también viene a Londres! —exclama Austin con una sonrisa de oreja a oreja—. ¡Ésta sí que es una buena noticia!

—Sí, así es —digo sorprendida—. No sabía que… Qué bien —añado no muy entusiasmada. Me preocupa un poco. Imagino cómo reaccionará Cameron cuando se entere.

Camila pasa por nuestro lado y nos mira con rabia sin saludarnos. Qué raro.

—¿Ha pasado algo, Austin? ¿Va todo bien con Camila? —pregunto apenas ella está lo suficientemente lejos para no oírme.

—Está enfadada conmigo. Dice que últimamente no le he hecho caso. Y es cierto, entre los entrenamientos de baloncesto para la final y las clases. Aunque, bueno, si he de ser franco, está celosa de ti. ¡No es mi novia, así que no veo por qué debo hacerle tanto caso!

Las razones de Camila son absurdas, sobre todo que tenga celos de mí, pero ella está enamorada de Austin, y, en el fondo, la entiendo.

—Deberías aclarar las cosas con ella, es tu mejor amiga.

—Es ella la que debería hacerlo y pedirme perdón. Me ha tratado fatal y me ha dicho cosas muy tontas.

Espero que se tranquilice, quizá luego podamos volver a hablar —responde Austin de un tirón.

—Estoy segura de que conseguirán arreglarlo. Ahora debo volver a clase, creo que el profe de Matemáticas ha llegado ya, hoy tenemos examen.

—Está bien. Ah, sé que Dallas ha tenido problemas con el coche. Si necesitas que te lleve cuenta conmigo —dice guiñándome un ojo.

Le doy las gracias, pero mientras Trevor esté disponible se lo pediré a él. Si Cameron se entera de que Austin se ha ofrecido también se pondría hecho un demonio.

Una vez en clase me acerco a Sam.

—Tengo que hablar contigo —digo.

Pone enseguida una expresión de inquietud.

—¿Podemos hacerlo después? Debo repasar, no me siento preparada para el examen.

—De acuerdo, pero… —intento replicar, pero el profe entra en clase y nos pide que vayamos a nuestro sitio.

Voy a sentarme. Por suerte pasaré la tarde en casa de Cameron, así que podré hablar con Sam después.

Al final del día, cuando suena el timbre, miro alrededor para ver si la veo, pero no hay ni rastro de ella. Parece haberse evaporado. Si piensa que escondiéndose podrá evitarme se equivoca totalmente.

Cam y yo salimos cogidos de la mano para ir a casa de él.

En el jardín veo la moto de Sam. Eso significa que ya ha vuelto.

—Cam, ¿sabes si tu hermana va a cenar con nosotros? —pregunto.

—Mmm… la pizza que sobró anoche se acabó, así que supongo que no querrá cenar. En cualquier caso, voy a preguntárselo.

Abro el refri para ver con qué ingredientes contamos para preparar algo.

—Sam no está en casa, puede que haya salido con Trevor —dice Cam entrando en la cocina unos minutos más tarde.

—Ah, quería hablar con ella.

—¿Va todo bien?

—Sí, sólo que estoy un poco preocupada por ella. Como te he dicho, Nash no ha querido contarme qué es lo que le preocupa tanto. Me dijo que esperara a que ella me lo dijera.

—Mmm… No creo que quiera. Si depende de ella nunca lo sabremos.

—Sí, pero además de Nash, ¿quién más puede saberlo? —reflexiono en voz alta.

—Tengo una idea. Alguien que sabe todo de todos.

—¿Lindsay?

—Sí, yo hablaré con ella.

27

Me desperté a las seis de esta mañana y desde entonces no he dejado de revisar las maletas cada cinco minutos.

—¿Dónde están mis zapatos negros, mamá? —Camino de un lado a otro de la casa angustiada.

—¡Espera, Cris, no seas impaciente! No puedo preparar el desayuno y buscar tus zapatos a la vez.

Resoplo y vuelvo a mi habitación para buscarlos en el clóset.

Veo la chaqueta de mezclilla. ¿Y si estos días hace calor en Londres? Mmm… La tomo y corro a meterla en la maleta. Nunca se sabe.

Alguien llama al timbre, pero yo estoy ocupada tratando de cerrar la maleta, así que no puedo ir a abrir.

—¿Vas tú, mamá?

—Estoy haciendo los *hotcakes*, si voy podrían quemarse.

—¿Qué pasa? —pregunta Kate desde la escalera con ojos somnolientos—. Está amaneciendo, dejen de hacer tanto ruido.

El timbre vuelve a sonar y corro a abrir.

Fuera están Cloe, Sam y Cam.

Desayunamos juntos, luego vamos a mi habitación a echar un último vistazo antes de salir.

Noto que Cloe lleva en la mano una lista muy larga.

—Veamos, algo importantísimo: los documentos —dice. Por suerte todos los tenemos.

La lista prosigue casi diez minutos y, según parece, no falta nada. Sólo Sam ha olvidado la plancha para el pelo, pero, por suerte, Cloe tiene una, así que problema resuelto.

Metemos las maletas en el coche y mi madre nos lleva al aeropuerto.

A las ocho en punto, de acuerdo con el programa, llegamos a la South Terminal y descargamos las maletas.

—¡Buen viaje, chicos, diviértanse! —dice mi madre antes de volver a subir al coche—. Acuérdate de llamar cuando llegues, cariño. Ya sabes que mi teléfono siempre está encendido.

—De acuerdo, mamá, tranquila.

Mi madre se marcha y nosotros entramos en la terminal.

Miramos alrededor buscando a los profesores y a nuestros compañeros.

A lo lejos entreveo las maletas blanco y fucsia de Susan. Muchísimas.

—¡Ahí están!

Nos unimos al grupo, y en una hora pasamos los controles y llegamos a nuestra puerta de embarque.

Antes de entrar los profesores nos dicen cómo debemos de sentarnos.

—La asignación de asientos está hecha al azar. Les ruego que no protestéis ni molestéis al resto de los pasajeros. Dallas, quiero que sepas que no te voy a perder de vista —dice el profe mientras distribuye los bocetos.

—No se puede pedir más —ironiza Cam.

Subimos al avión y buscamos nuestros sitios. Sé que el mío no está en la misma fila que el de Sam, sólo espero que no esté demasiado lejos.

—Que me toque con Jack, que me toque con Jack… —repite Cloe mientras inspecciona los asientos.

—Me parece que tiene un problema —comenta riéndose Cameron. De improviso se pone serio—. ¿Qué hace Miller aquí?

Miro en su misma dirección y veo que Austin se está sentando. Apenas me ve me saluda.

Sonrío para devolverle el saludo. Después miro de nuevo a Cameron.

—No te preocupes, Cam. Todo irá bien —lo tranquilizo, pero él se aleja sin decir una palabra.

Miro alrededor y, por fin, encuentro mi sitio.

Me aproximo a él. No, debe de tratarse de un error, ¡no es posible que tenga que sentarme entre Susan y Lindsay!

El viaje va a ser interminable.

Tardaremos casi nueve horas en llegar a Londres y sólo tengo dos alternativas: dormir o buscar temas de conversación con mis compañeras. Opto por la segunda posibilidad, porque por el momento no tengo sueño. Obligada a elegir entre Lindsay y Susan, decido concentrarme en la primera y, ya que estoy aquí, le pregunto por qué dedica tanto tiempo a algo tan inútil como el chismorreo, pese a que, sorprendentemente, hace unas semanas decidió dejar de publicar el periódico.

—Me harté de ser la mano derecha de Lexy —me explica Lindsay—. Odiaba sus artículos, que a menudo eran inútilmente agresivos. Creo que era la chica más odiada del instituto.

—Entonces, ¿por qué lo hacías?

—No tenía amigos, lo único que quería era conocer gente. Pensaba que así lo conseguiría. Pero no fue así; al contrario, sólo logré que todos me odiaran, y al final me quedé sola. Te juro que daría lo que fuera por tener amigos como los tuyos, Cris. No sabes la suerte que tienes.

—Bah, ya sabemos que no todos sus amigos son tan fantásticos como piensa —tercia Susan.

—¿Quieres callarte, Susan?

—No, cariño. No pienso callarme. Háblale un poco de sus amigos, Lindsay, de uno en particular.

—¿A qué se refiere? —pregunto a Lindsay.

—A nada, no le hagas caso.

—Vamos, Lindsay. ¿Por qué le ocultas a Cris ciertos asuntos relativos a una de las personas que más estima?

—Basta, Susan, te estás pasando —la regaña Lindsay.

—¿Pueden decirme de qué estáis hablando? —pregunto confusa.

—¿Se lo digo yo o lo haces tú? —dice Susan, disfrutando a todas luces de la situación.

—Prometí que no diría nada y no lo haré.

—En ese caso, yo le contaré la verdad a la dulce y tierna Cris.

Lindsay resopla.

¿Por qué tengo la impresión de que lo que va a decirme me dolerá?

—Creo que sabes cuáles son las fuentes de Lindsay, ¿verdad?

—Sí, las personas que le contaban chismes.

—Bueno, una de las fuentes era muy fiable. Mi preferida entre todas.

—No des tantos rodeos, Susan. Ve al grano.

—¡Veo que estás impaciente! Prepárate para la noticia que te va a destrozar las vacaciones: tu mejor amiga, Sam, era una de las fuentes.

Espero haber oído mal.

—¿Qué? —pregunto incrédula.

—Lo que oyes, era una de las fuentes, y también una de las más activas.

Me vuelvo para mirar a Sam, que en este momento está charlando con Trevor.

No es posible. No puede haber sido capaz. No después de todo lo que hemos pasado juntas.

—¡Mentira! Es imposible —replico volviendo a mirar a Susan.

—Y, sin embargo, es cierto. ¿Nunca te preguntaste cómo era posible que las noticias sobre ti se publicaran poco después de que hubieras hablado con ella? Piénsalo bien.

Sam fue la primera persona con la que hice amistad en Miami, la única a la que siempre he confiado todo. No puedo creérmelo.

—Cris —dice Lindsay a mi lado, apoyando una mano en mi hombro—. Lo siento.

—Yo no, es más, ahora me siento mucho mejor —comenta Susan esbozando una pérfida sonrisita.

La ignoro. Me siento traicionada y herida en lo más hondo. Quién me iba a decir que Sam era capaz de ir tan lejos.

¿Por qué lo hizo? ¿Para qué? ¿Qué he hecho para merecer algo así?

Y ahora, ¿cómo debo comportarme con ella? ¿Debo decirle que lo sé todo?

¿Y Cam? ¿Cómo se lo tomará? No, no puedo permitir que se entere. Se enfurecería y no volvería a dirigir la palabra a su hermana.

28

Cris —susurra una voz interrumpiendo mi sueño—. Hemos llegado.

Al abrir los ojos veo a Lindsay.

Así que todo es cierto: el diario, Sam... Esperaba que sólo fuera una pesadilla, y en cambio...

Ahora debo decidir cómo comportarme. Sí, puede que lo mejor sea estar callada y esperar a que sea ella la que saque el tema a colación. Si me quiere de verdad tendrá valor suficiente para ser sincera.

Fuera del aeropuerto hay un autobús esperando para llevarnos al hotel.

Cuando subo veo que Cloe me hace un ademán para que me acerque a ella. Me ha reservado un sitio entre Sam y ella, mientras Cam y Jack están sentados delante de nosotros.

—¿Ha ido bien el vuelo? —pregunta Sam.

—Sí —miento.

—¡¿En serio?! ¿Cómo se han portado Susan y Lindsay?

—Susan ha estado más insoportable de lo habitual. Lindsay, por el contrario, estaba simpática. No obstante, no hemos hablado mucho, por suerte me quedé dormida casi enseguida.

—Cuéntanos cómo te fue con Trevor, Sam —dice Cloe inclinándose hacia ella para poder verla.

—Yo…, bueno…, creo que siento algo por él —susurra para que nadie pueda oírla salvo nosotras.

—¿Qué? Pero si dijiste que…

—Sí, lo sé, pero empiezo a pensar que lo que siento por él es más que amistad. Puede que no sea cierto que sólo lo estoy usando para sustituir a Nash.

Vaya. Si debo ser franca, no me los imagino como pareja.

Al otro lado de la ventanilla la ciudad fluye ante mis ojos. Sólo ahora me doy cuenta de que es una de las metrópolis más bonitas del mundo.

El autobús se para delante del hotel. Será duro compartir la habitación con Sam y fingir que no ha sucedido nada.

Alguien me pasa la mano por delante de la cara y al alzar los ojos veo a Trevor.

—Estabas embobada —dice risueño.

Miro alrededor y veo que todos están bajando salvo Cam y Trevor, que me observan.

—¿Seguro que va todo bien? —pregunta Cam.

Asiento con la cabeza.

El hotel donde nos alojaremos no está nada mal y además no está lejos del centro de Londres.

—Ojalá que, al menos, nuestras habitaciones estén cerca —añade.

—De eso nada, espero que estén lo más lejos posible, porque si no tendré que aguantarte todas las noches —bromea Cloe.

—No te hagas ilusiones, Cloe, no me interesas —replica Cam con arrogancia.

Nos reímos. Cam y Cloe tienen una relación muy especial, siempre están de la greña, como el perro y el gato, pero cuando es necesario saben que pueden contar el uno con el otro.

Por fin recogemos la llave de la habitación. Es la doscientos diez: segundo piso, habitación número diez.

Como el ascensor está demasiado lleno, decidimos subir por la escalera. Agarro el asa de la maleta e intento levantarla, pero pesa más de lo que pensaba, no creo que pueda llevarla hasta la segunda planta.

—Te ayudo, parece pesada. —Austin apoya una mano en la mía.

—Gracias, pero puedo hacerlo sola —replico sin soltarla.

—Deja que te ayude.

—Sí, Cris, deja que Austin te ayude —dice Cloe.

Lo miro enojada, luego alzo la mirada y asiento con un ademán de la cabeza.

Austin toma la maleta y sube la escalera sin el menor esfuerzo hasta el segundo piso.

Oigo que Cloe y Sam se ríen y puedo imaginar el motivo de su hilaridad.

Cloe abre la puerta y se precipita dentro con Sam.

—Gracias por la ayuda, Austin, aunque no era necesaria.

—De nada. —Se queda quieto mirándome, cosa que me hace sentir incómoda.

—Bueno, me voy…

—¿Estás enfadada conmigo? —pregunta.

—¿Qué? No.

—Últimamente me pareces distante, tengo la sensación de que me evitas. Creía que éramos amigos…

—Y lo somos, pero prefiero que no nos veamos mucho durante cierto tiempo.

—¿Por qué? ¿Por Cameron?

—Sabes de sobra que ése no es el único motivo.

—¿Y cuáles son los demás? Dímelos, porque no lo entiendo. ¿Por qué ya no me hablas como antes? ¿Por qué no respondes nunca a mis mensajes? Casi parece que tienes miedo de mí.

Tiene razón, últimamente he tratado de evitarlo.

—No me apetece hablar ahora, Austin, lo haremos cuando volvamos a casa.

—¿Dentro de una semana? No, quiero que me contestes ahora, Cris.

—Está bien. Además de que a Cameron no le gusta vernos juntos, supongo que por celos y por la historia de Carly, tengo la impresión de estar metiendo cizaña entre Camila y tú, y no quiero.

—He hablado ya con ella. Camila y yo estamos intentando solucionar nuestros problemas, no debes preocuparte, Cris. Tú no tienes nada que ver, sólo yo tengo la culpa de que ahora esté enfadada conmigo. En cuanto a Cameron… bueno, debería tratar de confiar en ti y olvidar la historia de Carly, estoy harto de oír su nombre todo el tiempo. Al contrario que él, yo siempre fui sincero con ella y jamás la engañé. Deberías saber de quién puedes fiarte.

—Si al menos uno de los dos quisiera contarme esa maldita historia quizá podría hacerlo.

La puerta de la habitación se abre y aparece Cloe.

—Perdonen que los moleste, sólo quería saber qué cama prefieres, Cris —dice cohibida.

—Voy enseguida. —Me vuelvo de nuevo hacia Austin—. Gracias por la ayuda. Hasta luego.

Agarro la maleta y la meto en la habitación, que, pese a no ser muy grande, es muy acogedora. Me gusta.

—¿De qué estaban hablando? —pregunta Cloe mientras cierro la puerta.

—De que podrías no haberlo animado a subirme la maleta —respondo sentándome en la que va a ser mi cama en los próximos días.

—¡Vamos, ha sido divertido! —dice guiñando un ojo a Sam.

—Austin haría lo que fuera por ti.

—No empecemos, por favor —digo hastiada.

—¡Vamos, Cris, se ve a leguas que lo vuelves loco! Yo en tu lugar aprovecharía la ocasión.

Espero que Cloe esté bromeando.

—Jamás haría algo así, sólo somos amigos. ¿Podemos dejar el tema, por favor?

—¡Vaya! Por lo visto tenemos también una terraza —exclama Sam abriendo la puerta de vidrio.

Me levanto de la cama y me acerco a ella. La terraza es gigantesca y da a las de las habitaciones vecinas.

—¡Es fantástica! —dice Cloe entusiasmada al salir—. Lástima que no se vea nada desde aquí. La habitación de Cameron está en el cuarto piso, la vista debe de ser mejor desde arriba.

La puerta de la terraza de al lado se abre y Susan se asoma.

—¡Díganme que es una broma! —exclamo volviéndome hacia el otro lado.

—¡Evans, no es posible! —suelta Susan en voz alta.

—Sí, yo tampoco me alegro de verte.

—¡Por suerte estás tú, Cloe! —replica Susan sonriéndole de la manera más falsa que he visto en mi vida.

—¡Ya, es estupendo que seamos vecinas! —responde ella, ¡y parece sincera!

—Si te apetece pasa después a ver nuestra habitación. Ahora perdona, tengo que entrar. Voy a arreglarme para la cena. Hasta luego. —La puerta de la habitación de Susan se cierra de nuevo.

—¡Hay que ver lo bien que finges que eres su amiga, Cloe! —dice Sam sonriendo—. ¡Casi me has convencido a mí también!

—¡Gracias!

—Conozco a personas que lo hacen aún mejor —comento mirando a Sam, que parece comprender a qué me refiero.

—¡Me ofendes, Cris! —bromea Cloe.

Esbozo una sonrisa.

—Vamos, tenemos que empezar a vestirnos para cenar.

Asiento y la sigo dentro.

—Para un momento, Cris.

—¿Qué pasa, Sam? —pregunto volviéndome hacia ella.

—¿Tienes algo que decirme?

—Yo no, ¿y tú? —Espero con todas mis fuerzas que me confiese la verdad.

—No —contesta bajando la mirada.

—Bien.

Asiente con la cabeza y sonríe levemente.

Entro en la habitación y me siento en la cama, decepcionada por el comportamiento de mi amiga.

29

Londres es una ciudad maravillosa.

Por ahora sólo hemos conseguido visitar un museo, la National Gallery, donde hemos pasado más de dos horas y media, y, aun así, no hemos conseguido ver todo lo que queríamos.

Siendo sincera, no he prestado mucha atención a las explicaciones de la guía, porque aún estoy un poco alterada por el asunto de Sam.

Creía que era mi amiga, mejor dicho, mi mejor amiga. ¡Creía que, después de todo lo que hemos pasado juntas, estábamos más unidas y éramos más leales la una con la otra! Pero, por lo visto, me equivocaba.

¿Cómo es posible que en todo este tiempo no haya comprendido lo que estaba tramando a mis espaldas? Espero que tenga un motivo válido para lo que ha hecho, pese a que no alcanzo a imaginar siquiera uno que pueda convencerme para que la perdone.

—¿Va todo bien, pequeña? —pregunta Cam.

Estamos volviendo al hotel en el autobús.

Me he sentado a su lado porque no quería estar con Sam, además, la mera presencia de Cam me pone de buen humor.

Me volteo hacia él.

—Sí.

—No lo parece. Estás rara desde que aterrizamos en Londres y me gustaría saber por qué.

—Estoy cansada, eso es todo.

—No te creo. Sé que hay algo más.

No puedo y no quiero decirle lo de Sam, le estropearía el viaje.

—Hablaremos esta noche. Quiero saberlo todo. Ven aquí —dice rodeando mis hombros con un brazo y atrayéndome hacia él.

Al llegar al hotel Sam y yo hacemos fila para recoger la llave de la habitación. El silencio que se ha instalado entre nosotras es embarazoso. No consigo fingir que todo va bien y ella debe de haber entendido que pasa algo.

—¿De qué has hablado con Cam en el autobús? —me pregunta de repente, supongo que más para romper el hielo que por auténtica curiosidad.

—De nada en especial. —No tengo ganas de hablar con ella, menos aún sobre Cameron y yo.

—No te creo. ¡Vamos, Cris, soy tu mejor amiga! Sabes de sobra que puedes contarme todo.

Abro la boca para decir algo, pero luego me lo pienso dos veces, la cierro de nuevo y respiro hondo.

—Solo hemos hablado del viaje.

—¿Puedes explicarme qué te pasa? Te estás comportando de una forma… —Parece preocupada.

—¿Puedes dejar de decir que estoy rara? No me pasa nada, estoy bien —contesto irritada.

—De acuerdo, perdona. —Baja la mirada y no vuelve a decir una palabra hasta que volvemos a la habitación.

Estoy de un humor de perros, así que, mientras Cloe y Sam se arreglan para cenar, salgo a la terraza a tomar un poco el aire.

Tomo el celular y echo un vistazo a las llamadas y los mensajes que he recibido. Hay uno de Kate. Lo abro y leo: "Hola, Cris, espero que te estés divirtiendo. Te echo un montón de menos".

"Yo también te echo de menos", le respondo y paso al mensaje siguiente, que es de Trevor. Me extraña que me haya escrito.

"Baja al vestíbulo del hotel. Quiero hablar contigo".

Lo envió hace cinco minutos. Me muero de curiosidad por saber de qué quiere hablarme, así que me meto el celular en el bolsillo de los *jeans* y bajo.

Lo encuentro en el vestíbulo sentado en un sillón de terciopelo, leyendo una revista. Cuando estoy a pocos pasos de él, levanta la mirada.

—Aquí estás —se pone en pie—. Creía que no vendrías. Ven conmigo, hablaremos en un sitio más tranquilo.

Entramos en un saloncito más apartado y nos acomodamos en un sofá.

—Dime qué está pasando —dice Trevor.

—¿A mí? Nada.

—No te creo. Vamos, Cris, puedes engañar a Matt, a Cameron o a cualquiera, pero a mí no. Sabes de sobra que te conozco y que sé cuándo las cosas van bien y cuándo van mal.

—De acuerdo, sí, ha ocurrido algo, pero no es preocupante.

—Puedes confiar en mí, lo sabes.

—He descubierto algo importante sobre una persona a la que quería mucho.

—¿Sam?

—¿Cómo lo sabes?

—Sólo hay que ver cómo la miras. Salta a la vista que tu relación con ella ya no es serena. ¿Qué ha pasado?

—Es una historia complicada. En pocas palabras, Sam era una de las personas que contaba a Lindsay las noticias sobre Cameron y yo, y, antes de eso, a la chica que dirigía el periódico del instituto. Les contó incluso cosas muy personales de mí, que yo le había dicho porque pensaba que era mi mejor amiga. No sé por qué lo hizo. Aún no puedo creérmelo.

—Pero ¡eso es absurdo! ¿Estás segura de que es verdad?

—Por desgracia, sí.

Trevor calla unos segundos.

—Es un golpe muy bajo.

—Ya. No sé qué pensar, ni qué hacer.

—¿Cameron lo sabe?

—¡Claro que no!

—Debes decírselo.

—Cuando volvamos a casa. No quiero fastidiarle el viaje a él también.

Mira fijamente hacia un punto como si estuviera dándole vueltas a la situación.

Espero que al menos él sepa darme un buen consejo, entre otras cosas porque en este momento es la única persona con la que puedo contar de verdad.

—¿Has hablado ya con Sam?

—No, quiero que sea ella la que me lo confiese. Por ahora prefiero no sacar a colación esta historia.

—Tienes razón. Daría lo que fuera por saber por qué lo hizo. No hace mucho que la conozco, pero estoy seguro de que, si todo este asunto es cierto, Sam debe haberse comportado así por una buena razón.

—Es lo mismo que pienso yo, y espero con todas mis fuerzas que sea así.

—Si quieres, puedo intentar hablar con ella.

—No, gracias, prefiero no meterte en esta historia.

—De acuerdo —responde sonriendo. Después me mira y se inclina para darme un abrazo.

Se lo devuelvo y no puedo evitar exhalar un suspiro.

30

Después de cenar volvemos a las habitaciones. Esta noche no vamos a salir. Nos reuniremos en un cuarto para pasar la noche jugando a cosas estúpidas.

Entramos todos a la vez en el ascensor con la esperanza de que no se detenga. La primera parada es el segundo piso, el mío. Sam y Cloe salen. Cuando me dispongo a hacerlo, Cam me agarra un brazo.

—¿Qué pasa?

—Tú vienes conmigo —dice sonriendo.

Mientras las puertas se cierran miro a Sam y a Cloe, que se ríen.

Me quedo en el ascensor. Trevor me mira pasmado y yo me encojo de hombros.

Nos paramos en el cuarto piso. Trevor sale, mientras que Cam y yo nos quedamos dentro.

El ascensor se cierra.

—¿Adónde vamos? —pregunto.

Cam aprieta el botón del sexto piso.

—A un sitio precioso —responde guiñándome un ojo.

Salimos del ascensor. Cam me toma de la mano y me ordena con un ademán que guarde silencio.

Al llegar al fondo del pasillo abre una puerta.

—¿Qué estás haciendo? —susurro.

—Shhh.

Estamos en una habitación extraña con una escalera de caracol en el centro. Me agarra de nuevo la mano y empezamos a subir.

Cuando llegamos a lo alto, me quedo boquiabierta: la vista es espectacular. Ante nosotros se extiende con todo su esplendor la ciudad de Londres y su inconfundible horizonte.

—¡Vaya! —exclamo mirando alrededor.

Estamos en la azotea del hotel. Me acerco a la barandilla y contemplo maravillada el increíble panorama.

—¡Es fantástico! —digo sonriendo.

Cam se acerca.

—¿Cómo has encontrado este sitio? —pregunto.

—He consultado la página web y he visto que había una gran terraza —explica guiñándome un ojo.

Me apoyo en el muro para gozar del espectáculo de esta inmensa ciudad llena de luces resplandecientes.

Noto que Cameron me está observando.

—¿Qué pasa? ¿Por qué no miras esta maravilla?

—¿Para qué, si tengo delante a la chica con la sonrisa más bonita de la Tierra?

Me inclino hacia él y le doy un beso en los labios.

—Te quiero.

—Yo también, no sabes cuánto —susurra acariciándome la mejilla.

Me toma la cara entre sus manos y mira fijamente mis labios. Me aproximo para besarlo. Me ciñe con dulzura la cintura, me atrae hacia él y pega sus labios a los míos con infinita sensualidad. Luego, sus besos empiezan a deslizarse por mi mejilla, hasta llegar al cuello.

—Cam… —digo susurrando.

—¿Qué ocurre? —pregunta alzando la cabeza y mirándome a los ojos.

—No podemos estar aquí.

—Lo sé, pero tengo esto —responde sacando una llave de un bolsillo de sus *jeans*.

La miro sorprendida.

—¿Cómo la has conseguido?

—No ha sido muy difícil. Convencí a una camarera para que me la diera —dice risueño.

Me estrecha la mano, bajamos la escalera y volvemos a la habitación de antes. Está oscuro, tropiezo y caigo sobre él. Nos echamos a reír y él me tapa la boca con la mano.

—¡Shhh!

Asiento con la cabeza y respiro hondo para tranquilizarme.

Salimos al pasillo, llegamos a la habitación correspondiente a la llave y entramos.

Cam cierra y enciende la lámpara que hay en el buró. Después se acerca a mí y se detiene a escasos centímetros de mis labios.

—Deberías sonreír más a menudo. Estás guapísima cuando lo haces.

—¡Vaya, Cameron Dallas comportándose con dulzura varias veces en un solo día! ¡Debería anotarlo en alguna parte, así pasará a la historia!

—Puedo dejar de comportarme como un buen chico —replica besándome de nuevo.

Me ciñe la cintura y me hace retroceder hasta que mi espalda se apoya en la pared.

Después se despega de mi boca y me besa fugazmente en la mejilla y el cuello. Sus labios son sublimes. Su cuerpo es sencillamente perfecto.

Apoyo las manos en su cintura y lo obligo a estrecharse contra mi cuerpo. En este momento lo necesito.

Sus labios vuelven a encontrarse con los míos a la vez que nuestras lenguas se mueven en perfecta sincronía, como si fueran una sola cosa. Agarra mis manos y rodea con ellas su cuello.

Estoy excitada, feliz. Si hace unos meses alguien me hubiera dicho que iba a hacer algo así con Cameron me habría carcajeado en su cara. Me río al pensarlo.

—No es cosa de risa —dice Cam sonriendo.

—Shhh —contesto deslizando un dedo por sus labios.

Esta vez siento una energía diferente entre nosotros, algo profundo que me hace sentir bien, protegida. Busco en mi interior las palabras adecuadas para expresar lo que siento, pero no me da tiempo a abrir la boca, porque Cam me besa en la frente, me mira a los ojos y me dice:

—Te quiero, Cris, no sabes cuánto.

31

La visita guiada a la Tate Modern ha sido larguísima!
—exclama Cameron bostezando.

Al oírlo no puedo por menos que darle un codazo.

—¿Qué pasa? Era aburrida.

—¡Tú eres aburrido! —replico—. ¡La Tate es uno de los museos más bonitos e interesantes del mundo! ¡No entiendes nada, Cam!

—¡Son increíbles, nunca están de acuerdo! —comenta Cloe riéndose.

Aprovechamos las dos horas de libertad que nos han concedido para pasear por el barrio de Southbank y decidimos tomar algo en una placita realmente deliciosa, de estilo ligeramente *vintage*, que se encuentra a pocos pasos del Támesis: Gabriel's Wharf. Hay un montón de bares y de tiendas donde podemos hacer algunas compras.

A pesar de que el aire es gélido, nos sentamos en las mesas de la terraza de un pequeño local y pedimos *fish & chips*.

A lo lejos suenan las notas de una melodía *rock* que alguien está tocando.

—¿Oyen? —pregunta Cloe.

—¡No me digas que quieres ir a verlo! —exclama Cameron—. No se me antoja para nada.

—A mí tampoco —afirma Jack. Taylor es de la misma opinión.

Cloe y yo nos miramos con complicidad y nos ponemos en pie de un salto.

—Hasta luego.

Sam se une a nosotras y juntas, siguiendo la música, enfilamos un callejón lateral hasta llegar a otra plaza, donde una banda de cuatro chicos está tocando y cantando una pieza estupenda.

El ritmo es arrebatador, así que empezamos a movernos y a aplaudir siguiendo la música.

Los chicos de la banda nos miran sonriendo, luego nos piden con un ademán que nos unamos a ellos, ya que somos las únicas chicas del público. A decir verdad, hay muy pocos espectadores, y en su mayor parte son señoras ancianas con la bolsa de la compra en la mano.

Las tres nos echamos a reír y aceptamos la invitación. Los chicos nos aplauden para animarnos.

—¿Cómo se llaman? —pregunta el cantante sonriendo.

—Cris, Cloe y Sam —respondo yo por las tres.

Él se vuelve hacia el público.

—Demos la bienvenida a Cris, Cloe y Sam.

El público aplaude y mis amigas y yo nos reímos de nuevo de la situación, algo extraña, en la que nos encontramos.

Los chicos vuelven a tocar y nosotras, a bailar. Las canciones son realmente increíbles, espero con todas mis fuerzas que tengan el éxito que se merecen.

El cantante se acerca a mí y me agarra una mano para invitarme a bailar. Es muy divertido.

La canción termina y el público aplaude.

—¡Gracias a todos! Nos vemos mañana a la misma hora —dice el cantante.

También el batería se levanta y se aproxima esbozando una sonrisa.

—¿Por qué no las hemos visto nunca por aquí?

—Vinimos a Londres de viaje escolar.

—Lástima, nos habría encantado que nos acompañarais más a menudo. En cualquier caso, soy Bradley, encantado. —El cantante de pelo castaño se presenta a las tres tendiéndonos la mano.

—¿Cómo se llama el grupo? —pregunta Sam.

—Angry Lions.

—¿Podemos hacernos una foto con ustedes? —Sam y yo miramos de inmediato a Cloe como si quisiéramos decirle: "¿Se puede saber qué haces?"—. Así, cuando sean famosos, podremos presumir de tener una foto con ustedes.

—Cuando eso suceda las llamaremos para que bailen en el escenario —responde un chico con una placa prendida en la camiseta en que aparece escrito un nombre, "James".

Nos reímos de su ocurrencia. A continuación, posamos y Cloe le pide a un transeúnte que nos haga la foto.

—¿Tienen alguna noche libre o tienen siempre pegados a los profesores? —pregunta el bajista del grupo.

—Estamos siempre libres —miente Cloe. Pero ¿qué tiene en la cabeza?

—Podemos intercambiar los números de teléfono, y, si quieren, aquí tienen unas entradas para el local donde tocaremos esta noche —dice el bajista pasándonos tres entradas.

—¡Gracias! ¡Sería fantástico! —Cloe las toma y se las mete en el bolso. Después intercambiamos los números de celular con Bradley y James.

—Entonces, ¡hasta esta noche! —dice Bradley.

—¡Por supuesto, hasta esta noche! —responde Cloe.

Apenas nos alejamos soltamos una risotada. Hemos coqueteado con ellos y ha sido divertido, pero somos conscientes de que no vamos a llamarlos. Lo más importante es que Cam no se entere, porque estoy segura de que si lo hiciera se enojaría un montón.

Por la tarde, después de volver al hotel y antes de cenar, Cloe me dice que el profesor quiere verme en el vestíbulo.

Bajo a toda prisa la escalera hasta llegar a la planta baja.

—Cloe me ha dicho que me estaba esperando.

—Sí, Cristina, espera a que llegue la otra chica y se los explico. Ah, aquí está.

Me vuelvo para ver de quién se trata. ¿Qué?

—¿Por qué justo ella? —pregunto.

—¡Oh, no! —exclama Susan contrariada.

—Bueno, les recuerdo que cuando termine el viaje tendrán que cumplir juntas un castigo, así que no les vendrá mal irse acostumbrando esta noche. Tengan —dice pasándonos unas carpetas—, distribúyanlas por las habitaciones.

Dentro hay información sobre los principales monumentos que visitaremos mañana: la torre de Londres y la catedral de San Pablo.

—¿No puede distribuirlas mañana? —pregunto.

—No, quiero darles tiempo suficiente para estudiar esta noche —replica risueño, consciente de la idiotez que está diciendo—. No quiero que lleguen sin saber nada. Diviértanse —añade antes de marcharse.

—Si nos dividimos acabaremos antes —sugiero a Susan.

—Está bien —musita ella.

Al cabo de poco menos una hora hemos acabado de repartir las carpetas en las primeras tres plantas y en casi toda la cuarta. Sólo faltan dos habitaciones y una es la de Cameron.

Susan me mira con aire de desafío desde la otra punta del pasillo.

Echo a correr para llegar primero a la puerta de la habitación y ella me imita. Llegamos a la vez y la golpeamos de forma frenética.

Cameron abre y nos mira extrañado.

—Es para la visita de mañana —decimos al unísono empujándonos la una a la otra.

Cam sacude la cabeza y sonríe.

—Gracias. —Coge la carpeta de mi mano y se inclina hacia mí para darme un beso en los labios—. Hasta luego —susurra a la vez que cierra la puerta.

Miro a Susan arqueando una ceja. A continuación doy media vuelta para marcharme.

—Yo en tu lugar no me reiría tanto. Sé que han coqueteado con los chicos de esa banda y seguro sabes que a Cameron no le hará ninguna gracia si se entera.

Me vuelvo y la miro.

—También sé todo sobre la noche de pasión que Cam y tú pasaron juntos, así que, a menos que quieras que lo cuente todo, te conviene portarte bien conmigo y no acercarte a él esta noche.

—¿Quién te lo dijo?

—Deberías prestar más atención a las personas a quien confías tus secretos —responde guiñándome un ojo.

—Sam…

Esta historia debe terminar de una vez por todas, no puedo seguir haciendo como si nada. Bajo a toda prisa la escalera y entro en mi habitación hecha una furia.

—Eh, explícame cómo has podido hacerlo.

Sam se levanta de la cama.

—¿De qué estás hablando?

¿Me toma el pelo?

—¿Por qué me haces esto? ¿Por qué sigues contando todo lo que te confío a Susan? ¿Qué clase de amiga eres? —La agredo con toda la rabia que he acumulado en estos días.

Cloe nos mira atónita, parece asustada por mi insólita reacción.

—¿Qué pasa? —pregunta confundida.

Sam baja la mirada.

—¿Y bien? ¿Se lo explicas tú?

Sam permanece quieta sin decir una palabra.

—Está bien, yo lo haré. En todo este tiempo no ha hecho sino fingir que era mi amiga, desde el primer día en que la conocí. Sólo estaba conmigo para congraciarse con Susan y para sacarme noticias que luego le pasaba a ella, a Lexy o a Lindsay. Todo lo que yo le decía se publicaba después en el diario del instituto, y yo soy tan estúpida que nunca sospeché nada. Fui tan tonta que pensé que había encontrado una verdadera amiga —digo llorando.

Cloe pone los ojos en blanco.

—¿Es cierto, Sam?

—¿Quién te lo ha dicho? —se limita a preguntar ella.

—Susan, tu querida amiguita. Me lo contó durante el viaje en avión.

—De ser así, ¿por qué te has decidido a hablar ahora?

—Porque esperaba que me lo dijeras tú. Esperaba que tú, mi mejor amiga, tuvieses el valor de decirme la verdad.

—¿En serio crees que si te lo hubiera dicho el resultado habría sido distinto? ¿Te lo habrías tomado mejor?

Pero ¿qué clase de pregunta es esa?

—¡No, no me lo habría tomado mejor! Es obvio, pero… —respondo desorientada—, esperaba que me dijeras que estabas arrepentida o que tenías una razón para comportarte así.

—¿Por qué lo hiciste, Sam? —pregunta Cloe.

—¡Eso no es asunto suyo! —responde Sam con brusquedad y acto seguido sale de la habitación dando un portazo.

32

Anoche me quedé hasta tarde en la habitación de Cam esperando a que Trevor se durmiera. Estaba realmente tierno, había bebido demasiado y se encontraba fatal.

La borrachera le hacía decir cosas sin sentido: repetía que aún estaba enamorado de mí y me pedía que no me marchara. Seguro que eran palabras vacías de significado, dictadas por el alcohol, de las que, probablemente, no se acordará.

Esta mañana aún no ha bajado a desayunar. Estoy empezando a preocuparme.

—¿Dónde se han metido los chicos? —pregunta Sam.

Aún no entiendo por qué Cloe ha insistido en que Sam se sentara en la mesa con nosotras. Sabe de sobra que nos hemos peleado y que no tengo ganas de hablar con ella.

—No lo sé. Puede que estén ayudando a Trev —sugiere Jack.

—¿Lo has visto esta mañana?

—Sí, y no tenía muy buen aspecto.

Mmm… No tengo hambre, lo único que quiero es ir a ver cómo está mi amigo.

—Vuelvo enseguida —digo levantándome de la mesa, y cruzo la sala para ir a la habitación de los chicos.

Llamo a la puerta y me abre Cam.

—¿Pequeña? —Suena más a una pregunta que a un saludo—. ¿Qué haces aquí? —pregunta después dándome un rápido beso en los labios.

—He venido a ver cómo está Trevor.

Entro en la habitación, pero no lo veo.

—No quiero ni oír hablar de él —dice Tay.

—Pero ¿tú qué haces aquí? —pregunto separándome de Cam y mirándolo. Taylor está tumbado en la cama y tiene un aspecto horrible.

—Tu amigo ha estado mal toda la noche y éstos hacían tanto ruido que tuve que bajar para pedir un poco de silencio. Al final tuve que ayudar a Trevor, que no dejaba de vomitar —protesta.

—¿Dónde está ahora?

—En la terraza. Necesitaba respirar un poco de aire fresco.

Abro la puerta de vidrio y veo a Trevor sentado en una silla con los ojos cerrados.

Se vuelve de golpe y apenas me ve sonríe.

—¿Qué haces aquí, Cris?

—Estaba preocupada por ti. Ayer no te encontrabas muy bien —le explico tomando asiento en la silla libre que hay al lado de la suya.

—No me acuerdo de nada. Sólo algunas imágenes desenfocadas: yo bebo, tú me sonríes, luego yo me caigo al suelo y, por último, la oscuridad. No te imaginas el dolor de cabeza que tengo.

—No deberías haber bebido tanto —digo esbozando una sonrisa.

—Lo sé, pero tenía ganas de hacerlo. Para olvidar y fingir que, por una noche, todo iba bien.

Espero que no se esté refiriendo a mí y a lo que me dijo anoche.

—Ah.

—¿Cuánto tiempo te quedaste conmigo?

—Hasta que te dormiste.

—¿Dije algo? ¿Alguna frase extraña? —pregunta riéndose.

—Bueno, la verdad es que dijiste cosas muy extrañas.

—¿Como qué?

—Que aún me quieres, que no haces otra cosa que pensar en mí… ese tipo de estupideces —respondo sonriendo y mirándolo a los ojos.

Él desvía la mirada y deja de sonreír.

—Ah —se limita a decir.

No me gusta su respuesta y la pregunta siguiente sale espontánea de mis labios:

—Hablabas así porque estabas borracho, ¿verdad? —Espero con todas mis fuerzas que me diga que sí—. ¿Y bien? —insisto.

—Por supuesto. Vamos, supongo que no me creíste. Con la borrachera que tenía —me asegura riéndose.

Callamos unos segundos. Debo reconocer que la situación se está volviendo embarazosa.

—Entro —digo, y él asiente con la cabeza.

Taylor se ha quedado dormido y Cam está en el cuarto de baño duchándose. Llamo a la puerta para decirle que me voy a mi habitación y que lo espero allí.

Por suerte, mi habitación está vacía. Sam y Cloe aún están desayunando.

Mejor así.

Me echo en la cama y tomo el celular para ver si tengo algún mensaje o alguna llamada.

Tengo una de Nash.

Quién sabe qué querrá decirme. Lo llamo con FaceTime y él contesta enseguida. Es extraño ver su cara después de tanto tiempo. Echaba de menos sus preciosos ojos azules.

—Hola. ¿Por qué me has llamado? ¿Va todo bien? —pregunto apenas inicia la videollamada.

—Hola, Cris, sí. Sólo quería saber cómo va todo.

Noto enseguida que está preocupado e imagino también el motivo.

—Sé todo sobre Sam —digo.

Permanece en silencio unos segundos.

—Lo siento. Te lo habría dicho, pero no me parecía justo que te enteraras por mí.

—Por desgracia, tampoco me lo dijo ella.

—¿Quién entonces?

—Susan.

—Pero ¿por qué ha de entrometerse siempre en los asuntos de los demás?

—Hizo bien, al menos por una vez. Estoy segura de que Sam jamás me lo habría confesado.

—Le asustaba tu reacción —me explica—. Lo siento mucho, Cris. Creo que deben hablar. ¿Cómo se lo tomó ella cuando le dijiste que lo sabías?

—Se enojó y se marchó sin darme ninguna explicación.

—¿Qué piensas hacer? ¿Vas a perdonarla?

—No lo sé, Nash.

—Es tu amiga, Cris. Deberías hablar con ella y aclarar las cosas.

—Se supone que ella también era mi amiga, y, sin embargo, no tuvo el menor problema en contar mis asuntos a Lexy, Lindsay y Susan. ¡Así que me pregunto por qué debo ser yo la que se comporte como una buena amiga y la perdone!

—¡¿Qué es lo que ha hecho Sam?! —pregunta Cam desde la puerta.

Oh, no.

—Cam… —digo bajando de la cama y poniéndome en pie para poder mirarlo a los ojos mientras hablo con él.

—Responde —dice Cam.

—Me enteré de que Sam contaba a Lexy, Susan y Lindsay las cosas que yo le confiaba —admito.

—¿Qué? —pregunta acercándose a mí—. ¿Por qué no me lo dijiste? ¿Cuándo pensabas hacerlo? —añade alzando la voz.

Odio cuando lo hace. Me hace sentir terriblemente culpable.

—Cris, voy a colgar —dice Nash en el celular.

—¡Vete al diablo, Nash! —exclama Cameron saliendo de la habitación.

—¡Cam, deberías tranquilizarte y pensártelo dos veces antes de enojarte conmigo! Lo siento, Cris —dice Nash antes de colgar.

Salgo corriendo de la habitación para tratar de detener a Cam.

—No, Cris, vete.

—Cam, por favor, no pienso marcharme —replico acercándome más a él.

Calla. Preferiría que dijera algo.

—Habla, te lo ruego —digo poniéndome a su lado.

Resopla y ni siquiera se vuelve a mirarme. Se queda inmóvil mirando fijamente algo.

—¿Desde cuándo lo sabes? ¿Quién te lo dijo? ¿Qué sabes exactamente?

Quizá hubiera sido mejor que siguiera callado.

—Susan sólo me dijo que Sam era una de las fuentes del periódico y que pasaba toda la información a ellas tres. Me lo contó durante el viaje en avión —admito.

No dice una palabra.

—Lo siento muchísimo, Cam. No debería habértelo ocultado, lo sé. Pero me daba miedo cómo reaccionarías con Sam. Sabía que te enfadarías con ella y no quería verla sufrir.

—¿Ni siquiera después de lo que te ha hecho? —pregunta sorprendido.

—No. No sé por qué lo hizo, pero esto no debe afectar a vuestra relación, y, además, a pesar de que estoy enfadada con ella, estoy convencida de que tenía un motivo válido para hacerlo. —No creo que lo hiciera por su propia voluntad, quizá Susan la chantajeó, no me sorprendería, o quizá hay otra razón que no alcanzo a imaginar.

—¿Cómo lo consigues? —pregunta Cam.

—¿A qué te refieres?

—¿Cómo consigues ser tan buena? ¿Cómo es posible que no estés furiosa por su comportamiento?

—Sigo creyendo en ella —respondo y él deja de mirarme.

—¿Susan no te dijo nada más? Hablo en general, no sólo sobre Sam.

—No, sólo eso —respondo, y él vuelve a desviar la mirada.

Es increíble que no me esté gritando y que mi presencia no lo irrite.

Su celular suena.

—Sí —responde en tono duro—. ¿Qué? —pregunta preocupado—. Voy —cuelga y se marcha.

—¿Adónde vas? Aún no hemos acabado de hablar —digo a la vez que lo sigo.

—No, Cris, ahora no tengo ganas de seguir hablando contigo.

Me quedo parada, mirándolo mientras sube la escalera. Entro de nuevo en mi habitación, pero no puedo aceptar que Cam no me diga lo que piensa de esta situación.

Así pues, decido ir a la suya. Subo al cuarto piso y al llegar a la puerta oigo su voz y la de Cloe en el interior.

Doy un paso para escuchar lo que están diciendo, pero algo en mi interior me recomienda que no lo haga, porque me puedo meter en un buen lío.

No. Quiero oírlos.

Me acerco y pego la oreja a la puerta para espiar.

—¡Te aseguro que fue ella! —dice Cloe.

—Y ahora, ¿qué piensas hacer? —pregunta Cam.

Pero ¿de qué están hablando?

—Voy a llevar las pruebas a la policía. Me parece obvio, no puede haber hecho daño a mi hermana y salir como si nada.

De nuevo la historia de Carly. Quizá han averiguado quién la mató.

—Enséñamelas.

—Aquí tienes, es su coche. La matrícula y el color fucsia. Fue ella, Cam —insiste Cloe.

Dios mío, están hablando de Susan, están convencidos de que ella mató a Carly.

—Cris —oigo una voz y cuando me vuelvo veo a Sam y a Austin.

¿Y ahora qué les digo?

—¿Qué haces aquí? —pregunta Austin.

¿Y él por qué está aquí con Sam? ¿Cameron y él no se odiaban?

—Yo… sólo estaba…

La puerta de la habitación de Cam se abre. Cameron y Cloe palidecen al verme.

—¡¿Cris?! —exclama él.

—Pasaba por aquí y me encontré con Austin y con Sam.

—¿Has oído algo? —pregunta Cloe inquieta.

—He oído lo del coche. —No tengo la menor intención de mentir. Estoy harta de tantas mentiras.

—Espero que no lo hayas hecho de verdad —dice Cameron riéndose.

—¿A qué te refieres? —Me siento confusa.

—Espero que no nos hayas espiado pegando la oreja a la puerta. Por una vez, ¿puedes dejar de meterte en los asuntos de los demás, Cris? ¿Por qué no dejas de entrometerte en asuntos que no te conciernen?

—No le hables así.

—Miller, calla y entra —dice Cameron haciéndose a un lado para dejar entrar a Austin en la habitación.

—No puedes tratarla de esa forma, Dallas —repite él mirándolo a los ojos antes de entrar.

Cameron desvía la mirada y vuelve a posarla en mí.

—¿Desde cuándo son amigos ustedes dos? —pregunto.

—Eso no es asunto tuyo, Cris.

—Deja de decir que no es asunto mío, Cameron. Deja de excluirme de lo que haces, porque no lo aguanto más. Y deja de decir que quieres que sea sincera contigo cuando el único que miente, también ahora, eres tú. Quiero saber de qué tienen que hablar.

—Deberías decírselo, Cam —tercia Sam.

¿Por qué Cameron no parece mínimamente enojado con ella? ¿Han hablado ya o no?

—Cállate, Sam. Y tú, Cris, por favor, no agraves la situación. Necesito que confíes y que hoy no te acerques a mí —replica mirándome a los ojos.

—Si no quieres decirme nada, lo acepto. Haz lo que te parezca. Pero luego no vengas a buscarme, porque esta vez no te recibiré con los brazos abiertos como siempre. —Sostengo su mirada para que comprenda que estoy hablando en serio.

—¡Y tendrías razón! —comenta Austin ganándose una mirada fulminante de Cameron.

—Sé que ahora todo te parece absurdo y que tienes la impresión de que estamos confabulando contra ti, Cris, pero no es así, debes creerme —tercia Cloe.

No le contesto. Lo único que quiero hacer es marcharme.

—Pequeña, escúchame, te lo ruego. Antes de contártelo quiero estar seguro de saberlo todo. La verdad saldrá a la luz. Sólo te pido que confíes en mí —dice Cameron sujetando mi cara entre sus manos.

—Mi paciencia tiene un límite —replico apartándome de él.

—Lo sé, pero resiste. Casi hemos llegado a la meta. Hablaremos esta noche, ¿de acuerdo?

No quiero que se vuelva a salir con la suya, así que lo dejo con la duda.

—Me lo pensaré —respondo antes de marcharme.

33

Ésta será nuestra última noche en Londres. Los días han pasado más deprisa de lo que me imaginaba.

Los últimos dos los he pasado en compañía de Trevor, Lindsay y Taylor, tratando de evitar a Cameron y a los demás, sobre todo después de que anoche Austin me confiara que él, Cam, Sam y Cloe han sellado una especie de pacto para averiguar qué fue lo que realmente sucedió la noche en que Carly fue atropellada. Todos están convencidos de que no fue un accidente y sospechan que Susan fue la responsable.

Austin no me ha querido contar nada más. Me ha dicho que el resto me lo dirá Cameron, si quiere. Sin embargo, mi novio, que debería ser más sincero conmigo que nadie, no me ha dicho una palabra sobre todo esto.

Me siento ofendida y estoy enfadada con él, y también con Sam y con Cloe. ¡Me siento burlada, traicionada, y esta vez no pienso hacer como si nada!

Intento concentrarme en la maleta, porque quiero acabar de hacerla antes de cenar. Mañana tenemos que dejar de la habitación antes de las diez.

Mi celular suena y en la pantalla aparece "Mamá". Al responder noto que tiene una voz extraña. Está llorando.

—¿Qué pasa, mamá?

—Cris..., yo... Sólo queríamos protegerla. —Solloza.

—¿Qué ha pasado, mamá? —pregunto poniéndome en pie y caminando de un lado a otro de la habitación presa del pánico.

—Este... —dice, y apenas pronuncia las palabras sucesivas dejo de oírla, sólo logro percibir el ruido que hace el teléfono mientras resbala de mi mano y cae al suelo. Me agacho aterrorizada. No puedo creer lo que acaba de decirme.

Oigo que mi madre sigue hablando, pero estoy demasiado alterada para recuperar el celular.

—¡Cris! —Cameron llama a la puerta de mi habitación—. Abre, pequeña. Necesito hablar contigo.

No sé dónde encuentro la fuerza suficiente para retomar la conversación con mi madre.

—¿Cuándo desapareció?

Las dos estamos llorando.

—Hace dos días. Hemos llamado a la policía, pero aún no han descubierto nada. Siento no habértelo dicho hasta ahora, Cris; estás a miles de kilómetros de aquí y pensábamos que la encontraríamos enseguida. Pero han pasado dos días y ya no sabemos qué pensar.

—La policía la encontrará, mamá. Estoy segura de que Kate está bien y de que regresará a casa muy pronto. Mañana vuelvo y haremos todo lo posible. Ahora traten de estar tranquilos y llámenme si hay alguna novedad.

—Está bien, cariño. Luego hablamos. Te quiero mucho. —Cuelga.

—¡Abre, Cris! —Cameron sigue aporreando la puerta.

—¡Vete, Cam! —grito hecha un mar de lágrimas. No tengo ganas de ver a nadie, aún menos a él.

—Pero estás llorando. ¿Qué demonios ha sucedido?

Inspiro hondo tratando de calmarme, pero no lo consigo. Cam agarra el picaporte y empieza a tirar de él hacia arriba y hacia abajo para forzarlo.

—Tiraré la puerta abajo si no me dejas entrar, Cris.

Al final cedo y le abro.

Cuando veo sus ojos profundos siento un agujero en el estómago y comprendo que en este momento es la única persona que puede consolarme. Necesito que esté conmigo y que me anime, como ha hecho siempre.

Me arrojo entre sus brazos llorando desconsoladamente.

—Shhh —me susurra al oído al mismo tiempo que me acaricia la espalda—. Lo siento, he sido un cretino.

—Tú no tienes ninguna culpa —logro musitar. Trato de desasirme de su abrazo, pero él me estrecha aún más fuerte.

—No te preocupes, ahora estoy contigo. ¿Ok? Todo va bien.

No puede ir todo bien. No mientras yo esté en Londres a la vez que mi familia se desespera en Miami.

—¿Qué ha pasado? —pregunta limpiándome las lágrimas.

—Kate… —respiro hondo.

—¿Qué ha hecho?

—Ha desaparecido. Hace dos días. No la encuentran por ninguna parte. La policía la está buscando, pero por el momento no saben nada —digo de un tirón.

—¡¿Qué?!

—Sí, Cam, me acabo de enterar. No sé qué pensar. A saber dónde estará en este momento, qué estará haciendo. ¿Y si la han secuestrado? —Mil preguntas se suceden en mi cabeza confundiéndome aún más.

—Tranquila, la encontrarán. Probablemente no sirva para nada, pero ¿has intentado llamarla? Ten, usa mi celular.

Lo tomo y marco el número de Kate. Después de cuatro intentos, la misma voz fastidiosa repite por quinta vez que deje un mensaje después de la señal acústica.

—Nada.

—Ánimo, Cris. Estoy seguro de que todo irá bien. Ya verás como sólo es una travesura de adolescente. —Se acerca a mí para besarme, pero yo me vuelvo para esquivarlo. Aún me duele lo que hizo.

Vuelvo a llamar, pero la voz de siempre me dice que deje un mensaje. Lo hago.

—Kate, por favor, contesta. Sólo quiero saber si estás bien, si estás con alguien. Me basta con eso, te lo ruego. Te juro que apenas vuelva a Miami te buscaré por todas partes hasta que te encuentre —y cuelgo.

Cam se aproxima a mí para estrecharme en uno de esos abrazos que sólo él sabe dar. Cierro los ojos unos segundos.

Mi celular vibra y lo saco del bolsillo de los *jeans*.

—¡Dios mío, es un mensaje de Kate! —digo mientras mis ojos se llenan de lágrimas.

"Estoy bien, no te preocupes. Te quiero mucho".

Esbozo una sonrisa. No imaginaba que me respondería tan deprisa.

—¿Has visto? ¿Qué te dije? Está bien. Tranquilízate.

"Por favor, Kate, vuelve a casa. Todos están preocupados por ti", le respondo.

Cameron y yo permanecemos en silencio unos instantes con la esperanza de que llegue otro mensaje, cosa que no sucede.

—Volverá a casa por su propio pie.

—Eso espero.

Tengo que decírselo enseguida a mis padres. Imagino lo desesperados que habrán estado estos días.

Llamo a mi madre y le digo que he recibido un mensaje de Kate. Parece aliviada, aunque no se tranquilizará del todo hasta que no pueda volver a abrazarla y ver con sus propios ojos que está bien. Me seco las lágrimas y Cam me ayuda a meter las últimas cosas en la maleta. Dadas las circunstancias, estoy deseando partir para unirme lo antes posible a la búsqueda de mi hermana.

—¿Aún estás enfadada conmigo? —pregunta de buenas a primeras Cam cambiando de tema.

—No tengo ganas de hablar de eso ahora, Cameron. Perdona, pero tengo otras cosas en la cabeza.

—Sí, pero Kate te ha contestado y te ha dicho que está bien, por el momento no puedes hacer nada más.

—Mi hermana ha desaparecido y yo estoy angustiada, en otro continente, a miles de kilómetros de distancia de mi familia. ¿De verdad crees que puedo tener ganas de pensar en su estúpido plan y en las idioteces que me están ocultando?

—Espera un momento, ¿nuestro plan? —pregunta Cameron sorprendido.

—Sí, Cameron. Sé que tienen un plan. Pruebas para acorralar a Susan y demostrar que la muerte de Carly no fue un accidente —digo mirándolo.

Calla unos segundos sosteniendo mi mirada, como si estuviera intentando comprender si miento o no.

—Es evidente dónde estaba Miller anoche. Contándote lo que estamos haciendo. Qué imbécil —dice moviendo la cabeza.

—No, Cameron. Austin ha sido el único sincero. No puedes evitar que me entere de lo que tú y otros me están ocultando, lo sabes. Así que, si fueras inteligente, me lo contarías todo.

Calla sin siquiera mirarme.

—Escucha, Cris —parece bastante nervioso—. Si te oculto la historia de Carly es por un motivo preciso, sabes de sobra que jamás haría nada que pudiera herirte, igual que Sam.

—¿Qué tiene que ver Sam con todo esto?

—Bueno, le pedí que hiciera algo por mí. Le pedí que se hiciera amiga de Susan para poder averiguar lo que ocurrió esa noche.

—¿Por qué justo Susan?

—Estaba con Carly.

—¿Y tú cómo lo sabes?

—Eso no importa. Lo sé y basta —dice desviando la mirada.

¡Ya estamos otra vez! Es típico de Cameron decirme la verdad sólo hasta cierto punto. Muevo la cabeza irritada.

—Cris, te he dicho un montón de veces que tengo miedo. Miedo a perderte para siempre a causa de mis errores.

—Y yo te he dicho que no te juzgo por lo que hiciste en el pasado.

—No me refiero sólo al pasado, sino también al presente.

—¿Qué? ¿Ahora resulta que tú también formas parte de un plan maléfico, como Matt? —pregunto en tono irónico—. En cualquier caso, has de saber que no pienso dejar que te salgas con la tuya esta vez. No te perdonaré como he hecho siempre. Tendrás que pelear para ganarte de nuevo mi confianza.

Sonríe y me mira.

—Está bien, lucharé para reconquistarte —susurra.

34

Por fin nos disponemos a subir al avión que nos llevará de vuelta a Miami. La llegada está prevista para primera hora de la tarde.

He pasado la noche sin pegar ojo tratando de volver a ponerme en contacto con Kate sin obtener respuesta. A saber dónde está. Tengo la impresión de estar viviendo una pesadilla.

Mi asiento es el 37A, al lado de la ventanilla. Me acomodo y me abrocho el cinturón de seguridad.

Sólo espero que no me toque sentarme otra vez al lado de Susan, porque estoy muy cansada y no sé si podría soportarla.

—¡Cris! —Me vuelvo y veo a Austin—. ¡Por lo visto pasaremos juntos las próximas nueve horas! —Se ríe a la vez que se acomoda a mi lado.

¡Fantástico! No habría sido mi primera elección, pero en cualquier caso siempre es mejor que Susan.

—¡No, basta, otra vez no! —Retiro lo dicho—. Pero ¿lo hacen adrede? —resopla Susan exasperada.

—¿Te sientas aquí? —pregunto.

—37C. Sí.

—¿Estás segura? Por favor, dime que has oído mal.

—No estoy sorda, Evans —dice sentándose al lado de Austin.

—Susan, te lo ruego, te pido una tregua. En las próximas nueve horas no tengo ningunas ganas de oír tus insultos, así que cállate, por favor.

—No eres quien para decirme lo que debo hacer, Evans. Me callaré si me da la gana.

—Eh, eh, calma. A ver si tenemos un viaje tranquilo, ¿ok? No hace ninguna falta que se hablen.

—Perdona, Austin, tienes razón —digo apoyándome en el respaldo para relajarme.

Estoy exhausta. Me pongo los auriculares y, mecida por la dulce melodía de *What Are You Finding* de Jason Walker, al cabo de unos minutos consigo dormirme, ignorando la voz irritante de Susan.

Me despierto ocho horas más tarde. El avión ha empezado a descender hacia Miami.

Apenas salgo de él me doy cuenta de lo mucho que he echado de menos el sol de Florida. Después del frío gélido de Londres, la calidez con que acaricia mi piel me da la bienvenida a casa.

Me uno a los chicos, que se han agrupado para charlar.

—¡No es posible! Mañana no iré —dice Cloe resoplando.

—¿Qué ha pasado? —pregunto.

—Por lo visto los profes no han anulado los exámenes de Matemáticas y Literatura que estaban previstos para mañana. Tendremos que pasar el resto de la tarde estudiando.

—¿Qué? ¡Qué ganas de molestar! —comenta Sam acercándose a nosotros.

Lo único que deseo en este momento es ir a casa y abrazar a mi madre. Pero, sobre todo, encontrar a Kate, esté donde esté.

Miro alrededor, pero no veo a mis padres. Saco el celular del bolso para llamarlos.

—¡Bienvenida, Cris! Tus padres me han pedido que te lleve a casa.

Me volteo.

—Gracias, señora Dallas.

Cam me toma la maleta de la mano y la lleva hasta el coche, después la pone en la cajuela. Debe de haber decidido respetar mi silencio hasta que encontremos a Kate. Se lo agradezco.

Una vez a bordo tomo mi celular y lo miro otra vez para ver si he recibido mensajes o llamadas, pero no hay nada. Intento llamar a Kate por enésima vez.

Como era de esperar, no me responde.

Sam entra en el coche y la señora Dallas arranca.

De repente, oigo que vibra el celular y desbloqueo de inmediato la pantalla. Es Hayes.

"Sé dónde está Kate. Ven al instituto en cuanto puedas, a mi habitación".

¡Dios mío!

—¿Va todo bien? —pregunta Cameron al ver la expresión alterada de mi cara.

No puedo creer que Hayes haya ocultado algo así. ¿Por qué no lo dijo enseguida?

—¿Cris? —insiste Cameron apoyando una mano en mi hombro.

Lo único que consigo hacer es enseñarle el celular para que pueda leer el mensaje.

—Pero ¿qué demonios…?

—Yo… no sé qué decir. —Aún estoy confundida.

—Vamos directamente a nuestra casa —dice Cameron a sus padres.

—¿No tenemos que dejar antes a Cris? —pregunta el señor Dallas.

—No.

—¿Qué ha pasado, Cris? —Sam me mira preocupada.

—Puede que sepa dónde está Kate —susurro.

—Cameron, deberíamos dejarla en su casa. Sus padres la están esperando —insiste el señor Dallas.

—¡No! ¡Vamos directamente a nuestra casa!

—No me hables así. Llevaremos a Cris a su casa, tanto si te gusta como si no.

—Da igual, Cam. Puedo ocuparme de esto sola —le digo para tranquilizarlo.

De hecho, no necesito su ayuda para ir al instituto.

Al cabo de diez minutos estamos delante de mi casa. Cruzo el jardín a buen paso y llamo a la puerta.

Mi padre la abre. Sin decir una palabra, nos miramos y nos estrechamos en un abrazo.

Detrás veo a mi madre. Está pálida y tiene cara de cansancio, los ojos rodeados de unas profundas ojeras. Me arrojo en sus brazos sin poder contener las lágrimas por más tiempo.

Nuestra familia está incompleta sin Kate. No puedo perder más tiempo; respiro hondo y hago un esfuerzo para liberarme del abrazo consolador de mi madre.

—Perdonen, tengo que marcharme, he olvidado una cosa en el coche de Cameron. Vuelvo enseguida.

Arrastro la maleta hasta mi habitación y salgo de nuevo.

El sonido de un claxon llama mi atención. Apenas me vuelvo veo a Cameron haciendo un ademán para que me acerque.

Me aproximo a la ventanilla.

—¿Qué quieres?

—Llevarte —sonríe—. Tardaremos menos si vienes conmigo.

Reflexiono un instante y al final acepto, porque un simple segundo puede cambiar por completo la situación.

Cam aprieta el acelerador y en un abrir y cerrar de ojos estamos delante del instituto.

Llamo a Hayes para saber cuál es su habitación.

—Apuesto a que está aquí con él —dice Cameron.

Hayes no responde y eso me inquieta. ¿Y si hubiera cambiado de idea? ¿Y si hubiera decidido no decirme nada porque Kate se lo ha pedido? Cuelgo y vuelvo a intentarlo.

—Si no hubiera cambiado de habitación cuando su familia se trasladó sabría dónde está —observa Cameron enojado.

—¡Hayes! —digo cuando me responde.

—Cris.

—¿Cuál es el número de tu habitación? Estamos en el vestíbulo —digo.

—Trescientos cinco.

Subimos al tercer piso y miramos los números de las habitaciones hasta encontrarla.

Golpeo la puerta.

—¡Abre, Hayes! —Estoy nerviosísima. Si no abre de inmediato soy capaz de tirarla abajo.

Cameron apoya una mano en mi hombro.

—Tranquila, pequeña. Así la romperás.

Me paro y respiro.

Hayes abre la puerta. Me precipito dentro mirando alrededor, buscando a Kate, pero no la veo.

—¿Dónde está? —lo miro desesperada.

—Debería…

Antes de que concluya la frase, Kate sale del baño y abre los ojos de par en par. Es evidente que no esperaba verme aquí.

—¡Kate! —Corro hacia ella y la abrazo con los ojos llenos de lágrimas.

¿Cómo es posible que no se me ocurriera que éste sería el primer lugar en que se escondería?

—¿A qué viene todo esto? —pregunto mirándola a los ojos.

—Tenía buenos motivos para marcharme, Cris —dice ella en tono serio.

Me alegro mucho de que esté bien, pero al mismo tiempo siento deseos de estrangularla. No puede imaginarse el lío en que se ha metido.

—¿Cómo es posible que no la encontraran aquí? —pregunta Cameron a Hayes.

Él se acerca a nosotros y nos explica:

—Se escondió en la bodega del gimnasio. Allí nunca va nadie.

Cameron y yo nos miramos. Recuerdo a la perfección la bodega y lo que sucedió en él, y por la sonrisa de Cameron comprendo que él también se acuerda.

—Cuéntame qué ha pasado, Kate.

La sonrisa se desvanece de su cara y baja la mirada. Hayes hace lo mismo.

—No quiero hablar de eso.

—Pero tienes que hacerlo. No puedes pretender que haga como si nada. Quiero saber qué ha ocurrido.

Calla.

Cameron me mira y me pide con un ademán que mantenga la calma. Pero ¿cómo puedo hacerlo? Kate se escapó de casa, mis padres aún están preocupados, y yo no tengo la menor intención de mentir esta vez.

—Kate, habla —insisto.

Ella sacude la cabeza sin siquiera mirarme.

—Kate, tu hermana ha estado muy preocupada por ti estos días. Supongo que la quieres, ¿verdad? Entonces hazlo al menos por ella. Dile lo que ha pasado —la anima

Cameron— si no se lo cuentas se enfadará aún más y puede que vaya a decirle a tus padres dónde estás. Además, no volverá a confiar en ti —prosigue mirándome.

Desvío la mirada. No creo que su discurso tenga como única destinataria mi hermana.

—¿Por qué tengo la impresión de que no estás hablando de mí? —pregunta Kate mirándonos alternativamente a los dos.

—¡Kate! —digo alzando la voz.

Odio cuando intenta cambiar de tema para desviar la atención.

Cam apoya una mano en mi hombro.

—Hazlo por tu hermana.

—Ese es el problema, mi hermana —dice Kate levantándose de la cama y enfatizando la palabra "hermana".

—¿De qué estás hablando? —pregunto.

Camina de un lado a otro de la habitación sin decir una palabra. Después respira hondo.

—El día que te marchaste papá y mamá se volvieron a pelear. Acababa de volver del instituto y al pasar por delante del estudio de papá para ir a mi habitación oí que estaban discutiendo. La puerta estaba semi abierta, sin duda pensaban que aún no había vuelto a casa. Me acerqué y los espié. Hablaban de algo que, según papá, deberían haberme dicho hace mucho tiempo, pero mamá no estaba de acuerdo. No lograba comprender el sentido de su discusión hasta que una frase me partió el corazón.

Calla unos segundos y se limpia la lágrima que resbala por su cara.

—¿Qué frase, Kate?

Cameron me rodea los hombros con el brazo con aire protector al notar mi agitación.

—"Kate tiene derecho a saber la verdad. Tenemos que decirle que es adoptada". Cris, tú y yo no somos hermanas —dice estallando en sollozos.

No lo puedo creer.

35

Qué? ¡No es posible!

No puedo creer que Kate sea adoptada. Debe ser un error.

—Cris, estoy segura de lo que oí. No hay la menor duda. —Rompe a llorar y me acerco a ella para abrazarla.

Si es cierto, ¿cómo es posible que nuestros padres lo hayan ocultado todo este tiempo? Además, recuerdo con bastante claridad a mi madre embarazada. Por otra parte, Kate y yo nos parecemos mucho.

—Algo no encaja, Kate. Hay fotos de mamá embarazada de ti, y, aunque entonces era muy pequeña, te recuerdo recién nacida. Deben explicárnoslo. Tenemos que saber qué pasó. Es probable que lo entendieras mal.

—No, Cris, lo entendí perfectamente. Sea como sea, no quiero volver a esa casa —replica sentándose en la cama.

—De eso nada, tú vienes conmigo. ¡Tienes que enfrentarte a la situación, no puedes seguir escapando!

Mi hermana cruza los brazos sobre el pecho y desvía la mirada.

—Kate… —insisto.

—No volveré a casa de esos dos.

—"Esos dos" son y serán siempre tus padres, sea lo que sea lo que descubramos. Te quieren, Kate, y darían la vida por ti, lo sabes. Intenta imaginar cómo se sienten en este momento. Están desesperados.

Mis palabras deben haber dado en el blanco. Kate cambia de expresión. Resopla y baja de la cama para salir de la habitación. Veo que Cameron sonríe.

—¿Qué pasa? —le pregunto intrigada.

—Nada… —dice encogiéndose de hombros—, eres hábil.

—Gracias por todo, Hayes. No sé cómo agradecértelo, de verdad —digo acercándome a él.

—No debes agradecérmelo a mí, sino a Nash, que me aconsejó que te avisara. Por lo visto, siempre tiene razón —admite sonriendo.

En el coche me siento en la parte de atrás, al lado de Kate. Ella me toma la mano. Está muy preocupada.

—Tranquila. Todo irá bien —la animo.

Asiente bajando la mirada y apretándome la mano.

Puedo imaginar lo que pasa por su mente en este momento.

Si al final resulta que Kate no es mi hermana, no cambiará nada. En estos dos días he tenido tanto miedo de perderla que nada me parece más importante que haberla encontrado sana y salva. Nada podrá dañar el estrecho vínculo que nos une. Somos y seremos siempre hermanas.

Al llegar delante de nuestra casa, mientras Kate llama a la puerta, me acerco a Cameron para darle las gracias por la ventanilla.

—¿Gracias por qué? Cris, haría lo que fuera por ti.

Estas simples palabras bastan para que mi corazón empiece a latir a mil por hora.

—Puede que no sea el momento más adecuado para preguntártelo, pero ¿quieres que mañana pase a recogerte para ir al instituto?

—Por supuesto, gracias.

—Genial. Es decir, está bien. En ese caso, hasta mañana.

—Hasta mañana.

—Trata de no perder la calma. —Me guiña un ojo y arranca.

—Lo intentaré.

Al llegar a la puerta de casa oigo llorar a mis padres.

—Kate, por favor —dice mi madre.

—No —responde ella.

—¿Qué sucede? —pregunto al entrar.

—Kate no quiere acercarse a nosotros. ¡No entendemos por qué! —solloza mi madre abrazada a mi padre.

—¿No entienden por qué? —No pueden fingir que desconocen el motivo de la fuga.

—No, Cris, no logramos entenderlo —contesta mi padre sacudiendo la cabeza.

—Kate, ¿me explicas qué ha sucedido? —le implora mi madre.

—Sé todo —responde ella—. Sé que me adoptaron y por eso escapé. El día en que Cris se marchó hablaron en el estudio. Oí todo. Así que la verdad es que siempre he vivido con una familia que no era la mía —dice Kate con la cara surcada por las lágrimas.

El silencio que se instala en la habitación lo prueba. Kate fue adoptada.

—Hablen —digo dirigiéndome a mis padres.

—¿Qué se supone que debemos decir? No quería que lo descubrieran así —dice mi padre.

—¿Cuál es la verdad? ¿Por qué recuerdo a mamá embarazada de Kate?

Quiero una respuesta clara a todas las preguntas que bullen en mi cabeza.

—Es una larga historia —responde mi padre.

—Me gustaría saberla —dice Kate.

—Está bien, es justo. —Mi madre se limpia las lágrimas y se sienta—. Después de que nacieras, Cris, empecé a tener problemas de salud. No obstante, tu padre y yo queríamos tener otro hijo como fuera, de manera que lo intentamos, a pesar de las advertencias de los médicos. Quedé embarazada por segunda vez, por eso te acuerdas de mí con la barriga. Sin embargo, en el séptimo mes se produjeron ciertas complicaciones. De esto no te puedes acordar, entre otras cosas, porque pedí a la tía Liz que te tuviera en su casa hasta que me encontrara mejor. La situación no parecía mejorar y la niña murió poco después del parto. No pueden imaginar qué periodo pasamos su padre y yo. Deseábamos mucho tener otro hijo —dice llorando.

—Su madre estaba realmente destrozada, creía que no volvería a ser capaz de seguir adelante con su vida. Hasta que un día un compañero de trabajo me contó que una familia había sufrido un accidente de tráfico terrible. Todos habían muerto salvo la hija de pocos meses. Se lo conté enseguida a tu madre, que, al verte, Kate, se enamoró perdidamente de ti y volvió a sonreír después de lo que a mí me había parecido una eternidad.

Durante toda la explicación, Kate se limita a mirar hacia un punto fijo delante de ella.

—Kate, aunque no eres mi hija natural, siempre te he querido como si lo fueras. Y seguiré haciéndolo —mi madre tiene la voz quebrada por la emoción.

—No sé qué decir —responde Kate volviéndose para marcharse, pero mi madre se lo impide.

—Tómate todo el tiempo que quieras y perdóname por habértelo ocultado. Ahora comprendo que me equivoqué. Tu padre habría querido decírtelo hace tiempo, pero yo me negaba, tenía miedo de herirte. Creía que lo hacía por tu bien y que con eso te protegía. Pídenos todas las explicaciones que quieras, te las daremos, pero debes saber que te queremos con locura. Tú y Cris son nuestra razón de ser —dice mi madre.

Kate asiente con la cabeza y corre a su habitación.

36

El despertador suena, haciendo que empiece el día del peor modo posible.

¡Debería existir una especie de regla que obligara a los estudiantes a quedarse en casa una semana entera después de un viaje escolar!

Salgo de la cama y abro el clóset para decidir qué voy a ponerme. Miro la ropa colgada recordando la conversación que tuve anoche con Trevor.

Después de haber llevado a Kate de nuevo a casa lo único que deseaba era desahogarme con un buen amigo.

Como era de esperar, él no se negó; al contrario, me dio varios consejos sobre la manera en que debo comportarme con Kate y también con Cameron. Cree que con Cam debería mostrar cierta frialdad para que comprenda que no puede disponer de mí cuando quiere y que debe reconquistar mi confianza. Además, me confesó que él y Sam son oficialmente novios. Ella le parece maravillosa

273

y piensa que se merece una segunda oportunidad. Será extraño verlos juntos.

El claxon del coche de Cameron me advierte de que voy retrasada.

Me arreglo lo más rápidamente que puedo y salgo de casa.

—¿Cómo está Kate? —pregunta apenas subo al coche.

Mi madre me ha dicho que ha estado encerrada en su habitación toda la noche y que sólo ha salido para coger algo de comer y de beber.

—Fatal. No quiere salir de su habitación —digo.

—Se le pasará. Comprenderá que tus padres sólo actuaron así por su bien. Quizá se equivocaron, pero lo hicieron de buena fe.

—Eso espero —digo tomando el celular para ver la hora.

—¿Estás preparada para los exámenes de hoy? —pregunta bromeando.

—Con todo lo que ha sucedido no he tenido tiempo de estudiar.

—Te dejaré copiar —se voltea hacia mí y me guiña un ojo.

—Si esperas arreglar las cosas de esta forma te equivocas completamente.

—Tarde o temprano tendrás que perdonarme. No puedes vivir mucho tiempo sin mí.

—Hay que ver lo seguro que estás de ti mismo. Pero esta vez es distinto, Cameron —respondo con aire de desafío.

Él para el coche y me mira a los ojos.

—Creo que esta vez es idéntica a las demás. Tú y yo que discutimos por la historia de Carly, tú y yo que hacemos las paces porque nos queremos. Punto final.

—Vamos a llegar tarde a clase —digo alargando la mano para abrir la puerta.

—Me da igual —dice Cam bajando el seguro—. Te necesito, Cris —susurra acariciándome la mejilla.

Se inclina lentamente hacia mí. No puedo permitírselo.

—Cameron, no —digo casi pegada a sus labios.

—Sé que quieres —insiste.

—Quiero, pero no puedo.

Se aparta y se reclina en el asiento.

—¿Tanto me odias?

—No te odio.

—Entonces, ¿por qué estás tan distante?

—No lo sé, es como si con el tiempo se hubieran ido acumulando demasiadas cosas. Esta vez prefiero esperar y estar segura de lo que queremos.

—Está bien, Cris, pero debes saber que no dejaré de intentarlo. Seguiré luchando hasta que te rindas —dice sonriendo.

"Vaya día que me espera", pienso mientras me bajo del coche.

—¡Estoy muy angustiada, Cris! —dice Cloe acercándose a mí apenas meto el pie en el salón.

—¿Por qué? —pregunto.

—¡Por el examen de hoy! ¡Me quedé dormida encima de los libros y no sé nada!

—¡Ah, yo renuncié de antemano! Pasé la tarde hablando por teléfono con Trevor —digo encogiéndome de hombros.

Cameron sacude la cabeza y va a sentarse en su sitio.

—¿Te has enterado de lo de Trevor y Sam? —pregunta Cloe.

—Sí.

—No se han despegado desde que llegaron —dice señalándomelos al fondo del salón—. En cualquier caso, nadie los supera a Cameron y a ti. —Me guiña un ojo.

—Ya no salimos juntos —digo.

—¿Qué? —Se queda petrificada, con los ojos muy abiertos—. ¿Y ese idiota no me lo ha dicho? Ésta me la va a pagar —promete dirigiéndose hacia él.

Me vuelvo a observar a Trevor y a Sam. Están tomados de la mano y no dejan de sonreírse. Cloe tiene razón, resultan empalagosos.

El profe entra en clase y yo corro a mi sitio.

—Gracias por haber hecho estallar a Cloe la Furia —dice Cameron apenas tomo asiento.

—Deberías habérselo dicho —replico.

—Se lo habría dicho. Solo quería asegurarme de que era oficial. ¿Lo es?

Me vuelvo hacia la pizarra sin responderle.

El profe reparte los exámenes y poco después me encuentro eligiendo respuestas al azar y garabateando en el folio. No sólo no he repasado nada, ni siquiera estoy de humor para concentrarme como debería en estas estúpidas preguntas de Literatura.

—Si quieres lo entrego yo —dice Cameron al pasar por mi pupitre cuando finaliza la hora, tendiéndome una mano. Le paso el examen y él se dirige hacia el escritorio del profesor mientras yo recojo mis cosas para ir a la siguiente clase.

También el examen de Matemáticas irá como debe ir... mal. Recibiré dos bonitos suspensos, pero en este momento me da igual, ya recuperaré en los próximos meses.

Las horas vuelan y, por suerte, comienza la última clase del día: Historia.

Al entrar a clase, el profesor nos dice a Susan y a mí que la directora nos está esperando.

¡Oh, no, el castigo!

Salimos del salón y vamos a su despacho de mala gana.

—Buenos días y bienvenidas —nos dice con aire serio a la vez que Susan y yo nos acomodamos en los sillones de su despacho—. Las dos saben por qué las he convocado, así que... —prosigue señalándonos una caja gigantesca que está a los pies del escritorio—, éstos son los folletos que deben repartir antes del fin de semana.

Espero que sea una broma.

—Pero ¡son muchísimos! —comento.

—Bueno, Evans, son dos y disponen de tres días a partir de hoy, sin contar el fin de semana. Estoy segura de que encontrarán el tiempo y la manera de llevar a cabo esta tarea.

Tras salir del despacho dejamos la caja en el suelo. Pesa como el plomo, debe de contener miles de folletos.

—No puedo creer que vaya a pasar tres tardes contigo —comenta Susan.

—Yo tampoco estoy dando saltos de alegría, te lo aseguro. Tenemos que encontrar la manera de resolver esto en un solo día.

—¡Eso es imposible! Son demasiados, nunca lo conseguiremos —replica ella.

—¿Y si pidiéramos ayuda?

Se me acaba de ocurrir una idea.

37

Cameron, Trevor, Austin, Taylor, Sam, Cloe y Jack nos ayudarán a terminar antes.

He conseguido convencerlos. La verdad es que no ha sido tan difícil.

Cameron se ofreció, mientras que los demás no tenían nada mejor que hacer y no me pareció que la idea de pasar la tarde repartiendo folletos les disgustase demasiado.

Las clases terminaron hace cinco minutos y estamos en el gimnasio, listos para dividirnos el trabajo.

—Yo repartiré los folletos con Jack —dice Cloe sonriendo.

—¡¿Repartir qué?! —exclama Taylor.

—¿No se lo dijeron? —Miro a los chicos.

—¿Decirme qué? —insiste Taylor.

No sé por qué, pero siempre es el último en enterarse.

—Pasaremos la tarde repartiendo folletos para hacer publicidad del instituto —explica Jack.

—¡¿Eeeh?! ¡Creía que iba a pasar el día en la playa con mis amigos, no haciendo de repartidor!

—Si nos ayudas, después iremos a la playa —dice Sam.

—Los odio. No sabía nada. Habría preferido quedarme en casa.

—Justo por eso no te lo dijimos, Tay. No habrías aceptado —admite Cam.

—Gracias, amigos.

—Odio tener que interrumpir sus intercambios de afecto, pero tenemos que movernos —dice Susan.

Todos miramos, pero no podemos más que darle la razón.

—Yo iré con Trevor —dice Sam.

Solo quedamos Susan, Cameron, Austin, Taylor y yo.

Quiero pasar una tarde tranquila, sin pensar en Carly, en relaciones que no funcionan y en ese tipo de cosas.

—Yo iré con Taylor —decido.

—Y yo con Cameron —dice Susan pegándose enseguida a él.

Cameron parece bastante contrariado por mi elección, pero no me importa.

—Entonces Austin tendrá que hacerlo solo —observa Trevor.

—No, puede unirse al grupo de Cris. No te molesta, ¿verdad? —pregunta Susan arqueando una ceja.

La odio. Obviamente, no puedo decir que no a Austin, porque es mi amigo.

—En absoluto —respondo con una sonrisa forzada.

—¡Bien! ¡En ese caso, manos a la obra! —dice Jack.

Me quedo un poco rezagada mientras los demás dividen los folletos en nueve montones.

—¿No te molesta que esté con Susan? —me pregunta Cameron—. En el grupo, quiero decir, bueno, ya me entiendes —dice agitado.

—No veo dónde está el problema. —En realidad, la situación me pone de nervios.

—Todo esto porque no quiero contarte una estúpida historia. ¿No crees que estás exagerando un poco?

No le contesto. No puedo confesarle que me muero de ganas de sentirlo de nuevo mío, de sentir sus labios en los míos, sus brazos rodeando mi cuerpo.

—Bien —dice risueño y se encamina hacia Susan.

Me duele verme obligada a estar lejos de él, pero a la vez me siento orgullosa de lo que estoy haciendo. Quiero estar con una persona sincera, que no me oculte nada. Hasta que Cam no sea así puede olvidarse de mí.

—Ten —Austin se acerca a mí y me da los folletos.

—Gracias.

—¡Vamos! No quiero pasarme toda la tarde repartiéndolos y perderme la playa —dice Taylor de forma que puedan oírlo todos.

—No te preocupes, Tay, tendremos tiempo de sobra para ir a la playa —dice Jack apoyando una mano en su hombro.

Salimos del gimnasio y nos dividimos las diversas zonas de la ciudad.

—Nos veremos a las seis delante del Forever 21, así tendremos también tiempo de hacer feliz a Taylor —dice Cameron irónico.

—Cosa que debería ser una de sus prioridades, dado que me trajeron hasta aquí engañado —comenta él.

—Vamos, Cam —dice Susan agarrándole un brazo.

—Por supuesto, Susan —contesta él mirándola—. Hasta luego —me saluda guiñándome un ojo. Cree que así me pondré celosa.

Taylor, Austin y yo nos dirigimos al centro.

Muchos transeúntes siguen su camino, ignorándonos por completo. ¿Qué les costará frenar el paso dos segundos para coger un estúpido folleto publicitario?

Al cabo de una hora decidimos hacer unos minutos de pausa para ver cómo vamos.

—¿Cuántos han repartido? —pregunto a los chicos apenas se sientan en un banco.

—No muchos —dice Austin.

—Yo casi todos, y he conseguido también el número de teléfono de una chica —comenta Taylor sonriendo.

—En ese caso no te importará repartir algunos de los nuestros —dice Austin.

Taylor asiente con la cabeza y nos descarga un poco a los dos.

Al final, el único que no quería venir es el que más se está divirtiendo.

Pero ¿cómo estarán yendo las cosas entre Cameron y Susan? ¿Se estarán divirtiendo?

—¿Qué tal? —me pregunta Austin.

—Bien.

—¿Quieres que los repartamos juntos? Quizá así acabemos antes. —Me tiende una mano para ayudarme a levantarme del banco.

—Sí —digo aceptándola.

Torpe como soy, al ponerme en pie pierdo el equilibrio y acabo a dos centímetros de él, mirando sus labios, hasta que una chica se acerca a nosotros.

Es Camila.

—¿Qué haces aquí, Austin? —le pregunta.

Nos separamos de inmediato, apurados.

—Estamos repartiendo folletos para hacer publicidad del instituto. ¿Quieres unos cuantos? —contesta él sonriéndole.

Ella asiente con la cabeza y me mira llena de ira.

—¿Vas a pasar toda la tarde con ella?

—No estoy solo con Cris. Los demás chicos han venido también y cuando acabemos con el reparto iremos a la playa.

—¿Quieres venir? —le pregunto esbozando una sonrisa.

No se me antoja que venga con nosotros, pero si debo aceptarlo para parecerle más simpática lo haré.

—No, gracias —luego añade, dirigiéndose de nuevo a él—: No tardes mucho. Nos prometiste a Alex y a mí que nos veríamos esta noche.

—Sí, hasta luego —dice Austin.

Austin y yo seguimos repartiendo folletos. La verdad es que jamás habría imaginado que me iba a divertir tanto.

Cuanto más pasa el tiempo, más me doy cuenta de que Austin es muy simpático y dulce.

—¡Vayan a verlo! Es maravilloso —digo dando los últimos folletos a un grupo de chicas.

Espero que los demás hayan terminado también de repartir los suyos, porque la compañía de Austin me hace pensar cosas extrañas.

—¿Ya acabaron? —pregunta Taylor.

—Sí, ¿y tú?

—Sí, y conseguí unos cuantos números de teléfono más.

Sacudo la cabeza con incredulidad y saco el celular del bolsillo de los pantalones para mirar la hora.

—Faltan quince minutos para las seis. Creo que es hora de ir al Forever 21 —afirmo.

—Austin, Cris, Taylor —dice Lindsay cuando nos encontramos a unos metros de la tienda—. Los estaba buscando.

—¿Qué ha pasado? —Espero que no sea nada preocupante.

—Debo decirles algo importante. He guardado silencio demasiado tiempo. Pero deben estar todos.

—Hemos quedado aquí con los demás para ir a la playa. ¿Quieres venir con nosotros? —pregunta Austin.

—De acuerdo.

Llegamos al Forever 21.

—¡Por fin! Han tardado mucho —dice Cloe.

—¿Qué haces con ellos? —pregunta Jack mirando a Lindsay.

—Quiere decirnos algo importante —explico.

—¿Es una impresión mía o falta alguien? —pregunta Taylor contándonos.

—Susan se fue a casa hace un rato. Tenía cosas que hacer —dice Cameron—. Vamos a la playa. —Parece nervioso y al pasar por mi lado me da un golpe en el hombro.

Todos los chicos lo siguen, salvo Trevor, que ha notado mi expresión de inquietud.

—Sólo está enfadado porque ha pasado la tarde con Susan y no contigo. Se le pasará —dice rodeándome los hombros con un brazo.

—Ojalá.

—¡Qué maravilla! —dice Sam apenas nos sentamos en la arena caliente.

—¡Está genial! Me gustaría que el tiempo siempre fuera así —comenta Jack.

—¿Y bien? ¿Qué querías decirnos? —tercia Austin mirando a Lindsay.

Ella se levanta y se planta delante de nosotros.

—En el viaje noté que no hacían otra cosa que hablar de la historia de Carly, de lo que sucedió esa noche. No pensaba que volvería a salir a la luz después de tanto tiempo.

—Nadie se lo imaginaba —comenta Sam.

—Aún están tratando de averiguar quién fue, ¿verdad?

—Sí —corrobora Austin.

—¡Yo no! Estoy bien incluso sin saber qué ocurrió —dice Taylor.

Todos lo miran.

—¿Qué pasa? Carly ya no existe, punto final. Nada podrá devolverle la vida y esta historia sólo está creando problemas.

—No hables así, Tay. Carly era mi hermana —apunta Cloe.

—Lo siento, Cloe, pero es lo que pienso. ¡Esta historia nos está arruinando la vida a todos! —continua Taylor.

Cameron y yo nos miramos, pero esquivo sus ojos enseguida.

—Sabes de sobra por qué seguimos hablando del tema —puntualiza Cloe.

Taylor se tumba en la arena caliente haciendo como si nada.

—¿Y bien, Lindsay? —pregunta Jack mirándola.

—Decía que… Sé que están tratando de averiguar quién la mató. Yo estaba allí la noche en que la atropellaron.

—Todos estábamos —comenta Cameron.

—Sí, pero yo estaba presente cuando atropellaron a Carly.

Los chicos parecen turbados por esta revelación.

—¿Así que sabes quién fue? —pregunta Cloe.

—Vi que el coche de Susan atropellaba a Carly. No le deseo a nadie presenciar una escena similar.

—¡Lo sabía! —exclama Cameron.

—Bueno, sus esfuerzos no han sido inútiles —comenta Taylor resoplando—. Me han aburrido con esta historia. —Se marcha.

—¡Tenemos un testigo y pruebas! Susan mató a mi hermana, es poco, pero seguro —subraya Cloe.

—Sí, pero cualquiera podría haber ido al volante —reflexiona Sam en voz alta—. No tenemos pruebas irrebatibles de que Susan sea culpable.

—Es cierto, pero todo hace pensar en ella. Sobre todo porque esa noche, después de haber hablado conmigo, Susan salió seguida de Carly. Tuvo tiempo para subir al coche y atropellarla —dice Cameron.

—Pero ¿Susan no era su mejor amiga? ¿Por qué iba a hacerlo? —Estoy confundida, no entiendo nada.

Cameron y los chicos bajan la mirada y callan, fingiendo que no han oído mi pregunta.

Lindsay se pone en pie y rompe el silencio.

—Se está haciendo tarde, debo volver a casa.

Decidimos marcharnos y a mí me toca ir con Cameron, Sam y Trevor.

Ambos charlan durante el trayecto, a diferencia de Cameron y yo, que no nos dirigimos la palabra.

Me gustaría acribillarlo a preguntas para saber qué sucedió esa noche. En esa historia hay demasiadas cosas que no encajan.

38

Por fin, al menos en casa, las cosas parecen estar recuperando poco a poco su equilibrio. Kate ha vuelto a hablar con mis padres este fin de semana. Por el momento no ha preguntado nada sobre el pasado ni sobre su familia biológica, parece apartada la cuestión y finge que no ha ocurrido nada, supongo que para afrontarla en otro momento, cuando se sienta preparada. Lo importante es que esté serena, y, al menos en estos días, tengo la impresión de que es así.

—Pero ¿quién es el bombón que camina tan deprisa?

Cuando me vuelvo veo a Trevor en su coche. Le sonrío.

—Sube, te llevo al instituto.

—Gracias. —Entro y me acomodo a su lado.

—¿Qué tal?

—Como siempre...

—¿Has hablado con Cameron este fin de semana? ¿Hay novedades?

—No, ninguna. Estoy harta de esta situación. Da la impresión de que siempre hay algo o alguien que estropea nuestra relación. Por cada paso adelante que damos, retrocedemos dos, y, francamente, no lo soporto más, Trevor.

—¿Has pensado alguna vez que quizá no están hechos el uno para el otro?

Su pregunta me desconcierta. La verdad es que jamás he considerado seriamente esa posibilidad.

—¿Por qué me lo preguntas?

—No lo sé, me parece lógico hacerlo teniendo en cuenta cómo van las cosas entre ustedes. Siempre están riñendo… en crisis. Hace falta muy poco, incluso una historia pasada y enterrada como la de Carly, para separaros. ¿Estás realmente segura de que quieres seguir esperando a que un día cambie todo?

—La verdad es que no me imagino mi vida sin él —reconozco—. ¿Qué me aconsejas?

—Yo en tu lugar lo dejaría estar y apuntaría en otra dirección. Eso sí, antes de pasar página deberías resolver las cosas con Cameron para que no quede ningún cabo suelto.

—No sé si seré capaz. Yo lo quiero —no alcanzo a imaginarme con otro chico.

Trevor me toma una mano y me la estrecha.

—Sí que puedes, Cris. Deberías hacerlo, por tu bien.

Respiro hondo y miro por la ventanilla.

No sé si podré borrar a Cam de mi corazón, pero Trevor tiene razón: por el bien de los dos, es mejor que rompamos. Ni Cameron ni yo queremos seguir sufriendo, así que lo mejor es poner punto final a todo.

Al llegar al instituto me bajo, lista para enfrentarme también a este lunes.

Oigo el timbre y me voy directo a la clase con la esperanza de no cruzarme con nadie. Quiero reflexionar a solas sobre lo que me ha dicho Trevor.

El profe entra en el salón seguido de Lindsay y Cameron, que se sonríen el uno al otro.

—Esta sí que es una novedad. ¿Desde cuándo son amigos Lindsay y Cam?

—Piensa en lo que hemos hablado y déjalo, Cris. Más bien, a alguien le gustaría decirte una cosa importante y creo que deberías escucharla —me dice Trevor dirigiéndose hacia su lugar. Se refiere a Sam.

De hecho, en la pausa del mediodía se acerca a mí.

—Trevor me ha dicho que quieres hablar conmigo.

¡¿Qué?! Pero ¿en qué está pensando? Jamás le he dicho eso. ¡Fue él el que me aconsejó que hablara con ella! Sea como sea, prefiero mentir a afrontar también esta cuestión. Quiero mucho a Sam y es justo brindarle la posibilidad de que me explique su comportamiento.

—Sí, pero salgamos de la clase.

Cruzamos el pasillo y vamos al patio. Nos sentamos en un banco y ella empieza enseguida a hablar.

—He sido una imbécil, lo sé. —al menos lo reconoce—. Pero me comporté así por mi hermano. Quería ayudar a Cloe y yo me daba cuenta de que eso te hacía daño, así que le ofrecí mi ayuda para acabar cuanto antes con esa historia.

—No entiendo cómo podías ayudarlo diciéndoles a Lexy y a Lindsay lo que yo te contaba.

—Cameron necesitaba que Susan confesara que había matado a Carly. Por eso empecé a fingir que era amiga de ella, para que tuviera confianza en mí. Susan estaba obsesionada contigo, me preguntaba continuamente sobre tu vida, sobre tu relación con Cam, así que para seguirle el juego tuve que traicionarte, pensaba que así creería en mi buena fe. Por desgracia, todo fue inútil. Lo único que conseguí fue hacerte daño y poner en riesgo nuestra amistad. Lo siento mucho, Cris.

—¿Cameron lo sabía? ¿Sabía que lo que yo te contaba acababa siempre en ese puto periódico?

No puedo creerme que él le permitiera hacer algo así.

—Bueno, sí. Al principio no estaba nada convencido, pero después aceptó, porque pensaba que de esta manera podría protegerte tanto a ti como a su relación.

Callo, no sé qué decir ni qué pensar.

—Lo siento muchísimo, Cris. Me equivoqué, pero lo hice con buena intención. ¡No quiero perder a mi mejor amiga por una fea historia que por fin se ha resuelto! Te necesito —dice mirándome a los ojos.

Lo que ha hecho es grave, pero no puedo permitir que un asunto tan absurdo me arrebate también a una de las pocas personas que han estado siempre a mi lado.

—¿Por qué no me lo dijiste enseguida? ¿Por qué te marchaste sin decir nada cuando te dije que lo sabía todo?

—Cameron no quiere que sepas la historia de Carly, porque sucedieron cosas realmente espantosas. Por eso tenía miedo de decírtelo.

—¿Qué piensan hacer ahora que están seguros de que Susan mató a Carly?

—Llevar las pruebas a la policía.

—Hay algo que no acabo de entender: ¿qué motivo tenía Susan para hacer daño a su mejor amiga?

—No debería contártelo, pero lo haré porque quiero que vuelvas a confiar en mí. Sabes que Carly estaba enamorada de Cam, ¿no? Pero no se decidía entre él y Austin. La noche de la fiesta del instituto, la misma en la que la atropellaron, eligió por fin a Cam, y eso cabreó a Susan.

—¿Por qué? —Cam me dijo que él no sabía a quién había elegido Carly. Me mintió de nuevo.

—Porque Cameron estaba con ella sin que nadie lo supiera. Cuando Carly lo eligió, decidió romper con Susan. Por eso ella se enfureció. Por absurdo que parezca, tememos que matara a su amiga por esa razón. ¿Podrás perdonarme, Cris?

—Por supuesto que sí —digo sonriendo.

Sam me abraza con fuerza. Espero no equivocarme al confiar de nuevo en ella.

A quien, en cambio, no sé si podré perdonar es a Cameron. Me ha contado un montón de mentiras. Me dijo que quería a Carly, pero, en realidad, salía con su mejor amiga. ¿Qué clase de persona es?

Trevor tiene razón, tengo que borrarlo de mi vida o me hará sufrir siempre.

39

No hay nada mejor que pasar el domingo por la mañana corriendo por la playa para borrar de la mente los pensamientos desagradables.

Hace una semana que decidí romper para siempre con Cam y la separación me sigue doliendo mucho.

Es extraño no saludarlo, no hablar con él, no abrazarlo, no besarlo. Ahora somos dos perfectos desconocidos.

O, al menos, eso es lo que parece desde fuera.

Yo, por desgracia, no hago otra cosa que pensar en él, y Sam me dice que Cam no pierde ocasión de hablar o de preguntar por mí.

En el instituto, sin embargo, se comporta de manera totalmente opuesta. Se ha pasado la semana revoloteando alrededor de Lindsay, y he de reconocer que ha conseguido sacarme de mis casillas.

Me paro unos segundos para recuperar el aliento y cambiar de canción.

A Drop In The Ocean es demasiado triste y me estaba trayendo a la mente demasiados recuerdos. Necesito algo que no me haga pensar en Cam y creo que la letra de *I Don't Miss You At All* de Selena Gomez puede ayudarme.

Echo de nuevo a correr.

Es un día estupendo, el sol resplandece y hace un calor llevadero. La gente toma el sol, los más jóvenes hacen surf. Me recuerda mucho el día que conocí a Nash y al resto del grupo.

No, Cris. No puedes pensar de ninguna manera en Cameron y en sus amigos. Los recuerdos duelen, no dejes que se apoderen de tu mente.

A lo lejos entreveo a Trevor, que corre hacia mí, y alzo un brazo para que me vea.

No hay nadie a su lado, qué raro que no esté con Sam: desde que son novios pasan el día entero juntos.

—¡Cris! —Me estrecha entre sus brazos, como no había vuelto a hacer en mucho tiempo—. ¿Tú también corres? —pregunta estupefacto.

—Últimamente sí.

—¿Te estás poniendo en forma para el verano? —Se ríe mirándome.

—No es eso. Digamos que me ayuda a no pensar y a mantener la moral alta.

—Sabes que has hecho lo que debías rompiendo con Cameron, ¿verdad?

Bajo la mirada y eludo la pregunta.

—¿Te importa si no hablamos de ese tema? He venido a correr justo para pensar en otra cosa.

Él asiente con la cabeza y deja de mirarme, sabe que ha metido el dedo en la llaga.

—¿Cómo vas con Sam?

—Bien, anoche estuve en su casa viendo una película y comiendo palomitas.

Trevor se está tomando bastante en serio la relación, pero temo que en el caso de Sam no es lo mismo. Me preocupa que mi amiga utilice a Trevor para olvidar a Nash. Y que mi mejor amigo pueda sufrir por ello tarde o temprano.

—¡Jamás habría imaginado que iría tan bien! Sam es increíble.

Se sienta en la arena y yo me acomodo a su lado.

—Así que va en serio —observo sin mirarlo a los ojos.

—Puede que te parezca extraño, pero la verdad es que sí.

—Me alegro por ti.

—Estos días he tenido la impresión de que entre Austin y tú también funciona, ¿me equivoco?

—Sólo somos amigos. —O al menos en lo que a mí concierne, Austin sólo es un buen amigo. Sé que él siente algo por mí, pero creo que le he dejado bien claro que hasta que no me quite a Cam de la cabeza entre nosotros no podrá haber nada más.

—Eso es lo que piensas tú, porque no creo que él te considere sólo una amiga.

—Me da igual —digo bajando la mirada.

—Claro, porque aún estás obsesionada con el idiota de Dallas y no permites que nadie ocupe su lugar.

De hecho, no creo que nadie pueda sustituirlo jamás.

—Lo quería de verdad, así que me parece normal que aún sienta algo por él.

—Sí, pero debes hacer algo para olvidarlo.

—No usaré a Austin para olvidar a Cameron, si eso es lo que intentas decirme —digo fulminándolo con la mirada.

—No digo que lo uses, sino que le des una oportunidad, eso es todo.

Su celular suena y él responde enseguida. Por la manera en que sonríe y por las bromitas que hace, comprendo que es Sam. Por suerte no tarda mucho en colgar.

—¿Qué pasa? —pregunto.

—Sam necesita que la acompañe a comprar una cosa en el supermercado, ¿quieres venir?

—No. Yo también tengo que irme, tenemos invitados a comer y debo echar una mano en la cocina —digo levantándome del suelo y sacudiéndome la arena.

—De acuerdo. —Se pone en pie—. Piensa en lo que te he dicho. —Me abraza y me da un beso fugaz en la frente antes de ponerse de nuevo los audífonos y retomar su carrera.

Decido volver a casa, estoy cansada. El celular suena y respondo sin siquiera mirar quién es.

—¿Dígame?

—Tengo noticias —reconozco enseguida la voz.

—Cloe, ya te he dicho que no hace ninguna falta que me pongas al día.

—Cameron no ha vuelto a ver a Susan desde que rompieron, así que la única chica que por el momento se interpone entre ustedes es Lindsay. Sé cómo deshacerme de ella.

Cloe está muy disgustada porque Cam y yo rompimos y está haciendo todo lo posible para que volvamos. ¡No lo deja ni a sol ni a sombra y vigila todos sus movimientos!

—Cloe, si es feliz con ella, no me importa.

—¡¿Que no te importa?! No, Cris. De eso nada. ¿Cuándo vas a entender que la única persona con la que Cameron ha estado realmente bien eres tú?

—Perdona, Cloe, pero ahora debo dejarte. Tengo un montón de cosas que hacer. Luego hablamos.

Cloe resopla y cuelga.

Echo a andar de nuevo hacia mi casa, pero apenas recorro unos metros el celular vuelve a sonar. ¡Otra vez ella!

—Actualización de las 12:15, en tiempo real: Cam y Lindsay se acaban de encontrar.

—¿Están juntos? —pregunto atónita.

—¿Ves como sí te interesa? En cualquier caso, sí, se acaban de abrazar y en este momento se dirigen hacia el parque.

—Me importa un comino. Sólo quería saber si era verdad o si te lo estabas inventando para llamar la atención.

—Ahora tengo que marcharme, hablamos mañana.

—Hasta mañana —digo antes de colgar.

¡La idea de que Cameron siga adelante con su vida me pone furiosa! No quiero volver a oír hablar de él. ¿Cómo es posible que Sam y Cloe no lo entiendan? No me hace ningún bien tener noticias de él. ¡Debo olvidarlo como sea!

40

La frase que sigue retumbando en mi mente es "¡Odio los lunes!", igual que le pasa a Garfield, el gato rechoncho de los dibujos animados.

Respiro hondo y salgo de la cama, no quiero llegar tarde al instituto.

Me pongo lo primero que encuentro en el clóset y voy a la cocina a desayunar.

—Hola, justo estábamos hablando de ti —dice mi madre.

—¿Qué hice? —pregunto. Me siento y tomo una galleta de chocolate.

—Dentro de nada es tu cumpleaños —dice Kate emocionada.

—¿Y?

Este año no tengo ningunas ganas de celebrarlo. Una sencilla tarde con mis amigos en la playa sería perfecta.

—¡Organizaremos una fiesta preciosa! ¡Sólo se cumplen diecisiete años una vez en la vida! —dice mi madre.

—No quiero grandes fiestas ni nada por el estilo.

—Pues haremos justo lo contrario. ¡Será inolvidable!

Oigo el sonido de un claxon procedente del jardín, me levanto y me acerco a la ventana para ver quién es.

Sam está delante de casa con su moto.

—¿Te va a llevar alguien al instituto? —pregunta mi madre.

—Este… Creo que iré con Sam, a pesar de que no recuerdo haberle pedido que me llevara.

Salgo de casa y me reúno con ella.

—¿Qué haces aquí?

—¡Buenos días a ti también! —dice riéndose a la vez que se quita el casco—. He venido a recogerte para llevarte al instituto. ¡Me retrasé con respecto a mi horario habitual, cosa perfecta para una tardona como tú! Por eso he pensado que quizá querrías que te llevara.

—¡Sí, gracias! ¡Es una idea magnífica, pero ve despacio!

Arranca y llegamos al instituto en un tris.

Apenas ve a Trevor, Sam se abalanza sobre él y lo besa sin dejarle siquiera tiempo de respirar.

Miro sin querer a Cameron. Está sentado en su lugar tecleando algo en el celular, debe de estar chateando con Lindsay.

Me siento y el profe entra en clase.

Durante la lección trato de tomar muchos apuntes y de concentrarme en las explicaciones. Lo más probable es que deba recuperar la pésima nota que saqué en el último examen de Literatura Inglesa. Me paro para descansar la mano y el lápiz se me cae al suelo. Trato de empujarlo hacia delante con el pie y lo único que consigo es que siga rodando hacia atrás.

Me muevo en la silla para inclinarme y recogerlo, pero apenas me vuelvo veo que Cameron se ha adelantado. Me enderezo y él me da el lápiz.

—Gracias.

—De nada —sonríe.

—Evans, Dallas. ¿Cómo es posible que siempre estéis hablando? —dice el profe. Me apresuro a sentarme bien en la silla.

Cloe sonríe y palmea encantada. ¡No ha sucedido nada! No entiendo por qué se exalta por una nimiedad así. Aunque he de reconocer que la sonrisa de Cam produce siempre un efecto increíble sobre mí.

Al terminar el día acompaño a Trevor y a Sam a la habitación de un chico para jugar PlayStation. Cloe nos acompaña.

Subimos la escalera para ir al segundo piso del internado. Cloe y yo caminamos delante buscando la habitación número doscientos diez. De improviso, la puerta de otra habitación se abre y sale un chico, que se inclina para tomar una caja.

—¡Dios mío! —digo tapándome la boca con una mano por la sorpresa.

Él alza la mirada y sonríe.

—¡Cris!

—¿Nash? —pregunto casi susurrando.

Me acerco a él y le doy un abrazo. Aún no puedo creer que esté aquí, delante de mí. Pensaba que nunca volvería, pero, por lo visto, me equivocaba.

Su mirada pasa de mí a Sam, que está inmóvil en medio del pasillo con los ojos anegados en lágrimas.

Se miran unos segundos, que parecen eternos; después, Sam exhala un profundo suspiro y echa a correr en dirección opuesta.

Nash se queda boquiabierto.

—¡Aquí están mis ojazos azules preferidos! —dice Cloe acercándose para abrazarlo.

Miro a Trevor, que, como es obvio, no sabe qué hacer.

—Vuelvo enseguida —digo echando a correr para dar alcance a Sam. La encuentro en el patio. Está muy alterada y estalla en un llanto histérico apenas me aproximo a ella para abrazarla.

—Todo está bien —le digo estrechándola con fuerza.

Me aparto un poco y la miro mientras ella trata de tranquilizarse. Yo habría reaccionado igual si me hubiera encontrado de repente a alguien al que he tratado de olvidar por todos los medios.

—No puede, Cris. No puede hacerme esto. Justo ahora, cuando empezaba a irme bien con Trevor. Justo ahora, cuando mi vida sin él empezaba a ir mejor y ya casi no lo echaba de menos. Y lo más absurdo es que, pese a todo, sólo tengo ganas de abrazarlo —dice rompiendo de nuevo a llorar.

—Intenta mantener la calma, Sam. Respira profundamente.

—No puedo. Él ha vuelto y siento que eso va a arruinar todo. Es mejor que entres. No quiero que sepa que estoy llorando —dice enjugándose las lágrimas.

—¿Estás segura? Me tiene sin cuidado lo que piense Nash.

—A mí no —dice interrumpiéndome—. No quiero que piense que estoy tan desesperada que corro para llorar a solas.

Reflexiono unos segundos para comprender qué debo hacer.

—Ven, Sam, por favor. Sé que es doloroso, pero piensa que sólo será al principio. A partir de hoy lo verás a diario, así que es mejor que te enfrentes a él enseguida y que le demuestres que estás bien —digo tratando de ser lo más convincente posible.

Se limpia las lágrimas y suspira.

—Está bien, tienes razón. —Se pone en pie y hace un esfuerzo por sonreír—. ¿Creíble?

—Sí —le digo sonriendo a mi vez.

Sam sabe ser fuerte como una roca, me gusta verla tan decidida como ahora.

Nos reunimos con los demás. Todos están en la habitación de Nash, incluso Cam. Trevor está sentado en el suelo y parece muy aturdido. Me siento a su lado.

—¿No debías volver el año que viene? —pregunta Cam a Nash.

—Sí, pero los echaba mucho de menos, así que decidí volver antes —responde más serio que nunca.

—¡Yo soy la que más has echado de menos, claro! —Cloe baja de la cama y lo abraza.

—¡Hace más de un año que no nos vemos! Has cambiado muchísimo —dice Nash sonriéndole. Luego, mirándonos a todos, añade—: Supongo que habrán sucedido muchas cosas desde que me marché, no veo la hora de saberlas.

¡Pero, es mejor que no sepas lo que ha ocurrido desde que te fuiste!

—Que te las cuente Cameron —digo sin mirarlo.

—De eso nada, Cris se encargará de explicártelo todo con pelos y señales —replica Cameron.

¡Qué idiota!

—Yo te contaré —tercia Cloe tratando de aliviar la situación.

—¡Ya, cuéntanos tú lo bien que te lo has pasado en Nueva York! —lo reta Sam dirigiéndole la palabra por primera vez desde que se han visto.

En la habitación se hace un silencio insoportable.

—Mmm… creo que debo marcharme —dice Trevor levantándose.

—Te acompaño. —Me pongo en pie también y lo sigo hasta la puerta—. Hasta mañana —añado dirigiéndome a todos en general.

Nos encaminamos hacia mi casa.

—Y pensar que lo único que quería era recuperar mi juego del Play —dice tratando de quitar hierro al asunto—. Bueno, ahora que ha vuelto el ex de Sam, ¿qué crees que sucederá?

—¿En qué sentido?

—Sabes de sobra a qué me refiero. ¿Lo quería de verdad?

—Sí, pero eso no significa que ahora vaya a dejarlo todo para volver con él. ¿Has visto cómo le hablaba? —Intento convencerlo de que no debe sacar conclusiones apresuradas.

—Lo quería, Cris, y creo que aún lo quiere. Si me deja por él lo entenderé.

¿Por qué todos los chicos no razonan como Trevor?

—Sé que es difícil, pero trata de no pensar en eso ahora, ¿de acuerdo?

—Ok, no tiene sentido discutir —admite él—. Hablemos de cosas serias. Dentro de nada será el cumpleaños de la persona más importante de mi vida, ¿la conoces? —dice bromeando.

—Mmm… creo que no —contesto riéndome mientras él me rodea los hombros con un brazo.

—¿Qué quieres este año? Ya sabes que no soy muy bueno con los regalos.

—No es cierto, siempre me han gustado tus regalos.

—Porque Cass me aconsejaba. Ahora no sé a quién puedo pedir ayuda —dice bajando la mirada.

—El mejor regalo que podías hacerme era venir a vivir a Miami, no necesito nada más.

Me toma una mano para llevársela a los labios y me da un beso lleno de ternura.

—¿Qué haría yo sin la amiga que no quiere regalos? —bromea—. Ya que hablamos del tema, tu madre me lla-

mó para pedirme que le aconsejara un local donde organizar tu fiesta. Supongo que se habrá olvidado de que llegué
a Miami hace poco y de que no conozco bien la ciudad
—añade jugueteando con los dedos de mi mano—. Por eso
hablé con Sam y con los demás y me aconsejaron el gimnasio del instituto. Dijeron que en él se han organizado
unas fiestas estupendas. ¿Qué te parece?

—Mmm… este año no tengo mucho que celebrar
—replico.

Me doy cuenta de que casi hemos llegado a mi casa.

—Si es por Cameron no puedes dejar que te estropee
la fiesta de tus diecisiete años.

—Lo sé, pero no es sólo por él. Siento que no va a ser
nada divertido.

—Te equivocas, nos divertiremos, vaya si nos divertiremos. Te lo prometo.

41

Hoy el profesor de Lengua nos va a devolver los exámenes de Literatura que hicimos hace casi dos semanas, después del viaje. Seguro que he reprobado.

El salón está bastante lleno debido al regreso de Nash. Desde que entró en clase no ha dejado de saludar a las personas que conoce.

—¿Qué hacen aún aquí todas esas chicas? —pregunta Sam.

De hecho, la mayoría de los que quieren saludarlo son chicas.

—Sam —digo lanzándole una mirada furiosa.

—¿Qué pasa? Las clases van a empezar, deberían volver a sus salones —estalla a la vez que va a sentarse a su sitio.

Cloe y yo nos intercambiamos una mirada de complicidad.

—Está celosa —decimos casi al unísono.

Sam pasa al lado de Nash y él la sigue con la mirada.

—Se ve a leguas que no ha conseguido superarlo. Lo que, sin embargo, no entiendo es por qué evita a Nash de esa forma. No creo que...

Dejo de escuchar a Cloe porque, sin querer, mi atención se concentra en las dos personas que están entrando en este momento en clase: Cameron y Lindsay.

Lo que más me molesta es que Cam niegue que entre él y Lindsay hay algo, salta a la vista que su amistad es muy diferente de la que tenemos Austin y yo.

Conozco muy bien a Cameron, es evidente que hace todo lo que puede para llamar la atención de ella.

—Y tú, claro está, no me estás escuchando porque estás mirando a Cameron y a esa tonta —dice Cloe volviéndose para mirarlos—. Yo en tu lugar le daría una buena lección.

—No quiero saber cuál.

—Sí que quieres saberlo. El viernes por la noche irás a la fiesta de Lindsay, ¿no? Tienes que poner celoso a Cameron como sea, ya sabes con quién.

—Cloe, no. —No tengo la menor intención de utilizar a Austin, además, ni siquiera sé si irá a la fiesta.

—Lástima. Habría sido divertido ver a Cameron celoso —frunce el ceño—. Apuesto a que en el fondo estás pensando en mi sugerencia.

—Pues has perdido —le digo fulminándola con la mirada.

—Una persona inteligente aceptaría.

—No quiero inmiscuirme entre esos dos por un estúpido capricho.

El profesor entra en clase y todos van a sentarse a su sitio.

Cameron pasa por mi lado mirando al suelo con una sonrisa preciosa dibujada en la cara. Supongo que el mérito es de Lindsay.

Como siempre, antes de entregarnos los exámenes corregidos, el profesor suelta un largo discurso cuyo único y sádico objetivo es aumentar nuestra angustia.

Esta vez, sin embargo, estoy insólitamente tranquila: sé que reprobé, no tengo ninguna expectativa.

—Hay bastantes personas que, como de costumbre, han sacado una nota altísima y otras que, como Dallas, han merecido el suspenso y en los próximos meses deberán esforzarse para subir la media.

Curiosamente, Cameron no suelta una de sus gracias; al contrario, mira el celular y sonríe con indiferencia.

El profesor pide a uno de nuestros compañeros que reparta los exámenes. Por fin lo recibo. Miro el revés del folio para comprobar hasta qué punto lo he hecho mal.

¿¿¿Un sobresaliente???

Me quedo boquiabierta. Es imposible que haya sacado una nota tan alta.

Doy la vuelta al folio otra vez para ver si el examen es el mío: arriba, a la izquierda, está escrito mi nombre. Con todo, salta a la vista que es obra de otra persona, ésas no son mis respuestas.

Me vuelvo hacia Cameron y veo mi examen encima de su lugar. No puedo creerme que consiguiera cambiarlos.

—¿Me explicas por qué lo hiciste? —pregunto extrañada.

Se encoge de hombros sin decir una palabra.

—¿Y si te hubiera cachado?

—Pero no ha pasado —dice apoyándose en su lugar para acercarse más a mí.

—No deberías haberlo hecho —digo.

—¡Yo, en cambio, opino que por fin hice algo correcto desde que estoy aquí! Así pasarás de curso. Eso es lo que cuenta —dice observándome con atención.

—No entiendo por qué te importa tanto, sobre todo ahora que ya no salimos juntos y que somos casi dos desconocidos. —Bajo la mirada.

—Nunca serás una desconocida para mí.

Lo miro unos segundos a los ojos para comprobar si está hablando en serio.

—Además, cuando lo hice aún salíamos juntos. En cualquier caso, lo volvería a hacer en este preciso instante.

El profe llama la atención de la clase y me veo obligada a sentarme bien en la silla.

Enseguida recibo un SMS de Cloe.

"¡Veo que están haciendo las paces!".

Es evidente que nos ha malinterpretado, que ha considerado nuestra conversación una charla amistosa.

"Luego te lo cuento", le respondo con cautela para que el profesor no me vea.

Al final del día Nash me para en el pasillo.

—¿Podemos hablar un momento, Cris?

—Por supuesto, pero deprisa, Austin me está esperando fuera del instituto.

—Sólo quiero hacerte unas preguntas sobre Sam.

—Me odiará por esto.

—¿Es verdad que ahora es la novia de tu amigo Trevor?

—Sí.

—¿Crees que van en serio? —pregunta mientras bajamos la escalinata exterior.

—No lo sé, Nash. Sólo te puedo aconsejar que le des un poco de tiempo para que pueda reflexionar. Te habrás dado cuenta de que no le ha sentado muy bien tu regreso —intento ser lo más sincera posible—. No creo que puedas reprochárselo.

—Lo sé. Creía que le daría una sorpresa y, en cambio, fue la única que no gritó de alegría cuando me vio —mira al suelo—. Pero la entiendo, no debe de haber sido nada fácil para ella.

—Creo que sólo está confusa. Dale tiempo y verás cómo comprende qué es lo que quiere de verdad.

42

¡Aún no entiendo qué hacemos aquí! Lindsay dijo que era una discoteca, no una casa —dice Cloe.

Cuando llegamos al interior de la casa no había casi nadie, así que le preguntamos a un chico si la fiesta era allí y él nos llevó al jardín.

Sam mira alrededor.

—Al menos aquí fuera hay un poco de gente.

Entreveo a lo lejos a Susan.

—Diría que demasiada.

—¿Ése es Nash? —pregunta Sam señalando una mesita.

—Vaya, también está Trevor —observo mirando al lado de Nash. Casi están pegados.

—¡No puede ser verdad!

Hace varios días que Sam no habla con ninguno de los dos y creo que esta situación está sacando de quicio a Trevor.

Cloe toma a Jack del brazo.

—Vamos a divertirnos —dice precipitándose hacia la pista de baile.

—Ay, no, me ha visto. —Sam echa a correr y yo la sigo para ver qué le pasa.

—¡Espera, Sam!

Sólo se detiene cuando piensa que está suficientemente lejos de Nash y de Trevor, en un rincón apartado del jardín. Se sienta en el suelo para recuperar el aliento.

—¿Qué te pasa? —le pregunto sentándome a su lado.

—¿No podía haber vuelto más tarde? ¿No podía esperar a que me enamorara de Trevor? Es como si lo hubiera hecho adrede, justo cuando, por fin, mi vida iba bien.

—No creo que lo haya hecho a propósito. —Nash no podía saber nada de su relación con Trevor—. Además, estoy segura de que las cosas no habrían sido diferentes si hubiera vuelto más tarde. Nash te gusta desde hace un montón de tiempo y aún estás enamorada de él.

Calla unos segundos mirando fijamente el pasto.

—Sólo tienes que pensar cómo vas a afrontar esta situación, porque, elijas lo que elijas, harás sufrir a uno de los dos.

Respira hondo y apoya la cabeza en las rodillas.

—Lo sé. ¿Sabes lo que me gustaría hacer? Me gustaría seguir con Trevor, pero sólo para hacer sufrir a Nash. No puede siquiera imaginar cuánto me dolió saber que le habían dado la posibilidad de elegir entre quedarse aquí o marcharse. El problema es que si lo hago yo también me haré daño, porque la verdad es que quiero a Nash más que a cualquier otra cosa en el mundo, y no sé cuánto tiempo resistiré lejos de él.

Sabía que iba a llegar a esta conclusión, y lo único que logro pensar es en cómo se sentirá Trevor si se entera de lo que Sam siente por Nash.

—¡No sé qué hacer! No quiero hacer sufrir a Trevor, entre otras cosas porque estoy convencida de que siento algo por él, pero…

—No se puede comparar con lo que sientes por Nash —concluyo yo en su lugar.

—Exacto. Tampoco sé cómo decírselo a Trevor.

—Conociéndolo, te aseguro que sufrirá, pero al final lo entenderá y aceptará tu elección.

—¡Aquí están! —Trevor se dirige hacia nosotras con dos vasos en las manos.

Sam desvía de inmediato la mirada de él y se pone tensa.

—Sam, ¿puedo hablar contigo un segundo? —pregunta.

Entiendo que estoy de más, así que me levanto para dejarlos solos. Daría lo que fuera por ser invisible y poder escuchar lo que van a decirse. Espero que Sam sea sincera con él.

Vuelvo a la fiesta y me acerco a una mesa para tomar una bebida. Detrás de la mesa del *disc jockey* entreveo a Cameron, que está hablando con Lindsay de algo que, a todas luces, no le interesa. Lo sé por la manera en que mira fijamente el vaso del que ha bebido y por la forma en que asiente con la cabeza como si fuera un robot.

Cómo me gustaría estar en el lugar de Lindsay en este momento para poder oler su aroma.

—Aquí está la chica que me ayuda a comprar regalos de cumpleaños —dice Austin distrayéndome de la visión de Cam.

—¡Hola! —digo dejando el vaso vacío en la mesa.

—¿Te estás divirtiendo?

—Más o menos, esperaba algo mejor.

—Sí, yo también, imaginaba una fiesta en una discoteca o algo por el estilo. ¿Con quién has venido?

—Con Sam, Cloe, Jack y Cameron, que nos ha traído en coche.

—¿Quieres bailar?

—Por supuesto —contesto sonriendo.

Nos adentramos en la multitud y empezamos a movernos al ritmo de la música. Austin se acerca poco a poco a mí, me agarra los brazos y rodea con ellos su cuello.

Cloe y Jack se reúnen con nosotros y bailamos juntos.

—¿Has visto a Sam? —pregunta Cloe en voz alta para que pueda oírla.

—Está hablando con Trevor.

—Va a haber problemas —dice con una expresión de inquietud.

—¡Todo irá bien! —replica Jack cogiéndole una mano y atrayéndola hacia él.

Jack y Cloe hacen una pareja realmente estupenda, parecen hechos el uno para el otro. Viéndolos no puedo evitar pensar en cómo habrían ido las cosas entre Cameron y yo si hubiéramos tenido una relación similar a la de ellos.

Sacudo la cabeza para desechar este pensamiento inoportuno.

—¡Oh, no! —exclama Austin mirando a alguien a mi espalda.

Me vuelvo y veo que Camila se dirige hacia nosotros. Parece de pésimo humor, espero que no sea porque estoy bailando con Austin.

—¡Menos mal que no querías venir a la fiesta! —dice plantándose al lado de él.

—Al final cambié de idea.

—¿Así, de repente? —Está muy enfadada, su mirada pasa sin cesar de Austin a mí.

—Sí, ¿te parece mal? —Austin no se intimida.

—Vete al diablo —Camila da media vuelta y se marcha.

Austin resopla y me mira de nuevo.

—Luego hablaré con ella.

—¿Por qué le dijiste que no ibas a venir? —pregunto mientras él vuelve a tomarme las manos.

—Desde que hicimos las paces no se despega de mí.

—Es típico de Camila. ¿Cómo es posible que aún no te hayas dado cuenta de que le gustas? —pregunta Cloe.

—Lo sé, pero yo no siento lo mismo.

—Creo que deberías hablar con ella y aclarar las cosas. —Si esto sigue así, Camila empezará a hacerse ilusiones, y eso no es justo.

—Cada vez que lo intento tengo la impresión de que mi boca se bloquea. Sé que si lo hago puedo perderla.

—Pero así le harás aún más daño, porque ella piensa que, de una forma u otra, tú le correspondes.

—¡Sabe de sobra que no es así! Se lo he dado a entender, no de forma explícita, desde luego, pero aun así creo que lo he dejado bien claro. En fin, si tu mejor amigo hablase siempre de una chica, ¿tú que pensarías?

—Que siente algo por ella —respondo.

—Exacto, cualquiera lo entendería —sonríe.

Me gustaría saber quién es la chica de la que Austin habla tanto con Camila. Una voz en mi interior me dice que podría ser yo, pero creo que yo también he sido muy clara con él.

—Cualquiera entendería quién es la chica de la que hablo siempre —da un paso adelante para acortar la distancia que nos separa.

—Ah, ¿sí? —pregunto con el corazón latiendo a mil por hora.

Ay. En este momento daría lo que fuera por estar en cualquier otro sitio. Austin me acaricia la mejilla y se inclina hacia mí mirando intensamente mis labios. Temo que no ha comprendido el mensaje. Tengo que impedir como sea que me bese.

—Este… tengo mucha sed, ¿tú no? Voy a beber algo —digo alejándome de él con torpeza.

Nada más llegar a la mesa respiro hondo e intento calmarme. ¿Dónde me he equivocado? Tengo que guardar las distancias con él y darle a entender que sólo podemos ser amigos, eso es todo. ¿Y si Trevor tuviera razón? Por un momento dudo si no debería darle una posibilidad. Mientras siga obsesionada con Cam no podré imaginar a nadie más a mi lado. Dios mío, ya no sé qué hacer.

43

Siempre he odiado las Matemáticas, pero últimamente, gracias a la ayuda de Austin, he empezado a comprenderlas y ya no las detesto tanto como antes. A mí también me parece extraño, pero es así.

Después de la pésima nota que saqué en el último examen de la asignatura, se ofreció a darme clases. Dudé mucho. Temía que, dado lo que había sucedido en la fiesta de Lindsay, pasar las tardes con él pudiera complicar las cosas. Pero después pensé que quizá fuera al contrario, que estar un poco de tiempo juntos nos ayudaría a aclarar las ideas.

Por el momento sigo creyendo que Austin es, sobre todo, un amigo estupendo y que seguiría considerándolo así aunque no estuviera obsesionada con Cam.

En cualquier caso, ¡es innegable que es un profesor magnífico! Cuando me explica las cosas lo entiendo todo, hasta el punto de que empiezo a encontrar divertidas las ecuaciones de segundo grado.

Me divierto haciendo cálculos y comprobando que los resultados coinciden con los del libro.

—¡¡¡Síí!!! —estallo apenas termino una operación y veo que el resultado es correcto.

—¡No está nada mal! —comenta Austin.

—Gracias a mi maestro —sonrío y él me devuelve la sonrisa.

—Vamos, intentemos hacer una más difícil.

Asiento y hago deprisa todos los cálculos.

No puedo evitar notar que me mira fijamente, y me gustaría decirle que dejara de hacerlo, porque me distrae, pero no puedo. Él ha sido muy amable conmigo, así que no puedo decirle ciertas cosas.

—El resultado es quince —le digo y él mira el libro de texto.

—¡He creado un monstruo!

—¡Síí! ¿Hacemos una pausa? —pregunto, porque tiene cara de cansancio.

—Sí, gracias —se levanta del sofá para desentumirse.

—¿Quieres comer algo?

—No, gracias. Estoy bien —se vuelve a sentar a mi lado.

—¿Has dormido poco? —pregunto cerrando el cuaderno de apuntes de Sam.

—Sí.

—¿Por qué?

—En mi casa han sucedido algunas cosas. Mis padres deben decidir algo importante y estoy un poco preocupado.

—¿Es algo grave o…?

—No, me inquieto por cualquier tontería.

Por fin me mira y sonríe. Tiene una sonrisa preciosa.

Sin querer, intento imaginar cómo habría sido mi vida si hubiera conocido a Austin en lugar de a Cameron. Seguro que mucho más fácil.

—¿Estás bien?

Ni siquiera me he dado cuenta de que me he quedado ensimismada.

—Este… sí, claro. Tengo sed, ¿quieres beber algo? —pregunto levantándome del sofá.

—No, pero tengo que ir al baño.

—Está al final del pasillo, la última puerta a la derecha.

Asiente y sale del salón, mientras yo me dirijo a la cocina.

Saco el celular del bolsillo de la sudadera para ver si tengo algún mensaje y encuentro uno de Sam.

"Estaré en casa a partir de las cinco, así que si quieres devolverme el cuaderno ya sabes cuándo puedes pasar".

Ojalá que a esa hora Cameron no esté en casa. No tengo ganas de verlo ni de hablar con él.

—¿Hacemos más ejercicios? —pregunta Austin entrando en la cocina.

Asiento con la cabeza y volvemos al salón.

—Entonces… —digo sentándome en el sofá y tomando la pluma para escribir.

Austin saca su celular y me toma una foto mientras escribo.

—¿Qué estás haciendo? —digo tratando de contener una sonrisa.

—Un par de fotos. ¡Sonríe para Snapchat!

—Para, salgo fatal —digo a la vez que trato desesperadamente de quitarle el teléfono.

—Pero si eres guapísima —vuelve a encuadrarme.

Me paro unos segundos y veo que teclea rápidamente algo en la pantalla.

Al acercarme a él veo que está escribiendo en una barra negra. "¡La mejor tarde de mi vida! ¡Vivan las Matemáticas y las clases de repaso!".

Al fondo aparezco yo riéndome. Una sonrisa que no parece fingida ni forzada. No me sucedía desde hacía un montón de tiempo.

—Ok, ahora nos haremos una *selfie* —dice ajustando la cámara.

Me aparto enseguida del objetivo.

—¡Vamos, uno solo! Hazlo por mí —dice mirándome con dulzura.

Resoplo.

—Está bien.

Me acerco a él y posamos.

Apenas dispara me aparto, pero él no deja de hacer fotos.

Con un movimiento rápido logro arrebatarle el celular de la mano y me alejo del sofá para que no me lo quite.

Él sigue suplicando que se lo devuelva.

Es realmente rápido, así que no tarda mucho en darme alcance e inmovilizarme los brazos.

Nos reímos mientras yo trato de liberarme.

Cuánto tiempo hacía que no me sentía tan a gusto con alguien.

—Está bien, me rindo.

Austin me libera y sin dejar de mirar mis labios agarra el celular y se lo mete en el bolsillo. Sacude la cabeza hacia los lados y da un paso atrás, como si se hubiera dado cuenta de que ha cometido un error.

—¿Puedo beber algo? Después de esta carrera creo que lo necesito —me guiña un ojo y vamos a la cocina.

Le doy un vaso de agua.

—Entonces… ¿Cameron y tú aún no han hecho las paces?

—No, y no creo que suceda pronto —admito.

Él asiente con la cabeza sin alzar la mirada.

Le vibra el celular. Ha recibido un mensaje.

—¿Quién es? —pregunto intrigada.

—Mis padres —dice escribiendo la respuesta—. Tu fiesta de cumpleaños es este viernes, ¿verdad?

—Sí, ¿por qué?

—No sé si me podré quedar toda la noche. A la mañana siguiente debo hacer algo muy importante con ellos.

Parece bastante contrariado y sospecho que la causa es el mensaje que acaba de recibir.

—Ok, pero ¿seguro que va todo bien? —Me acerco a él, pero él se aparta sin mirarme siquiera.

—Sí, pero creo que es hora de que vuelva a casa.

—Bueno, deja que te acompañe —digo siguiéndolo hasta la puerta.

—Es mejor que no.

La atmósfera entre nosotros ha cambiado en un segundo y no entiendo por qué. ¿He dicho o hecho algo malo?

—¿Estás enfadado conmigo? —pregunto mientras él abre la puerta.

—No —dice sin más y sale.

—Entonces, ¿qué te pasa? Estás raro.

Se para y da media vuelta.

—No es culpa tuya, Cris. Mientras estaba en el baño recibí una llamada de mis padres sobre una decisión que deben tomar desde hace tiempo.

—¿Y?

—Hace una semana que intento decírtelo, pero no he tenido valor suficiente para hacerlo.

Trato de recordar las veces en que Austin me ha pedido que habláramos a solas y en las que hemos acabado hablando de Cameron y de mí, o de Camila y de él.

—¿Qué ha pasado, Austin?

—Hace dos meses ascendieron a mi madre en el trabajo. Nos tenemos que ir a vivir a Carolina del Norte.

Me quedo boquiabierta.

—Nos vamos el sábado por la mañana.

No sé qué decir ni qué hacer. Me aproximo a él y lo abrazo. En menos de una semana ya no estará aquí.

—No quiero irme, Cris. Mi vida está aquí, quiero acabar mis estudios, y, además, voy a dejar algo pendiente que quería concluir desde hace mucho tiempo, y casi lo había logrado.

Me recuerda muchísimo la manera en que reaccioné yo el día que me enteré que nos mudábamos. Recuerdo cuánto me ayudaron Cass y Trevor, así que ahora quiero estar con él y consolarlo.

—A pesar de que sé que, quizá, es imposible, lo único que he deseado de verdad es saber qué se siente al besarte. —Empieza a acariciarme la cara—. Creo que éste es el momento adecuado para hacerlo, no tendremos más ocasiones de estar juntos. Puede que si te digo estas cosas estropee todo entre nosotros, pero al menos sé que cuando me marche de Miami no sentiré nostalgia.

Sé lo que piensa hacer y no tengo ni la fuerza ni la voluntad necesarias para impedírselo. Me mira fijamente los labios. Se acerca a ellos con lentitud.

Lo único que logro sentir en este momento es mi corazón, que late enloquecido.

Sus labios rozan con dulzura los míos y al hacerlo siento una fuerte sacudida en mi interior. El efecto no es el mismo que el que me produce Cameron, pero es, en cualquier caso, intenso.

—Gracias —susurra separándose de mí.

No digo nada. Me limito a sonreírle y a mirarlo a los ojos.

—Creo que es el regalo perfecto de despedida, por adelantado —dice en tono irónico.

—Aún no me puedo creer que te vas, sin ti no será lo mismo.

Sonríe y me mira con dulzura.

—Reconoce que sólo estás triste porque ya no tendrás a nadie que te ayude con los deberes de Matemáticas —bromea. Me echo a reír.

—Puede ser.

—Hasta mañana —dice dándome un beso en la mejilla.

—Hasta mañana —respondo.

Lo miro mientras se aleja con una sonrisa dibujada en la cara. Empiezo a pensar que, de no haber sido porque se marcha, habría tenido alguna que otra duda sobre nuestra relación y sobre lo que siento por él.

44

Aún no me creo que haya permitido que Austin me besara, la verdad es que no sé por qué lo he hecho.

Puede que sea porque se marcha y porque sabía que llevaba mucho tiempo esperando ese momento, o quizá porque, en el fondo, yo también lo deseaba un poco.

Entro en casa confusa y voy a la cocina a comer algo. No puedo dejar de pensar en el beso de Austin. Daría lo que fuera por quitarme de encima la sensación de que es una de las pocas cosas justas que he hecho desde que llegué a Miami.

Miro la hora. Sam debe de haber vuelto ya a casa. Le envío un SMS: "En diez minutos estaré allí".

Tengo que devolverle el cuaderno como sea y darle las gracias.

Corro a mi habitación para coger el bolso y salgo de casa.

Mientras camino miro el celular para ver si Sam me responde. Nada.

Cruzo el jardín y llamo a la puerta de los Dallas. Cosa inaudita, Sam me abre contenta.

—¡Cris!

—Hola —digo a la vez que entro—. He venido a devolverte el cuaderno de Matemáticas. Muchas gracias.

—De nada. Espero que hayas entendido mi letra, es pésima.

—¡Me encantaría tener tu pésima letra! —La mía es tan mala que a veces ni siquiera yo entiendo lo que he escrito.

Se oyen unos pasos en la escalera. Sólo espero que no sea Cameron. Cuando me vuelvo veo a Nash sonriendo de oreja a oreja.

—Vaya, no sabía que estaba interrumpiendo algo —digo apurada.

Si hubiera sabido que Nash y Sam habían hecho las paces no habría venido.

—No, no has interrumpido nada. En realidad aún tenemos que hablar —dice Sam mirando a Nash, que asiente con la cabeza.

—Acompañé a Cameron a casa y me encontré con Sam —explica Nash.

Se oyen unos pasos y Cameron aparece vestido con unos *jeans* y una camiseta, y el pelo aún mojado.

—¡Has tirado todo el gel de baño al suelo, tarado! —dice bajando la escalera y dirigiéndose a Nash.

—Tranquilo, Cam, ahora lo limpio. —Nash me guiña un ojo—. Adiós, Cris —añade y sube.

De improviso noto un fuerte olor a quemado.

—¡Oh, no! ¡La plancha para el pelo! ¡Adiós, Cris! —grita Sam precipitándose hacia el piso de arriba.

—Dios los cría y ellos se juntan —comenta Cameron mirando a su hermana.

No tengo la menor intención de quedarme a solas con él.

—Bueno, creo que es hora de que me vaya. —Me vuelvo con la esperanza de que Cameron no me detenga.

—No, espera.

Oh, no. Me paro en seco y vuelvo a mirarlo.

—¿Qué pasa?

—Tengo que hablar contigo. Ven. —Me agarra una mano y se dirige al salón.

Me ha bastado que me toque para sentir escalofríos en la espalda. No logro resistirme. Lo sigo a la sala. Él se sienta en el sofá.

—Siéntate —dice.

—No, prefiero estar de pie.

Se encoge de hombros y se levanta, aunque mantiene una distancia de seguridad.

—Cris, te ruego que me escuches, porque en estas semanas casi me vuelvo loco y creo que no podemos seguir así. ¡No consigo pasar siquiera una hora sin pensar en ti! Me paso el día preguntándome qué dirías o harías, o qué sucedería si estuvieras conmigo. Te has convertido en una obsesión. Jamás me había ocurrido algo así. Si estás pensando en Carly debes saber que lo que sentía por ella no era nada comparado con lo que siento por ti. Esta estúpida ruptura me ha hecho comprender que eres lo único que necesito para vivir. Sé que hemos cometido muchos errores, pero estamos hechos el uno para el otro, Cris. Tú también lo sabes, estoy seguro. Porque, a pesar de todo, aún nos queremos, y los dos sabemos que este sentimiento seguirá existiendo en el futuro —dice dando un paso hacia mí.

Me resbala una lágrima.

—¿Qué quieres decirme con todo esto, Cameron?

—No, no llores —dice acercándose a mí para limpiarme la cara—. Lo que quiero decir es que te quiero, que no quiero renunciar a ti, de ninguna manera. Me reprochas que no he sido sincero, es verdad. Te mentí, lo hice para protegerte, pero ahora comprendo que me equivoqué, que eso me hizo perder tu confianza. No puedo borrar mis errores, pero, si quieres darme otra oportunidad, puedo prometerte que cambiaré. Porque no quiero vivir sin ti, Cris. —Me pone las dos manos en la cara y me mira a los ojos.

Me siento culpable por lo que he hecho con Austin y no puedo ocultárselo a Cam, de ninguna manera.

Se inclina lentamente hacia mí para besarme, pero lo detengo cuando está a pocos centímetros de mis labios.

—¿Qué pasa? —pregunta aturdido.

—Yo… —Respiro hondo y retrocedo un paso para alejarme de él—. Lo que voy a decirte estropeará todo, pero es justo que lo sepas.

—Dime.

—Antes de venir aquí estuve con Austin, porque se ofreció a ayudarme con Matemáticas. Luego, cuando nos íbamos a despedir, me dijo que se va a vivir fuera de Miami. —Callo unos segundos.

—¿Y?

—Y dejé que me besara, creo que era un momento especial.

Cam baja de inmediato la mirada.

—Lo siento, pero pienso que debía decírtelo.

Debía saberlo. No puedo pedirle que sea sincero si yo no lo soy.

—¿Qué sentiste cuando te…? Bueno, ya me entiendes.

—Nada —no es nada comparado con lo que siento cuando él me besa.

—En ese caso yo también he de confesarte una cosa —dice rascándose la nuca—. En realidad no sucedió nada, pero, dado que he de aprender a ser sincero, quiero contarte incluso algo tan insignificante como esto. Esta tarde, después del entrenamiento, Lindsay vino a verme y mientras estábamos charlando intentó besarme.

Siento que los celos me invaden, pero hago todo lo posible para mantener la calma.

—La rechacé enseguida, porque no siento nada por ella.

Callamos unos segundos.

—¿Estás enfadada?

—No, claro que no. ¿Y tú? —pregunto.

Se acerca sonriendo y me ciñe la cintura.

—¿Cómo puedo estar enojado contigo? Debería estarlo, porque se trata de Miller, pero te echo demasiado de menos y no quiero perderte otra vez. ¡Además, llevaba mucho tiempo esperando que se marchase! ¡Se acabaron los rivales!

Sonrío por la ocurrencia y exhalo un suspiro de alivio.

Apoyo las manos en sus hombros y su sonrisa se ensancha.

—Austin nunca ha sido tu rival. Te recuerdo que yo no soy Carly —digo. Cam asiente con la cabeza.

—Lo sé, pequeña, lo sé —se inclina hacia mis labios y me besa.

Lo he echado muchísimo de menos.

—Me vuelves loca, Cam, de verdad. Juro que hasta hace unos minutos te habría cortado la cabeza, pero ahora lo único que quiero es estar contigo.

—Te quiero —susurra inclinándose otra vez para volver a besarme—. Siempre estaré contigo.

45

El despertador no ha sonado, pero, por suerte, he conseguido llegar puntual al instituto. Cuando tengo prisa nunca encuentro nada, y eso es justo lo que ha pasado esta mañana.

No conseguía encontrar la entrada del Monkey Jungle, el parque natural que vamos a visitar hoy, en el que viven casi cuatrocientos monos de treinta especies diferentes, muchas de las cuales están en vías de extinción. Por la manera en que lo ha descrito el profe, esta pequeña excursión será una especie de viaje en que descubriremos un mundo desconocido.

—¿Dónde se han metido Caniff y Dallas? —grita el profe de Biología mientras esperamos el autobús.

—Como de costumbre, Taylor llega tarde —comenta Cloe mirando algo en el celular.

—A veces parece que lo hace adrede —dice Sam riéndose.

—¡No, es realmente así! Siempre llega tarde, y, por si fuera poco, se olvida también de las cosas —dice Nash—. Pero en el fondo es un buen chico.

Taylor siempre consigue poner a todos de buen humor, parece un chico despreocupado y superficial, pero sabe ser muy sensible y comprensivo cuando es necesario. Es una persona maravillosa.

Oímos que alguien corre y lo vemos llegar jadeando.

Poco después aparece también Cameron, que, sin embargo, camina con aire despreocupado. Por lo visto le da igual llegar tarde, y eso me hace sonreír.

Ayer pasamos toda la tarde juntos bromeando y burlándonos de los programas televisivos. Jamás me había divertido tanto.

Cuando me ve me sonríe y yo le salgo al encuentro. Apenas me abraza tengo la impresión de que todas las personas y las cosas que nos rodean se desvanecen. Ahora estamos solos, él y yo. Sólo existimos nosotros. Y eso es lo que más cuenta para mí.

—Buenos días, pequeña.

He echado mucho de menos su sonrisa por la mañana, consigue transmitirme la energía que necesito para afrontar mejor el día.

—Buenos días —digo despegándome de sus labios.

—¡Evans y Dallas! Dejen las cuestiones amorosas para cuando estén en casa. —Oigo gritar al profe.

Cam resopla.

—Lo odio.

—Vamos —lo tomo de la mano y subimos al autobús.

Sam alza la mano para que nos sentemos con ella. Por suerte nos ha guardado dos asientos.

Me siento al lado de ella, mientras Cameron lo hace al lado de Nash, detrás de nosotras.

—¿Dónde está Cloe? —pregunto a Sam.

—Adelante, con Jack.

Como si nos hubiera oído, Cloe se vuelve y me mira rabiosa.

—¿Cuándo pensabas decírmelo?

—Decírnoslo —la corrige Sam.

—Pensaba contarles más tarde.

—¡Claro! Quizá mientras estamos examinando una planta extraña —dice Cloe en tono sarcástico.

—¿Vuelven a salir juntos? —pregunta Sam.

—Sí.

—¿En serio? —pregunta alguien en la otra punta del autobús.

Es Trevor, y Taylor está a su lado.

Asiento con la cabeza. Espero que no le parezca mal mi decisión. Sé que no aprueba que haya hecho las paces con Cameron, pero es mi vida y soy yo la que decide qué me conviene. Además, si esta vez sale mal le diré que tenía razón, que he sido una estúpida. Pero ahora sólo quiero disfrutar del momento.

—¿Cuándo pensabas decírmelo? Creía que era tu mejor amigo. —Parece un poco ofendido.

Pero ¿qué les pasa a todos hoy?

—Pensaba decírtelo ahora, en el autobús —respondo.

—¿Y por qué no lo has hecho?

—Acabo de subir, Trevor.

Resopla y mira hacia delante, como si estuviera enojado conmigo. ¡No puede! ¡No puede enfadarse por una
estupidez así!

—¿Cuándo hicieron las paces? —grita Taylor tratando de hacerse oír a pesar del bullicio.

—Hablamos ayer por la tarde.

—¿Qué pasó ayer por la tarde? —pregunta una voz
chillona desde las últimas filas.

Me asomo convencida de que es Susan.

—¡Vuelven a salir juntos! —contesta Taylor.

Susan se levanta y se aproxima a mí.

—¿Y qué ha sido de la pelirroja? —pregunta agitada.

—Jamás ha pasado nada con Lindsay —dice Cameron, a todas luces irritado por la situación—. ¿Por qué no
te vas para que podamos tener un buen día? —pregunta
a la vez que mira algo en el celular.

Susan enmudece y vuelve a su sitio. La última frase
de Cameron debe de haberle dolido.

—¿Cómo van las cosas con Austin? —pregunta Sam.

No puedo contarle que ayer nos besamos, de ninguna manera. Fue un error, y la verdad es que no sé cómo
comportarme hoy con él.

Por suerte, viaja en el segundo autobús.

—Bien —me limito a decir y cambio de tema—. ¿Y
con Nash?

Ayer Cam y yo no nos dimos cuenta de que habían
salido de casa. No podían haberlo hecho con más sigilo.

—Hemos aclarado las cosas.

—¿Así que vuelven a salir juntos?

—En cierto sentido, sí. Pero queremos ir poco a poco. Los dos hemos sufrido mucho y es mejor que volvamos a encontrarnos lentamente. Sin prisas —dice ella sonriendo—. Aunque será duro.

Es difícil ir poco a poco con la persona que quieres, así que creo que esa regla tiene los días contados.

Al llegar al parque nos adentramos en una pequeña zona de jungla tropical y empezamos a estudiar los diferentes tipos de plantas.

Jamás he sentido una gran pasión por la botánica y la biología, pero observarlas de cerca es algo bien distinto.

—Pero ¿qué es? ¿Cieno? —pregunta Susan con cara de asco.

No puedo por menos que reírme al ver el lío que está montando. A pesar de que el profesor nos lo dijo bien claro —ropa cómoda y larga—, Susan lleva un par de pantaloncitos cortos y una camiseta igualmente corta. Los mosquitos no dejan de zumbar a su alrededor y ella se mueve sin cesar para ahuyentarlos, en vano.

—Bueno, chicos, en esta parte podemos ver también otra planta muy interesante, la *Caesalpinia sappan*. Síganme —dice la guía, y todos vamos en la dirección que nos ha indicado—. Notarán que esta planta presenta muchas particularidades.

Austin me sonríe, pero luego, de improviso, su cara se ensombrece.

—¿Estás bien? —susurro para no molestar a los demás.

—Sí, sólo que… estás tranquila por lo que sucedió ayer, ¿verdad? ¿No estás enfadada conmigo?

—¡No te preocupes! Todo va bien —sonrío para animarlo.

—Bien, ahora los profesores los dividirán por parejas y estudiarán las plantas —anuncia la guía.

—Quédense con la persona que tienen al lado —dice el profesor. Es evidente que no tiene ningunas ganas de tomar las riendas de la situación.

Austin y yo nos sonreímos y nos sentamos a una de las mesas donde están los microscopios. Esperamos a que la guía nos dé instrucciones.

—No tengo nada de ganas de irme de Miami, la echaré de menos —afirma él.

—¿Tienes que irte justo el sábado por la mañana?

—Por desgracia sí.

—Bueno, intenta ver el lado bueno. Te quitarás a Susan de encima —Austin se echa a reír.

—¡Es la única cosa positiva! El resto es negativo. Echaré de menos a mi equipo de baloncesto, a Alex, a Robin, a Camila, a ti e incluso a Dallas, mi rival —sonríe—. Espero poder volver a Miami de vez en cuando para verlos.

Cómo me recuerda cuando hablaba con Trevor y Cass del traslado de mi familia.

—Nos volverás a ver a todos, estoy segura. —Le sonrío y él me devuelve la sonrisa.

Veo que Cameron camina hacia nosotros. Al llegar a nuestro lado se acerca a la silla de Austin.

—Qué monos. ¿Por qué no te esfumas, Austin? Necesito hablar con "mi" novia —dice recalcando el adjetivo posesivo.

Austin parece confuso, pero luego se levanta para marcharse. ¡No quería que se enterara de que salgo de nuevo con Cameron de esta forma!

Cameron se sienta. Lo miro de soslayo.

—¿Qué pasa? —pregunta.

—¿Podrías hacer un esfuerzo y, al menos por una vez, ser amable con él? Hazlo por mí. A fin de cuentas, sólo quedan tres días, después no volverás a verlo.

—No puedo —dice con suma tranquilidad.

—Bueno, ahora que están ya en su sitio, comiencen a analizar con el microscopio el contenido de las probetas —dice la guía. Me acerco al nuestro para ver qué hay dentro.

—Este viernes es tu cumpleaños, ¿no? —pregunta Cam anotando cosas en una hoja. Cuando estudia sigue siendo fascinante, aunque de diferente manera—. ¿Cris? —dice alzando la mirada y pasando una mano por delante de mis ojos.

—Este… sí —digo bajando de las nubes.

—Harás la fiesta este viernes, ¿verdad?

—Sí, ¿por qué?

—¿A qué hora paso a recogerte?

No sé qué decir, porque mi fiesta de cumpleaños sigue siendo un misterio para mí. Trevor, mi madre y Kate se están ocupando de ella.

—Aún no lo sé.

—¿Dónde piensas hacerla?

—En el gimnasio del instituto.

—Las fiestas allí son geniales, pero siempre suceden muchas cosas. ¿No pueden buscar otro sitio?

—No creo, ya han organizado todo. ¿Por qué? ¿Qué problema hay? —pregunto intrigada—. No es la primera vez que vamos a una fiesta en el gimnasio.

—No hay ningún problema, lo único es que pienso que te mereces algo mejor que un estúpido gimnasio. —Sonríe.

—A mí me parece más que suficiente. Ni siquiera quería dar una fiesta.

—¿Por qué?

—No lo sé. Tengo un extraño presentimiento. Pero es muy posible que no sea nada —digo, y él asiente con la cabeza sin siquiera mirarme. Parece completamente ausente.

La visita al parque, con su fauna y su flora tan especiales, prosigue el resto de la tarde. Cameron no ha hablado en todo el día, incluso en el autobús no dice una palabra. Parece totalmente abstraído en sus pensamientos y eso me preocupa un poco.

46

El único motivo por el que tengo fuerzas para levantarme esta mañana es que las cosas vuelven a ser como antes entre Cameron y yo. ¡No podría despertarme con un pensamiento mejor!

Me preparo a toda prisa y salgo de casa. Me pongo los audífonos y escucho una bonita canción para aumentar mi alegría. Camino a buen paso. Cuando llego al instituto veo que Cameron se está estacionando.

Corro hacia él. Entre un beso y otro comprendo que está sonriendo, cosa que confirmo apenas me separo un poco.

—¡Hoy estamos de buen humor! —dice apoyando las manos en mis costados y retrocediendo para apoyar la espalda en el coche.

—¿Cómo puedo no estarlo ahora que volvemos a salir juntos?

Me acaricia una mejilla.

—Echaba de menos tu sonrisa por la mañana.

Le doy otro beso en los labios.

—Entremos, deprisa, tengo que hacer algo importante —digo tomándolo de la mano y arrastrándolo al interior del instituto.

Mientras caminamos suelta mi mano y me rodea los hombros con un brazo.

Susan nos mira fijamente a la vez que aplasta el vaso de plástico que tiene en la mano, tirando el café al suelo. Después arroja el vaso y se precipita hacia nosotros. O, al menos, creo que eso era lo que pretendía hacer antes de que resbalara con el café y se cayese.

Las personas que están alrededor de ella se ríen como locos, mientras sus amigas la ayudan a levantarse.

Me mira enojada y va al baño.

—¡Tenemos poco tiempo, Cameron! Muévete —dice Cloe acercándose a él.

—¿Qué tienen que hacer? —pregunto.

—¡No tenemos tiempo, Cam! —repite ella.

—Luego te lo cuento —dice dándome un beso fugaz en los labios.

Me quedo plantada en medio del pasillo mientras Cameron se aleja con Cloe. El único motivo por el que ella puede estar tan agitada es su hermana Carly.

Supongo que toda esta prisa tiene que ver con el asunto de Susan.

Los chicos han tardado demasiado en afrontar ese asunto y creo que ya no se puede posponer más.

Cuando entro en la clase de Lengua veo que el profesor aún no ha llegado.

Noto que Cameron y los demás han hecho un escándalo alrededor de un lugar, parecen estar hablando de algo importante.

Me aproximo a ellos para unirme a la conversación y oigo que Sam dice:

—No me parece justo. Sólo tenemos una foto y un testigo ocular, ¡no sabemos a ciencia cierta si fue ella! Necesitamos más pruebas para estar seguros.

—¿De qué están hablando? —pregunto.

Todos callan. Comprendo inmediatamente de qué se trata.

—Estamos discutiendo cómo debemos ocuparnos de la historia de Carly. No todos estamos de acuerdo en entregar la foto del coche de Susan a la policía —dice Cloe mirando a Sam.

—No, yo no estoy de acuerdo. Sólo es la estúpida foto de un estúpido coche. Ni siquiera se ve al conductor —tercia Sam.

—Es obvio que fue ella. Era la única que podía tener las llaves de su coche —dice Cameron.

—¿Tú qué piensas, Cris? —pregunta Sam confiando en que yo esté de su parte.

Creo que lo más sensato es entregar la foto a la policía, aunque no se vea al conductor.

—Lo siento, Sam, pero estoy de acuerdo con Cloe y con Cameron. La policía debe tener esa foto. Quién sabe, puede que no sea una prueba, pero aun así quizá dé alguna pista que permita reabrir la investigación sobre la muerte de Carly. Tal vez la policía pueda analizarla y sacar algo en claro de ella. Es probable que pueda determinar incluso quién iba al volante, pese a que la respuesta me parece evidente.

Todos sabemos que, dado que no es una persona del todo equilibrada, Susan es capaz de cualquier cosa.

—Falta por saber la opinión de Austin —dice Sam.

Creo que Austin tiene otras cosas en que pensar.

—Y también la mía —comenta Nash—. Estoy con Sam. Necesitamos más pruebas si no queremos que la policía se ría en nuestra cara.

—Esperemos al receso del mediodía, a ver qué dice Miller —propone Cameron poniéndose en pie al ver que el profesor entra en clase.

Por suerte, el resto del día pasa en un suspiro.

Entre una clase y otra Austin dice que está de acuerdo con Cameron y Cloe, supongo que con el único propósito de quitárselos de encima. Se ve a leguas que tiene otras cosas en la cabeza y que la historia es para él un asunto secundario.

—¿En qué estás pensando? —pregunta Cameron varias horas después de que hayan terminado las clases, mientras estamos tumbados en el sofá de mi casa.

Cuando terminaron las clases Cameron se ofreció a llevarme a casa, para que pudiéramos estar un rato juntos.

—En nada en especial —digo concentrándome de nuevo en la película que estamos viendo.

Ni siquiera me acuerdo del título. La eligió Cam y me aseguró que me iba a encantar.

Toma mi cara con las manos para que lo mire a los ojos.

—Ya sabes que no me puedes ocultar nada —dice.

—Estaba pensando en Susan. Si descubren que es la responsable la arrestarán. Pese a todo, lo siento un poco por ella —digo haciéndome bolita entre sus brazos.

—Sí, será extraño dejar de verla por todas partes —dice jugueteando con un mechón de mi pelo—. Pero si las cosas sucedieron como pensamos, es justo. Susan necesita ayuda, porque puede hacer daño a otras personas, y no podemos permitirlo.

—Sí, lo sé, Cam. Pero, a pesar de todo lo que me ha hecho, a pesar de que estoy convencida de que ella conducía ese coche, me cuesta creer que quisiera hacer daño a su mejor amiga.

—¡Ésa es otra de las razones por las que te quiero, Cris! Siempre estás dispuesta a ver el lado bueno de los demás, pero en el caso de Susan creo que te equivocas. No es la persona sensible e incomprendida que crees.

—¡Puede ser! Es muy probable que tengas razón, Cam. En todo caso, algo no encaja.

47

En los últimos dos días Cameron se ha mostrado muy comprensivo. Cuando le dije que quería pasar un poco de tiempo con Austin no protestó.

La verdad es que lo voy a echar mucho de menos, por eso quise aprovechar lo poco que nos queda para despedirme de él como es debido.

Hace dos días los chicos entregaron a la policía la foto de la noche en que murió Carly y Lindsay declaró como testigo.

No sabemos qué sucedió después ni tampoco lo que sucederá de ahora en adelante, lo único evidente es que ayer Susan no vino al instituto.

Por la tarde se rumoraba abiertamente que la policía la había interrogado y que después la había arrestado, que no volveríamos a verla durante bastante tiempo.

Será raro no verla más y, sobre todo, que nadie me insulte o me fulmine con la mirada cuando estoy con Cameron.

Ayer ya se notó bastante su ausencia, sus amigas estaban muy mustias, no se movían de su sitio ni decían una palabra. Supongo que estaban muy intranquilas.

Me obligo a salir de la cama, pese a que daría lo que fuera por poder pasar el resto del día entre las sábanas. Abro el clóset buscando algo especial que ponerme, porque es mi cumpleaños. Saco una camiseta y me vuelvo para dejarla en la cama. Al alzar la mirada noto que la ventana está abierta y que la brisa mueve las cortinas.

Recuerdo perfectamente que todo estaba cerrado.

Cuando me acerco para cerrarla veo en el barandal una cajita roja con un lazo lila. La tomo sonriendo como una estúpida.

Me siento en la cama y leo la tarjeta que está atada al lazo: "Muchas felicidades, pequeña. Te quiero. Cameron".

Al abrir el regalo me resbala una lágrima. Es una cadenita con un colgante: un corazón de oro con las letras C + C grabadas.

¡No puedo creer que Cameron haya pasado por aquí esta mañana para dejarme esta pequeña maravilla! Al menos podría haberme despertado, le habría dado las gracias como corresponde.

Me pongo la cadenita y me miro al espejo: es perfecta.

El celular vibra y corro a ver quién es.

"Felicidades, pequeña. Espero que el regalo te haya gustado. No puedo acompañarte al instituto porque tengo algo que hacer. Nos vemos allí. Te quiero, Cam".

El día no podía haber empezado mejor. Estoy deseando ir al instituto para abrazarlo.

Me arreglo a toda prisa y, tras recibir las felicitaciones de mis padres y de Kate, salgo de casa.

Por suerte no tardo mucho en llegar. Cuando cruzo el estacionamiento veo enseguida el coche de Cameron.

—¡Felicidades, Cris! —dice una chica que viene conmigo a clase de Español.

—¡Gracias! —respondo risueña.

Si algo no me gusta del día de mi cumpleaños es ser el centro de atención. Es la cosa más desagradable del mundo. Si pienso en la fiesta de esta noche me pongo mal. Sé que me moriré de vergüenza cuando me canten la consabida canción, y que me quedaré paralizada, como una idiota, sin saber qué hacer o decir.

¡En los últimos dos días Kate y mis padres no han hecho otra cosa que hablar de esta noche!

"Será excepcional", me repetía Kate una y otra vez.

¡No entiendo en qué se diferencia de los demás cumpleaños! ¡Diecisiete años son una edad como cualquier otra, no son dieciséis! ¡Debería haber sido más emocionante el año pasado!

Cuando me dispongo a cerrar el locker alguien me tapa los ojos con las manos.

—¿Quién soy?

—Trevor —contesto.

—Feliz cumpleaños a tiii… —canturrea mientras lo abrazo.

Estoy encantada de poder celebrar mi cumpleaños con él. No puedo evitar pensar en cómo habría sido todo si Cass también hubiera estado aquí. Seguro que habríamos ido a un sitio genial a la salida del instituto, y lo habríamos celebrado por nuestra cuenta. Pienso en mi amiga, dondequiera que esté. Sé que se alegraría de verme con Trevor. La echo mucho de menos.

—¿Cómo te sientes con un año más? —pregunta él bromeando.

—Igual que cuando tenía dieciséis años —cierro el locker y nos dirigimos al salón.

—¿Estás lista para esta noche?

—¡Sí! ¡Kate y mis padres no han hablado de otra cosa esta semana! No entiendo qué tiene de especial este cumpleaños.

—¡Es tu primer año en Miami y quieren que sea inolvidable!

Suena su celular y Trevor se para en medio del pasillo para leer un mensaje.

—¿Todo bien? —pregunto.

—Mmm… sí, sólo que… ¿me acompañas a las máquinas? Tengo ganas de beber un té.

—La clase empieza dentro de diez minutos. No quiero llegar tarde.

—¡No tardaremos nada! Vamos, por favor —dice agarrándome un brazo y llevándome a rastras. Camina a toda velocidad y no consigo llevarle el paso. Pero ¿qué le ocurre? ¿Desde cuándo le gusta el té?

—Para —digo deteniéndome y soltándome de él—. ¿Desde cuándo bebes té?

Masculla algo y se acerca de nuevo.

—¿He dicho té? ¡Quería decir chocolate caliente!

Salta a la vista que está mintiendo.

—Trevor, ¿me estás tomando el pelo?

—Si te digo que sí, ¿te enfadarás mucho?

Se rasca la nuca. Abre la boca para hablar, pero su celular suena de nuevo.

—Da igual. Vamos a clase. —Sonríe y me toma de la mano.

—¿Me puedes explicar antes qué te pasa?

—Luego lo entenderás —me guiña un ojo y nos dirigimos al salón.

Odio cuando intenta mentirme. Espero que tenga una buena razón para haberlo hecho.

Cuando llegamos al salón la puerta ya está cerrada. Qué extraño, aún faltan cinco minutos para que empiece la clase.

—Hemos llegado tarde. ¡Muchas gracias, Trevor! —digo, y él se echa a reír.

Llamo, pero no se oyen voces.

—Entra y ya —Trevor agarra el picaporte y abre la puerta de golpe.

Está loco, estoy segura.

Cuando la puerta se abre veo la silla del profesor vacía y apenas meto el pie en el salón suena la dichosa canción.

Mis amigos están apiñados en un rincón sujetando un cartel gigantesco donde aparece escrito "¡Felicidades, Cris!" con nuestras fotos pegadas por encima.

Es conmovedor. Ahora entiendo el extraño comportamiento de Trevor. El único que falta es Cameron. Puede que de verdad haya tenido que hacer otras cosas esta mañana.

Los chicos dejan de cantar y uno de ellos me tapa los ojos.

—Adivina quién soy —me dice una voz preciosa al oído.

—¿Cam? —pregunto.

Me vuelvo y él me besa.

—Felicidades, pequeña —susurra—. Espero que te haya gustado el regalo.

—Es maravilloso —digo señalando la cadenita.

—Ejem, ejem, nosotros también estamos aquí —dice Cloe tosiendo.

Le sonrío y la abrazo. Repito el gesto con todos los demás.

—¡Mira, ya tiene una arruga! —dice Taylor señalando un punto de mi cara. Le doy un puñetazo en el brazo riéndome.

—Estoy deseando que llegue esta noche —dice Sam abrazándome otra vez.

—Cuánto he echado de menos las fiestas de Miami. Yo también me muero de ganas —dice Nash.

Suena el timbre. Se abre la puerta de la clase y empiezan a entrar nuestros compañeros.

48

¿Estoy bien? —pregunto por enésima vez.

Dentro de nada Trevor pasará a recogerme para acompañarme a mi fiesta de cumpleaños y quiero estar perfecta, al menos esta noche.

Cameron se ofreció a echar una mano a mis padres con los últimos preparativos, así que debe de estar ya allí.

—Sí, sólo te falta una corona para parecer una princesa —dice Kate, y cuando la miro comprendo que no está bromeando.

—No creo que haga falta, pero gracias de todas formas.

—¡Intento animarte! No pareces muy emocionada. Parece que vas a un funeral, en lugar de a una fiesta —dice acercándose a mí para ajustar la parte posterior de mi vestido.

—No sé por qué, pero tengo la sensación de que va a ocurrir algo, no puedo explicarlo —balbuceo—. Es algo que siento dentro de mí, eso es todo.

Alguien llama a la puerta y Kate va a abrir.

—¡Tenemos que irnos! Trevor está ya aquí. Date prisa, no querrás llegar tarde a tu cumpleaños.

Tomo mi bolsa, me miro al espejo por última vez y salimos de casa.

Mis padres llevan varias semanas organizando la fiesta, así que debo mostrarles que me siento feliz, pese al extraño presentimiento que me ronda la cabeza.

Trevor nos está esperando en el jardín. Está muy elegante, y al verme en su cara se dibuja una sonrisa preciosa.

—Estás guapísima —dice. Sonríe de nuevo y me besa la mano.

Su gesto galante me hace reír.

—¿Me concede el honor de acompañarla hasta el coche?

—Por supuesto, caballero —río y él sonríe una vez más.

Cuando nos estacionamos y salimos del coche Trevor me tiende el brazo.

Nunca me han gustado los tacones altos, pero Cloe insistió en que me los pusiera, y ya se sabe que cuando se le mete una cosa en la cabeza la consigue siempre.

En el instituto no se oye una mosca, recorremos los pasillos que llevan al gimnasio inmersos en un silencio irreal, con una sensación extrañísima. Desde aquí deberíamos oír ya la música, las voces de los invitados.

—¿Y si hubieran cambiado de sitio a última hora? —Miro alrededor preocupada.

Trevor y Kate no dicen una palabra.

De repente, vemos a un chico bajando la escalera.

—¿Nash? Pero ¡estás en pijama!

—Cris, ¿qué haces aquí a esta hora? Sabes que está prohibido —susurra.

—Pero esta noche es la fiesta —explica Trevor.

—La directora dijo al final que no se podía hacer. ¿No lo sabían?

—Cameron y los demás vinieron aquí hace una hora. ¿Dónde están?

—Lo más probable es que hayan vuelto a casa —contesta Nash.

—Pero ¿cómo es posible? —pregunta Kate volviéndose hacia mí y mirándome con ansiedad.

—Nos habrían avisado.

—¡Ay! ¡Me acabo de dar cuenta de que tengo diez llamadas perdidas de tu madre! —dice Trevor mirando el celular.

—Si no me creen vayan a ver. El gimnasio estará vacío —dice Nash.

—No, está bien, te creo. Sólo estoy un poco bajoneada.

Pese a que la idea de la fiesta no me volvía loca, me molesta saber que el trabajo de mis padres no ha servido para nada. Se han desvivido para organizar todo hasta el mínimo detalle.

—¿Seguro? —pregunta Nash.

—Este… claro, le creo.

—Yo no —replica Trevor—. Quiero verlo con mis propios ojos. —Sonríe y tira de mí.

Mmm… qué extraño, empiezo a pensar que me están ocultando algo.

Al llegar al gimnasio Nash me mira sonriendo de oreja a oreja. Kate se adelanta y abre la puerta.

Se produce una explosión de globos y de luces multicolores mientras suena *Cumpleaños feliz.*

Pegado a la pared hay un póster con la siguiente frase: "¡Gracias por haber entrado a formar parte de nuestras vidas!", con las firmas de todos mis amigos al lado.

Me esfuerzo por contener las lágrimas mientras mis padres se acercan a mí para abrazarme.

—¿Te gusta? —pregunta mi padre señalando la sala.

—¡Es todo maravilloso!

—Debes agradecérselo a tus amigos. Han trabajado mucho para que todo estuviera perfecto esta noche —dice mi madre.

—¿Dónde están? No los veo —miro alrededor.

—La última vez que los vi estaban al lado de las mesas asegurándose de que las bebidas y la comida estaban en su sitio.

Me abro paso entre el sinfín de personas que ya están bailando y divirtiéndose.

Junto a una mesa veo a Robin y a Alex charlando con Camila.

—¡Aquí está la homenajeada! —dice ella.

No entiendo si se alegra o no de verme, pero me da igual. Tengo cosas más importantes en que pensar.

Robin y Alex se vuelven hacia mí y me felicitan.

—¿Qué te parece, Cris?

—¡Es fantástico!

—¿Quieres beber algo?

—Este… por ahora no, gracias. Estoy buscando a Cam y a los demás, pero no los veo por ninguna parte.

—Estaban aquí hace unos minutos, pero luego se fueron no sé adónde —explica Camila.

—Espero encontrarlos tarde o temprano —sonrío y sigo con mi búsqueda.

—¡¡¡Felicidadeees!!! —dice Sam precipitándose hacia mí para abrazarme.

A Sam y a mí nos han pasado un montón de cosas este año, pero al final siempre hemos conseguido superarlo todo. Me considero afortunada por ser su amiga.

Abrazo a Taylor, Cloe, Jack y Lindsay. Ellos también han contribuido a que empiece a sentir esta ciudad un poco mía. Los miro y me siento feliz: estoy rodeada de las personas adecuadas, que saben infundir calor a mi vida.

—¡Gracias a todos! ¡La verdad es que no puedo creer que hayan organizado todo esto!

—Por mi mejor amiga, esto y mucho más. —Sam sonríe, a la vez que Cloe la mira con furia.

—*Nuestra* mejor amiga —la corrige.

No puedo más que echarme a reír.

—Voy a saludar a los demás —digo sonriendo.

En realidad, lo único que quiero en este momento es encontrar a Cam y darle un abrazo.

Un montón de personas me paran para saludarme y felicitarme, hasta que, por fin, lo veo.

Está mirando alrededor, supongo que buscándome. Cuando me ve, su cara se ensancha en una maravillosa sonrisa. Es lo más bonito que he visto en mi vida.

Corro hacia él. Nadie puede imaginar el alivio que siento cuando apoya sus manos en mis costados y veo sus ojos profundos mirando con insistencia mis labios.

—Buenas noches, princesa —dice bromeando.

—Buenas noches, príncipe —me inclino y le doy un fugaz beso en los labios—. ¿Hace mucho que estás aquí?

—Un rato. No podía dejar todo en manos de Sam y los demás. No habría acabado bien. —Sonríe y me ciñe la cintura con una mano para bailar.

—¡Está todo precioso! —digo dándole otro beso en la mejilla.

—Todo para ti, pequeña.

No puedo ser más feliz, ¡por fin siento que he encontrado a la persona adecuada!

—Te quiero —dice él en un momento.

—Yo también te quiero, Cam.

Me besa lentamente, consciente de que cuando lo hace me vuelve loca.

—Disculpa, ¿puedo? —pregunta un chico a mi lado.

Me vuelvo y veo a Austin tendiendo la mano y mirando a Cameron. Me temo lo peor.

—Sólo porque en breve estarás muy lejos de esta ciudad —dice Cameron desganado.

Austin me toma de una mano y me lleva al centro de la pista. Me hace girar rápidamente sobre mí misma y luego me atrae hacia él.

—Es una fiesta preciosa —sonríe.

—¿A que sí? Han organizado todo de maravilla.

Apoyo la barbilla en su hombro para poder ver bien a Cameron, que se dirige hacia Cloe, Sam y Lindsay.

Los cuatro parecen bastante preocupados. ¿Qué estará pasando?

—¿Así que Cameron y tú vuelven a salir juntos? —me susurra al oído.

—Sí —digo en tono cortante. No tengo ganas de hablar del tema con él, sobre todo esta noche, pues es la última que pasaremos juntos.

—Lo has vuelto a elegir a él.

Me aparto un poco y veo que sonríe.

—Lo siento, Austin —digo dejando de bailar.

—No te preocupes —retoma el baile—. No sé qué habéis visto Carly y tú en él y, la verdad, no quiero saberlo. En cualquier caso, me alegro de haberte conocido, eres una amiga maravillosa. Sólo hay una cosa que me gustaría saber.

—¿Qué?

—¿Crees que si Cameron no hubiera existido las cosas habrían ido de otra forma? Me refiero a ti y a mí.

—Nunca lo sabremos, Austin. Quizá habríamos salido juntos, quizá no. ¿Quién sabe?

Callamos unos segundos, dejando que la música hable por nosotros mientras bailamos abrazados.

—Ha sido un año muy duro, pero me alegro de haberlo pasado contigo.

—Lo mismo digo —respondo.

—No hagas caso de lo que dicen los demás. ¡No eres igual que Carly! Tú eres diferente.

—Lo sé.

Siempre he querido a Cameron, jamás he dudado de lo que sentía por él.

—Nos vemos luego, Cris —me da un beso fugaz en la frente y se marcha.

La velada prosigue de forma agradable. No hemos parado de bailar y de cantar, así que empezamos a notar hambre y cansancio.

—¡Jamás habría imaginado que me divertiría tanto!

—¿Ves, Cris? Te lo dije —dice Cloe.

Ni que decir tiene que ella siempre tiene razón, nadie lo duda.

—¡Oh, no! —exclama Sam, y cuando mi mirada sigue la suya veo a Matt y Trevor caminando hacia nosotras.

—¡Felicidades, Cris! —Matt me abraza.

—Muchas gracias —respondo con una sonrisa forzada.

—¡Felicidades también a ustedes dos! Lo han organizado todo genial —dice a Sam y a Cloe.

—Creía que te había perdido —ríe Trevor—. Hay demasiada gente.

—¡Debíamos ser muchos más! —observa Sam.

—¡Eh, chicos! —grita Lindsay aproximándose a nosotros.

—¿Qué pasa? —pregunto cuando está lo suficientemente cerca.

—¡Hace media hora soltaron a Susan!

—¿Qué? —preguntamos todos a coro.

—Por lo visto la policía ha confirmado que ella no conducía el coche que atropelló a Carly —explica Lindsay de un tirón.

No me lo puedo creer.

—Entonces, ¿quién era? —pregunta Trevor.

—No lo sé. Mis padres sólo me han dicho eso.

—Tenemos que decírselo a Cameron —apunta Cloe.

—Voy a buscarlo —digo dando media vuelta.

—Te acompaño. ¿Dónde lo viste por última vez? —pregunta Trevor.

—Hace cinco minutos estaba en la barra con Camila —responde Lindsay.

Nos abrimos paso entre la gente y por fin encontramos a Camila.

—¿Qué pasa, chicos?

—¿Has visto a Cameron?

—Sí, lo vi salir —nos mira aturdida—. ¿Qué sucede?

—Nada —responde Trevor.

Salimos del gimnasio en dirección al patio, pero no hay rastro de Cameron.

—¿Dónde diablos se ha metido? —pregunto parándome unos segundos.

—¡Puede que esté en la otra parte del instituto! Voy a ver —Lindsay se aleja.

Entramos en el estacionamiento. Trevor se para y saca el celular del bolsillo.

—¿Por qué demonios no hay cobertura? —pregunta moviéndolo en todas direcciones para encontrar la red.

—Tienes que alejarte del gimnasio para tener cobertura. Aquí no hay —le explico—. Aléjate un poco.

—Está bien.

Miro a Trevor mientras da unos pasos.

Sigo sin creerme que Susan sea inocente.

Si ella no mató a Carly, ¿quién lo hizo?

¡Al mirar de nuevo hacia Trevor no lo veo! ¿Dónde está? Este sitio empieza a darme un poco de miedo.

Me vuelvo y veo un coche que viene a toda velocidad en esta dirección.

En dirección a mí.

Se acerca haciendo chirriar las ruedas. El color del *jeep* es inconfundible. Al otro lado del parabrisas entreveo sus ojos verdes y su mirada asesina. ¿Por qué lo hace? ¡Creía que podía confiar en él!

Me preparo para correr, aun a sabiendas de que estoy atrapada.

"La historia de Carly se está repitiendo", me digo una y otra vez. Tenían razón, pero jamás habría imaginado que el asesino fuera precisamente…

—¡Nooo! —Oigo la voz inconfundible de Trevor.

Después, un golpe violento me tira al suelo y pierdo el conocimiento.

My dilemma is you 2 de Cristina Chiperi
se terminó de imprimir en octubre de 2016
en los talleres de
Litográfica Ingramex, S.A. de C.V.
Centeno 162-1, Col. Granjas Esmeralda, C.P. 09810, Ciudad de México.